Giuseppe Gracia

Schwarzer Winter

www.fontis-verlag.com

GIUSEPPE GRACIA

SCHWARZER WINTER

fontis

Bibliografische Information der Deutschen Nationalbibliothek
Die Deutsche Nationalbibliothek verzeichnet diese Publikation in der Deutschen Nationalbibliografie; detaillierte bibliografische Daten sind im Internet über www.dnb.de abrufbar.

Der Fontis-Verlag wird von 2021 bis 2024
vom Schweizer Bundesamt für Kultur unterstützt.

Bibelstelle S. 5: Einheitsübersetzung der Heiligen Schrift
© 2016 Katholische Bibelanstalt GmbH, Stuttgart
Umschlag: Antje Gracia
Satz: Samuel Ryba – Ryba Design
Druck: Finidr
Gedruckt in der Tschechischen Republik

ISBN 978-3-03848-259-8

MIX
Papier | Fördert gute Waldnutzung
FSC® C014138

«Und wenn ich prophetisch reden könnte
und alle Geheimnisse wüsste
und alle Erkenntnis hätte;
wenn ich alle Glaubenskraft besäße
und Berge damit versetzen könnte,
hätte aber die Liebe nicht,
wäre ich nichts.
Und wenn ich meine ganze Habe verschenkte
und wenn ich meinen Leib opferte, um mich zu rühmen,
hätte aber die Liebe nicht,
nützte es mir nichts.»

1. Korinther 13

1

Zuerst ist es, als würde sie nur zuschauen, als würde sie neben sich selber im Auto sitzen, stumm, abgetrennt von den anderen. Erst als sie die Kalaschnikow in die Hände nimmt – die Kühle des Griffs, der Geruch nach Schmierfett –, bricht es durch: das warme, unangenehme Fiebergefühl. Und das Zittern.

Das ist wirklich, denkt sie. Ich tue es *wirklich*.

Betroffen vom Zittern sind vor allem die Hände, auf die sie nicht achten will. Die Hände, die ruhig bleiben sollen, weil es keinen Grund für die Anspannung gibt, weil sie mit den anderen trainiert hat und vorbereitet ist.

Doch das Zittern bleibt, wandert hinab in die Beine.

Auf dem Beifahrersitz dreht sich Julia zum Fenster und blickt nach draußen, um sich abzulenken. Blickt in die dunkelblaue Dämmerung über dem Stoppelfeld, an dem sie entlangfahren.

In der Ferne taucht ein Hochspannungsmast auf, mit den dünnen, schwarz in den Himmel gezeichneten Zweier- und Dreierlinien der Stromleitungen.

«Fünf Minuten», sagt Popeye.

Das ist nicht sein richtiger Name, sondern ein Deckname, wie sie hier alle einen verwenden. Alle außer Julia, weil es bei ihr keinen Sinn macht, weil jeder ihren Namen – Julia Schwarz – aus der Zeitung kennt, aus dem Fernsehen.

Ob Popeye das Zittern bemerkt? Chris, Marge? Sie haben das T2 eingenommen und wirken konzentriert. Marge stiert mit großen glänzenden Augen auf den Schirm ihres Smartphones.

Haben sie Angst? Das T2 putscht auf und bringt einen in Fahrt, doch die Angst kann trotzdem kommen, durch die Ritzen der Entschlossenheit.

Immer wieder hat Popeye Julia das T2 angeboten – ausgerechnet er, der es bestimmt nicht braucht. Popeye ist der *Letzte* in der Gruppe, der das Zeug braucht.

Noch drei Minuten.

Alles okay, sagt sich Julia.

Zugleich hat sie das Gefühl, dass es ein Fehler gewesen ist, die Sache zu planen, dass der Plan zu viele Löcher hat. Dass sie spätestens beim Schlachthaus Probleme bekommen werden. Dass jemand *erschossen* wird.

Julia hält ihre Kalaschnikow fest.

Zwei Minuten.

Chris, bisher still am Steuer, räuspert sich.

Julia muss an ihren Vater denken, an jenen Nachmittag, als er sie mit dem Auto vom Bahnhof abgeholt hat. Wie viele Jahre ist es her? Zehn? Zwölf?

Damals muss sie um die vierzehn gewesen sein. Sie erinnert sich, wie überrascht sie war, den Vater auf dem Bahnsteig zu sehen, weil er sie noch nie vorher abgeholt hatte. Weil es ihn noch nie interessiert hatte, wann sie von einem Schulausflug zurückkehrte.

Sie erinnert sich an sein ernstes Gesicht beim Verlassen des Bahnhofs. Sie erinnert sich an das Schweigen, als sie zum Wagen gingen und der Vater sich ans Steuer setzte, um sie durch den Verkehr zu lenken.

Und dann sagte er leise: «Es tut mir – leid.»

Julia verstand nicht. Was war los?

«Deine Mutter», sagte der Vater.

Er blickte durch die Windschutzscheibe nach draußen in den Verkehr. «Sie liegt im Krankenhaus, wir fahren hin.»

«Im Krankenhaus?»

«Sie hat versucht, sich das Leben zu nehmen.»

Natürlich hatte Julias Vater noch mehr gesagt. Er hatte sich Mühe gegeben, seiner Tochter die Lage zu erklären – doch Julia erinnert sich an kein einziges Wort. Sie erinnert sich nur an den Klang der Stimme. Dass es eine fremde Stimme war. – Warum sie ausgerechnet *jetzt* daran denken muss?

Noch eine Minute.

Das Smartphone von Marge: Jetzt leuchtet der Bildschirm auf. Ein Anruf – Klingelton stummgeschaltet.

Marge nimmt den Anruf entgegen, hört einige Sekunden zu und schaltet das Gerät aus.

Gute Nachrichten: Die anderen sind unterwegs, keine Zwischenfälle. Sie werden wie geplant beim Osttor vor dem Schlachthof warten.

Marge schickt ein Lächeln in die Runde, doch Julia fällt auf, dass die Hand, mit der sie das Smartphone hält, leicht zittert.

«Es ist so weit», sagt Popeye.

Ja, man kann jetzt die Anhöhe sehen. Es ist nicht mehr weit bis nach Fischertal, der Siedlung im Berner Oberland, ihrem Ziel.

Nun muss es schnell gehen. Julia hat den Text eingeübt, die Notizen stecken in ihrer Jackentasche.

Den ersten Teil des Videos haben sie im Warenlager in Oerlikon gedreht. Es war klar, dass Julia auftreten würde, wegen ihrer Erfahrung beim Schweizer Fernsehen, weil sie weiß, wie man sich in Szene setzt, wie man die Stimme moduliert, die Hände ruhig hält, in die Kamera blickt.

Popeye ist bereits aus dem Wagen gesprungen.

Julia folgt ihm und bezieht neben dem Ortsschild «Fischertal» Stellung – so, dass im Hintergrund die ersten Häuser der Siedlung zu erkennen sind.

Popeye richtet das Smartphone auf Julia.

«Etwas nach links», sagt er.

Julia gehorcht.

Sie wirft einen letzten Blick auf den Zettel und steckt ihn weg, bevor Popeye zu filmen beginnt. Sie blickt in die Kamera.

«Direkt hinter mir befindet sich das Dorf Fischertal», sagt sie. «Hier wohnt der Vizedirektor der Schweizer Nationalbank, Thomas Bächler. Hier steht sein schönes Haus. Das Haus, das Thomas Bächler mit dem Blutgeld seiner Bank bezahlt hat. Das Haus, das wir gleich aufsuchen und aus dem wir den Vizedirektor rausholen werden. Wir holen uns Thomas Bächler und nehmen ihn mit.»

Bei dieser Passage – *nehmen ihn mit* – scheint Popeye hinter dem Smartphone zu grinsen, als müsse er sich ein Lachen verkneifen.

«Ihr wisst, warum wir das tun», spricht Julia weiter. «Ihr wisst, dass die Nationalbank blind und taub ist für die Folgen des Klimawandels. Blind für die Konzern-Plutokratie, die uns zu Sklaven macht. Blind für den Zombie-Kapitalismus, den wir Demokratie nennen und der unsere Welt aussaugt. Taub für die Schreie der Natur, der Obdachlosen und Schwachen, die wir hungern, ertrinken, verschwinden lassen unter den Fluten und Tornados, unter den Hitzewellen der Maschinen des Westens mitsamt ihren gekauften Diktaturen.»

Julia legt eine Kunstpause ein. Sie blickt ernst in die Kamera, dann fährt sie fort.

«Immer wieder haben wir es gesagt, immer wieder haben wir gewarnt. Wir haben gekämpft mit euch und *für* euch.

Wir führen seit Jahren den Krieg, der unvermeidbar geworden ist. Weil man eure Stimme sonst niemals ernst nehmen wird, eure Zukunft, die Zukunft eurer Kinder. Weil wir keine *Macht* haben. Die Milliardeninvestitionen in die fossile Industrie gehen weiter. Die schmutzigen Geldanlagen und Großinvestitionen laufen gut geölt. Ihr wisst es, wir wissen es. Aber heute – 2023 – unterbrechen wir den Kreislauf! Heute bringen wir *sie* zum Schwitzen. Kommt und seht!»

Popeye hört auf zu filmen. Er beugt sich über das Smartphone und betrachtet einen Ausschnitt des Videos, viel Zeit haben sie nicht. Er scheint mit dem Take zufrieden.

Sie gehen zurück zum Wagen.

Als Chris losfährt, lehnt Julia sich im Beifahrersitz zurück. Für einen Moment schließt sie die Augen.

Bum-bum.

Das Herz. Es klopft schneller, aber dafür ist das Zittern weg.

Sie erreichen den Dorfkern von Fischertal, fahren langsam über den Dorfplatz. Neben einem kleinen Friedhof erkennt Julia den Spitzturm einer Kirche und später, nach dem Postgebäude, einen dunkelgrauen, birnenförmigen Steinbrunnen, einsam, verlassen.

Sie rollen durch das Dämmerlicht des Morgens, das Julia vorkommt wie Abendlicht, als würde die Sonne nicht auf-, sondern untergehen.

Da ist es! Das Haus von Vizedirektor Bächler. Genau wie auf Google Maps angezeigt, steht es am Ende der Berggasse, direkt neben einer kleinen Gruppe von Birken.

An diesem Morgen ist die Frau des Vizedirektors rund 160 Kilometer entfernt in Genf. Aufgrund ihres Engagements für eine Kunstgalerie verbringt sie zwei Tage pro Woche in der französischen Schweiz.

Das ist einer der Gründe, warum die Kidnapper heute kommen, auch wenn sie natürlich nicht ganz sicher sein können, ob Bächlers Frau nicht ausgerechnet *diese* Woche eine Ausnahme macht und zu Hause bleibt.

Wenn die Gattin in Genf ist, sieht der Zeitplan des Vizedirektors so aus, dass er normalerweise gegen acht Uhr das Haus verlässt, um die 5-jährige Tochter zu Fuß in den nahegelegenen Kindergarten zu bringen, bevor er vom Chauffeur abgeholt wird, der ihn zur Nationalbank nach Bern fährt, meistens gegen 8.30 Uhr.

Es ist jetzt kurz nach sieben Uhr. Der Vizedirektor steht – grauer Anzug, blaue Krawatte – in der Küche. Er blickt zum Küchentisch, an dem seine Tochter sitzt.

«Komm, Schatz, trink aus», sagt er. «Du musst noch die Zähne putzen, bevor wir gehen.»

Zufrieden – und wie immer langsam – nippt die Kleine an der Tasse mit der warmen Schokolade.

Bächler checkt mit dem Smartphone seine Mails und teilt dem Chauffeur per SMS mit, dass er um *8.20 Uhr* mit dem Wagen bereitstehen soll.

«Schatz», sagt er. «Mach schneller.»

Scheinbar unbehelligt nippt die Tochter weiter.

«Schatz –», versucht es Bächler erneut.

Weiter kommt er nicht, denn plötzlich ertönt Krach! – aus Richtung der Haustür? Es klingt wie ein Rütteln, ein Poltern.

In diesen Minuten ist Team Nummer zwei in einer Gegend namens Laufingen eingetroffen, wo sich der Zentralschlachthof befindet.

Blacky und Rouge – ebenfalls Decknamen – sind junge, bärtige Männer aus dem Raum Zürich. In der Gruppe gehören sie eher zu den Stillen, reden nicht viel und erledigen alles, was man ihnen aufträgt, ohne groß nachzufragen.

Nun steigen sie aus dem VW Polo, den sie gestern in einem Kaff im Berner Oberland gestohlen haben, und beziehen vor dem Osttor des Zentralschlachthofs Stellung.

Inzwischen haben Chris, Popeye und Julia den hydraulisch betriebenen Spreizer aus dem Wagen geholt und aktiviert. Eine Maschine, wie sie auch von der Feuerwehr eingesetzt wird, um Türen aufzubrechen.

Das Gedröhne und Geknatter ist so laut, dass Julia im ersten Moment zusammenzuckt.

Die Eingangstür von Bächlers Haus zittert, während Popeye mit weit aufgerissenen Augen auf die Türe starrt, als würde das dabei helfen, den Druck auf sie zu erhöhen.

Der Spreizer ist *viel* lauter als erwartet. Sie haben damit gerechnet – einem Kumpel aus der Feuerwehr vertrauend –, dass die Türe ohne großes Gedröhne sofort nachgeben würde. Doch es dauert.

Risse erscheinen im Holz, das Schloss fröstelt, schlottert. Unendlich *lange*, wie Julia meint.

Bis die Tür endlich nachgibt.

Die verdammte Maschine, nun können sie sie abstellen. Und dann schaffen sie es ins Haus: zuerst Popeye mit vorgehaltener Maschinenpistole, dann Chris, dann Julia. Wie geplant wartet Marge im Auto mit laufendem Motor.

Als Julia den Korridor in Bächlers Haus entlanggeht, fühlt sie zuerst den Widerstand ihrer Beine, als wären sie blockiert, als würde sie jeder Schritt unendlich viel Kraft kosten.

Popeye und Chris verschwinden im Zimmer weiter vorne, Julia kann sie nicht mehr sehen. *Schnell!* Sie geht weiter durch den Korridor bis zur Treppe, die hinauf in den nächsten Stock führt.

Am Treppenabsatz hört sie einen Schrei und blickt nach oben, wo ein Mädchen steht.

«Papa!»

Natürlich, sie will zu Papa. Die Kleine ist wahrscheinlich nach oben gegangen, in ihr Zimmer, um ihre Kindergarten-Sachen zu holen. Dann hat sie Geräusche gehört, von unten, aus dem Raum am Ende des Korridors, aus der Küche. Ja, Julia erinnert sich an den Bauplan des Hauses. Der Raum gegenüber dem Treppenaufgang *ist* die Küche, und dort sind Chris und Popeye wohl gerade dabei, Bächler zu fesseln.

Julia nimmt die Stufen, nähert sich dem Mädchen, kann die Augen sehen, die stumm auf sie gerichtet sind, die Blässe des Kindergesichts, die Reglosigkeit des kleinen Körpers.

«Geh in dein Zimmer», sagt Julia.

Sie gibt sich Mühe, ruhig zu klingen, freundlich.

Das Mädchen weicht ihrem Blick aus, schaut zu Boden. Vielleicht kommt ihr der Gedanke, dass das alles bloß ein Traum ist, aus dem sie gleich erwacht? Warum nicht? Das alles *sollte* nur ein Traum sein, ein böser Traum.

«Bitte», sagt Julia. «Wo ist dein Zimmer?»

Immer noch zu Boden blickend, ruft die Kleine erneut nach Papa, und diesmal hallt unter ihnen – aus der Küche – ihr Name zurück.

«Sophie!»

Thomas Bächlers Stimme, wie ein Schmerzensschrei. Dann herunterfallende Teller, Tassen, Besteck.

Die Kleine will wegrennen, Julia hält sie am Arm fest.

«Wo ist dein *Zimmer?*»

Das Mädchen macht die Augen zu, windet sich.

«Bald ist es vorbei, bald kommt deine Mama.»

Aber während Julia das sagt, muss sie wieder an damals denken und kann die Stimme ihres Vaters hören: *Deine Mutter – Krankenhaus*.

Julia schiebt die Erinnerung weg.

Sie kann das Zimmer sehen, gegenüber der Treppe links. Ja, die Tür des Zimmers steht offen.

Julia zerrt die Kleine – das Ärmchen fest im Griff – hinüber.

Sieht aus wie ein Gästezimmer; nur ein Kleiderschrank und ein schmales, nicht bezogenes Bett.

Die Kleine beginnt zu weinen.

2

Die Hände hinter dem Rücken gefesselt, auf dem Mund ein schwarzer Kleber, barfuß, Hemd aufgerissen: So schleppen sie Vizedirektor Bächler aus dem Haus und bringen ihn zum Wagen.

Als sie losfahren und das Dorfzentrum hinter sich lassen, bäumt Bächler sich auf dem Rücksitz auf und gibt Laute von sich: «Mhh!» – «Wuah!»

Popeye schlägt ihm die Hand ins Gesicht.

Bächler wimmert. Und krümmt sich auf dem Rücksitz, ächzt, versucht die Füße hochzuheben.

«Was denn?!», ruft Popeye.

Er reißt dem Vize den Kleber vom Mund.

«Tochter», stöhnt Bächler, «mei-ne Toch-ter.»

Er kann nicht weiterreden, ringt nach Atem.

«Sie ist in Sicherheit», sagt Julia. «Ich habe sie in ein Zimmer gebracht und ihr gesagt, sie soll dort warten.»

Bächler ringt weiter nach Luft.

«Tochter», wiederholt er. «Mutter – Genf!»

«Halt die Klappe!» Popeye droht mit der Maschinenpistole. «Willst du eine Kugel im Schädel, he? Verdammte Kapitalistensau. Bringt die Welt an den Rand des Untergangs, scheißt aufs Klima, scheißt auf Entwicklungsländer und will unser *Mitgefühl!*»

Der Vizedirektor beugt sich nach vorn. Er würgt und muss sich, beinahe geräuschlos, übergeben. Er verspritzt eine warme, grünliche Suppe auf dem Rücksitz.

Chris und Popeye wenden sich ab.

Julia, vorne auf dem Beifahrersitz, kriegt bei dem Gestank augenblicklich Brechreiz. Sie lässt das Fenster runter.

Eine Weile fahren sie schweigend im Fahrtwind, über die Landstraße in Richtung Autobahn.

«Verdammte Sauerei», flüstert Popeye. Er reißt ein neues Stück Kleber von der Rolle ab.

Der Fahrtwind tut gut. Trotzdem würde Julia am liebsten aussteigen. Nein, *damit* haben sie nicht gerechnet. Die frische Luft mildert es zwar etwas ab, doch das Erbrochene – dunkelgrün und brockig – stinkt. Die ganze Zeit über stinkt es, auch während sie den dritten Teil ihres Videos vorbereiten. Den Teil, der im Kasten sein muss, bevor sie den Schlachthof erreichen.

Erneut zappelt Bächler und erneut knallt ihm Popeye eine. Dann klebt er ihm den Mund zu.

«Los», sagt Chris.

Marge verlangsamt das Tempo, damit die Schüttelbewegungen nachlassen.

Julia dreht sich auf dem Beifahrersitz um, und Chris filmt mit dem Smartphone. Zuerst richtet er die Kamera auf die gefesselte Geisel, dann auf Julia.

«Wir haben ihn aus seinem Haus geholt. Er hat in der Afrika-Abteilung des Internationalen Währungsfonds gearbeitet. Er war Exekutivdirektor beim IWF. Er machte Deals für die Schweiz, für Aserbaidschan, Kirgistan, Polen, Usbekistan. Vor zwei Jahren ernannte ihn der Bundesrat zum Vizepräsidenten des Direktoriums der Nationalbank.»

Julia macht eine Pause. Sie lächelt in die Kamera.

«Ich versichere euch: Seit Jahren sorgt dieser Mann dafür, dass die Milliardengeschäfte mit Kohle, Öl und Gas weiterlaufen. Thomas Bächler *leugnet* den Klimawandel. Er ist der Meinung, der Mensch sei nicht schuld daran, die

Banken seien nicht schuld daran, die Reichen seien nicht schuld daran, *er* sei nicht schuld daran.»

Erneut macht Julia eine Pause, diesmal ist es keine einstudierte. – Was für ein Gestank!

Sie braucht ein paar Sekunden, bevor sie fortfahren kann.

«Was ihr ebenfalls wissen müsst: Dieser Mann hat eine Millionärin geheiratet. Der Vater von Bächlers Frau ist der deutsche Multimillionär und Fleischfabrikant Dobermann. Dobermann beliefert McDonald's und Burger King, betreibt große Schlachthäuser in der Schweiz. Deshalb bringen wir Bächler jetzt nach Laufingen. Dort geben wir ihm dieselbe Medizin, die er seit Jahren den Tieren und der Umwelt zumutet.»

Bei diesem letzten Satz versucht Bächler erneut, sich freizustrampeln.

«Aheer!» – «Huuwm!»

Popeyes Augen gefallen Julia nicht. Das ruhelose, tanzende Licht darin, das typisch für ihn ist; als würde in seinem Kopf ein Flipperkasten aus Gedanken und Impulsen blinken.

In den meisten Schweizer Schlachthöfen werden im Minutentakt Rinder, Schafe und Schweine getötet und in ihre Bestandteile zerlegt.

Manche Anlagen verfügen über Stallungen, in denen die Tiere einige Tage vor der Tötung untergebracht werden. Daran angeschlossen sind Schlachthallen, Kühlräume und Untersuchungsräume. In diesen überwachen Veterinäre das Einhalten der Vorschriften hinsichtlich Hygiene, Betäubung und Korrektheit des Schlachtvorgangs. Direkt unterhalb der Hallen befinden sich Abwasserkläranlagen für Körperflüssigkeiten: Blut, Urin, Magensäfte, Schweiß.

Im Zentralschlachthof Laufingen herrscht ab 5 Uhr morgens in der Regel Hochbetrieb: Es dauert etwa eine Stunde, bis die ersten 250 Schweine betäubt, mit Elektroschocks getötet, ausgeweidet und in zwei Hälften zerlegt worden sind. Zwei Stunden, bis nach dem ersten Durchgang Schweinsköpfe, Borsten und Exkremente im Abfall liegen, umgeben vom dampfenden Blut.

Beim nächsten Durchgang bekommen Rinder und Schafe einen Bolzenschuss ins Hirn, bevor man ihnen die Hauptschlagader aufschneidet.

Die dafür zuständigen Arbeiter stehen in der Schlachtstraße. Das ist ein langgezogener, fensterloser Raum, in dem die Männer bis zur Mittagspause die immer gleichen Handgriffe ausführen, im Gleichtakt, manchmal fast wie im Schlaf.

An diesem besonderen Vormittag werden die Arbeiter gegen 8.30 Uhr von Maschinenpistolensalven überrascht. Es sind Blacky und Rouge. Sie sind durch den Eingang beim Osttor in die Halle eingedrungen und feuern in die Luft.

Ratatata!

Die Kugeln stanzen Löcher in die Hallendecke, und es regnet zerplatzte Neonröhren.

«Achtung!», rufen Blacky und Rouge. «Niemand rührt sich!»

Einer der Arbeiter steht am Eingang zur Schlachtstraße. Neben ihm liegt ein blutendes, keuchendes Rind, im Schädel ein münzgroßes Loch. Der Arbeiter dreht sich zu den Eindringlingen um, in der rechten Hand die Bolzenpistole.

Für einen Moment hebt er die Pistole in Richtung der Fremden, wie um damit zu drohen.

Niemand sonst in der Schlachtstraße wagt es, sich zu rühren. Keiner sagt etwas. Es ist, als würde alles für einen Moment stillstehen.

Schließlich kommt Popeye in die Halle gestürmt. Er stößt, die Augen aufgerissen, einen Schrei aus.

«Hoka-heey!»

Er rennt an seinen Komplizen vorbei nach vorne zur Schlachtstraße, wo der Arbeiter mit der Bolzenpistole steht.

«Hoka-heey!»

Julia kennt das Geschrei. Hat irgendetwas mit Indianern zu tun. Popeye steht auf Indianer.

Der Arbeiter bei der Schlachtstraße wirkt erschrocken. Er starrt den Bewaffneten an, würde es bestimmt nie wagen, sein Bolzengerät gegen ihn einzusetzen, gegen *irgendeinen* Menschen.

Trotzdem schießt Popeye.

Die Kugel trifft das rechte Bein des Mannes. Er sackt zusammen, geht mit seinem Bolzengerät zu Boden, direkt neben dem blutenden, schnaubenden Rind.

Julia, die mit Chris und dem gefesselten Bächler die Halle ebenfalls betreten hat, kann alles sehen.

Wieder Schüsse, wieder in die Hallendecke – *ratatata* –, bis Blechsplitter herunterfallen, Plastikteile, Kabelfetzen.

Julia und Chris schleppen die Geisel zum Kontrollpult der Abwasserkläranlage. Blacky und Rouge folgen ihnen. Zögernd, wie es scheint, irritiert.

Natürlich, denkt Julia. Niemand hat etwas davon gesagt, auf Arbeiter zu schießen.

«Verdammte *Sauerei*!»

Wieder Popeye. Er beginnt mit den Füßen zu stampfen, als wolle er auf dem Hallenboden einen imaginären Trampelpfad bilden. Er schüttelt den Kopf und starrt mit geweiteten Augen auf das Blut und die dampfenden Gedärme am Boden, auf die halbierten, geviertelten, in die Ecke gespülten Tierklumpen, Innereien, Hautfetzen.

«Verdammte Sauerei!»

Er stampft weiter durch den Schlachtabfall, dreht sich um die eigene Achse. Und bleibt plötzlich stehen, richtet die Kalaschnikow auf einen zweiten Arbeiter, der graue Gummihandschuhe trägt.

«Bitte ...», sagt der Arbeiter.

«Was ist das?» Jetzt klingt Popeyes Stimme heiser. «Was *ist das?!*»

Er feuert eine Salve ab, über die Köpfe der Arbeiter hinweg nach hinten, in eine weiß gekachelte Wand, in der sich dunkelbraune, spinnenförmige Einschlaglöcher bilden.

Julia hat genug.

Mit einer Ruhe, die sie sich später nicht erklären kann, geht sie auf Popeye zu, über den klebrigen Hallenboden, durch unsichtbare Vorhänge aus Wärme und Fleischgeruch.

Popeye blickt sie an. Für einen Moment funkeln seine Augen; das helle, tanzende Licht.

«Wir müssen das Video drehen», sagt Julia. «Bevor die Polizei eintrifft. Du kennst das Timing.»

Sie wartet einige Sekunden.

Popeye antwortet nicht.

Sie lässt ihn stehen und geht zurück zu den anderen.

Angrenzend an die Haupthalle befindet sich der Untersuchungsraum, in dem in der Regel auch Sitzungen stattfinden. Der Betriebsleiter ist gerade dabei, mit den Veterinären die Einsatzpläne für kommende Woche durchzugehen, als sie aus dem Nebenraum die ersten Schüsse hören.

Zuerst ignorieren sie die Geräusche und machen mit der Sitzung weiter – in der Annahme, es handle sich bei den Schüssen um die Bolzenpistolen. Aber dann wird der Betriebsleiter doch misstrauisch, weil sich die Bolzengeräte noch nie so angehört haben. Er steht von seinem Platz auf, um nachzusehen, was in der Halle vor sich geht.

Inzwischen haben Julias Leute Vizedirektor Bächler zur Schlachtstraße geschleppt.

Die Kollegen des Arbeiters, der von Popeye angeschossen wurde, bringen den Verletzten zum schwarz-rot gestrichenen Tor vor den Kühlräumen. Man versucht, ihm das Bein abzuklemmen, mit einem Reinigungsschlauch aus Gummi.

Im Hintergrund ertönen Stimmen. Die Stimmen des Betriebsleiters und der Veterinäre.

«Hallo! Wer sind Sie?»

«Was ist das, hä!», kreischt Popeye sie an. Er richtet seine Kalaschnikow auf sie. «Bist du hier der Boss?»

Keiner der Männer antwortet.

«Was ist das für eine gottvergessene *Sauerei!*»

Julia kann sehen, wie Popeye auf dem Boden herumstampft, als würde ihm das dabei helfen, seine Wut oder seinen Ekel loszuwerden.

Sie geht weiter und erreicht die dampfige Wärme der Schlachtstraße. «Du da», sagt sie zum Arbeiter vor der stählernen, mechanisch betriebenen Aufhängung.

An der Aufhängung baumeln Schweine – halbiert, gehäutet, geköpft. Julia weist den Arbeiter an, zwei Schweinshälften abzuhängen, um für die Geisel Platz zu machen.

Der Arbeiter gehorcht. Er bekommt Unterstützung von Blacky und Marge.

«Gut», sagt Julia. Sie wundert sich, wie *ruhig* ihre Stimme klingt. Sie richtet die Maschinenpistole auf den Arbeiter. «Los, weitermachen.»

Also hilft der Mann Blacky und Marge, Vizedirektor Bächler an der Aufhängung zu befestigen, mit Seilen um Oberschenkel, Arme und Brust.

Gemeinsam heben sie ihn in die Höhe, an zwei Haken.

Julia beginnt mit dem Handy zu filmen, als Bächler über dem Boden baumelt, die Augen aufgerissen, zwischen den halbierten Schweinen – ein zusammengeschnürtes, zitterndes Menschenpaket.

3

Die Filmsequenzen aus dem Schlachthof werden am selben Tag ins Netz gestellt und gehen – zusammen mit den Szenen von Bächlers Entführung aus dem Haus in Fischertal – viral. Verbreitung finden sie über Kanäle von Umweltaktivisten und Tierschutzgruppen in Deutschland, England und Frankreich, ebenso durch die Berichterstattung großer Zeitungen und öffentlich-rechtlicher Sender.

Das Bild des zwischen den Schweinshälften baumelnden Vizedirektors der Nationalbank erreicht ein internationales Millionenpublikum.

Weil Thomas Bächler, von einem Trauma abgesehen, keine körperlichen Schäden davonträgt und bloß zwei Tage im Krankenhaus verbringen muss, zeigen die Medien nur wenig Verständnis für die Seite der Nationalbank.

Der redaktionelle Grundtenor geht eher dahin, dass man die extreme Aktion zwar verurteilt – insbesondere den Schuss in das Bein des Schlachthofarbeiters – und festhält: Jede Form von Gewalt ist falsch. Doch kaum ein Medium kritisiert die eigentlichen Anliegen von *Schwarzer Winter*, sondern man gibt ihnen im Zuge der Entführungsstory viel Raum.

Der Überzeugung folgend, verzweifelte Zeiten riefen nach verzweifelten Maßnahmen, interpretieren namhafte Kommentatoren die Aktion als Versuch, eine dringende politische Botschaft zu verbreiten.

Genauer gesagt, eine Botschaft an die Konsumgesellschaft, die aus der Corona-Pandemie und der europaweiten Energiekrise nichts gelernt habe und in den alten Ego-Materialismus zurückgefallen sei. Wie auch die Regierungen nicht ernsthaft vorgehen würden gegen die Klimakatastrophe, gegen das Aussterben von Tieren, Pflanzen und der Menschheit. Und das Ganze, obwohl die Wissenschaft seit Jahrzehnten vor der Katastrophe warne, machtlos gegen die Interessen der Großfinanz, der Konzerne und Rohstoffdynastien.

Viele Medien bieten eine solche Lesart der Ereignisse, auch wenn es Redaktionen gibt, die *Schwarzer Winter* kritisch gegenüberstehen.

Zum Beispiel spricht eine Schweizer Zeitung von der «traurigen Wende der Julia Schwarz». Julia wird als «einst geschätzte» Journalistin des Schweizer Fernsehens gezeichnet, geboren 1997 im ostschweizerischen St. Gallen. Julias Kindheit gilt als «schwierig»: Sie ist die alleinige Tochter des erfolgreichen Schweizer Bauunternehmers Gregor Schwarz und seiner depressiven, 2013 durch Suizid aus dem Leben geschiedenen Ex-Frau.

Drei Jahre nach dem Tod der Mutter – so steht es auf Wikipedia – studierte Julia Umweltnaturwissenschaft und Journalismus. Schon während des Studiums publizierte sie zu Klimafragen. Dabei spezialisierte sie sich auf die «europäische Aktivisten-Szene» und sympathisierte mit *Schwarzer Winter*.

Ab 2019 wurde Julia als Medienstimme dieser Gruppe wahrgenommen, die in Deutschland Farbanschläge auf Bankgebäude organisierte und in England Wasserpump-Lastwagen, um 2000 Liter Kunstblut vor der Nationalbank zu verspritzen. Sitzblockaden vor Konzernzentralen, Camping-Aktionen auf Hauptverkehrsstraßen, die nächtliche

Befreiung von Tieren aus dem Zoo, Drohnen, um den Betrieb über den Flughäfen von London, Paris und Berlin zu stören.

Es folgten die schwierigen Jahre 2020 bis 2022 mit der weltweiten Corona-Pandemie und dem brutalen russischen Angriffskrieg auf die Ukraine: zwei Themen, die den Klimaschutz aus den Schlagzeilen verdrängten.

Kenner der Szene berichten, dass *Schwarzer Winter* während dieser Zeit damit begann, Autos und Büros der «Feinde des Planeten» in Brand zu stecken und die Entführung von verantwortlichen Politikern und Unternehmern zu planen – Vizepräsident Bächler war nur der Anfang.

Bei dieser Aktion hat sich Julia mit der Maschinenpistole filmen lassen und gilt nun als «staatsgefährdendes» Mitglied der Gruppe. Sie landet auf der gleichen Fahndungsliste wie die anderen Mitglieder. Auf der gleichen Liste wie Kilian Winter, der Mann, der *Schwarzer Winter* 2016 gegründet hat.

Gemäß Polizeiakten handelt es sich bei Kilian Winter um den Kopf der Gruppe. Geboren 1992 in Düsseldorf, als Sohn eines Religionslehrers und einer Krankenschwester, verlässt er mit 17 Jahren das Elternhaus, um in Berlin politische Ökonomie und Kulturwissenschaft zu studieren. Trotz hervorragender Leistungen bricht Winter das Studium ab, geht in die USA, dann nach Indien, wo sich seine Spur verliert. Bei seinem Wiederauftauchen 2014 in Deutschland ist er Mitglied von «Extinction Rebellion», von denen er sich jedoch wieder trennt, um seine eigene Gruppe zu gründen.

Im Jahr 2017 kommt es zur ersten Begegnung zwischen Winter und Julia Schwarz: Für die Homepage des Schweizer Fernsehens hat Julia einen Beitrag über dessen Umweltbewegung verfasst. Einen Beitrag, der Winter gefällt. Deswegen bietet er ihr ein exklusives Interview, das vom Sender zuerst abgelehnt wird, denn Winter wird in den USA wegen Autodiebstahl und Drogendelikten gesucht.

Trotzdem kommt es, in Zusammenarbeit mit Kollegen vom Ersten Deutschen Fernsehen, zum Interview. Bei diesem Auftritt schafft es Winter, sich gegenüber einer breiteren Öffentlichkeit als energiegeladener Rebell mit «prophetisch stechenden Augen» zu inszenieren.

Bis heute greifen Medienschaffende auf dieses erste TV-Interview zurück, um daraus zu zitieren.

Unter den Anhängern in den sozialen Medien ist besonders eine Szene beliebt, in der Julia Kilian Winter vor laufender Kamera fragt, ob er jemals Gewalt anwenden würde, um seine Ziele zu erreichen? Winter beugt sich, um zu antworten, langsam und theatralisch vor. Er wirft Julia einen Blick zu, in den Augen ein Scheinwerfer-Funkeln: «Unser System ist Genozid an der nächsten Generation. *Das* ist Gewalt. Wenn wir uns dagegen wehren, nenne ich das Selbstverteidigung.»

«Und was ist mit den unschuldigen Menschen, die wegen Ihrer Aktionen in Lebensgefahr geraten?», möchte Julia wissen. «Die Bürgerinnen und Bürger unserer Demokratie?»

Langsam bewegt Winter, ohne den Blick von Julia abzuwenden, den Kopf hin und her. «Wenn eine Gesellschaft so unmoralisch handelt, wird Demokratie irrelevant.»

Es ist diese Szene, die Winters Ruf festigt – während die Behörden bereits mit Hochdruck gegen ihn und seine Gruppe ermitteln.

Im Nachgang der Bächler-Entführung findet die Polizei die gestohlenen Fahrzeuge, welche die Aktivisten verwendet haben, rund drei Kilometer vom Zentralschlachthof entfernt, auf einer Landstraße.

Den Beamten gelingt es nicht, den Fluchtweg der Gesuchten zu rekonstruieren oder ihren aktuellen Aufenthaltsort ausfindig zu machen.

Seit über einem Jahr versuchen sie schon, die Gruppe zu fassen, ohne dass es zu einer Verhaftung gekommen ist. Die Behörden gehen davon aus, dass die Gruppe wechselnde «Lager» nutzt, nicht nur in der Schweiz, auch im angrenzenden Ausland, und dass sie von einflussreichen Kreisen unterstützt wird.

Beamte, die mit dem Fall vertraut sind, bescheinigen *Schwarzer Winter* gute Organisation und Ausrüstung. Wer das Dossier kennt, muss den Aktivisten ein nahezu militärisches Planungsvorgehen attestieren, dazu einen geübten Umgang mit Waffen. Abgesehen davon verfügen die Gesuchten wohl über «Krypto-Handys»– schwer zu erwerbende, kostspielige Geräte, mit denen verschlüsselt kommuniziert werden kann, sodass eine Ortung innerhalb einer nützlichen Frist unmöglich ist.

Die Vermutung liegt nahe, dass diese und andere Geräte, wie auch die logistische Unterstützung, nicht von *Schwarzer Winter* selbst kommen, sondern dass es Verbindungen zu einflussreichen Kreisen gibt, nicht zuletzt aus dem «Big-Tech-Business».

Das ist eine Vermutung, die nur Kilian Winter aus der Welt schaffen könnte, wenn er grundsätzlich daran interessiert wäre, Vermutungen aus der Welt zu schaffen.

Winter hat die Übersicht über die Geldflüsse der *Gruppe*. Nur er weiß, wer ihnen die technische und logistische Unterstützung bietet, die sie bisher davor bewahrt hat, geschnappt zu werden.

Auch Julia kann nicht sagen, welche Finanziers es im Hintergrund gibt, obwohl sie Winter nahesteht. Tatsächlich sind die beiden ein Paar. Winter hat auch schon Witze darüber gemacht und gesagt, dass die Zeitungen «das sicher geil» fänden, wenn sie wüssten, was «wir beide nach

Mitternacht treiben». Der endgültige Name der Gruppe war geboren: *Schwarzer Winter.*

Nach dem Erfolg der Bächler-Aktion zieht sich die Gruppe in ihr vorübergehendes Refugium nach Deutschland zurück. Es handelt sich um einen abgelegenen Bauernhof auf einem Landstrich zwischen Bechhofen und Weidenbach, in unmittelbarer Nähe eines Waldes mit kleinem, schilfbewachsenem Weiher.

Die Stimmung in der Gruppe ist gut. Es ist das erste Mal, dass sie eine Aktion ohne Winter durchgeführt haben, und trotzdem ist alles *perfekt* gelaufen. Winter hat die Aktion zwar mit Julia geplant – bis ins kleinste Detail –, aber dann musste er unerwartet nach Hamburg, für einen wichtigen Termin betreffend des «nächsten großen Dings»: eine Aktion, die größer sein soll als alle ihre bisherigen Aktionen zusammen, wie Winter meint.

Doch daran mag jetzt niemand in der Gruppe denken. Jetzt wollen sie Spaß haben.

Der verlassene Bauernhof verfügt über eine leergeräumte Scheune, in der Popeye, Chris und die anderen Technomusik laufen lassen und tanzen.

Nach Einbruch der Dämmerung essen und trinken sie draußen im Gras, zwischen der Scheune und dem angrenzenden Stoppelfeld. Sie machen ein Feuer und genießen das *Najé*, eine psychedelisch wirkende Pflanze, die sich rauchen oder eingekocht trinken lässt.

Winter hat das Zeug vor ein paar Jahren in Peru entdeckt. Angeblich nutzten es schon die Naturvölker des Amazonas für rituelle Zeremonien und um sich in Trance zu versetzen.

Manchmal mischen sie ins *Najé* einen anderen Saft, etwas Indianisches, auf das Popeye steht. Und dann ist da noch das T2, ein Zeug aus Kalifornien: hellblaue Pillen, die sie einnehmen, wenn sie im Einsatz sind, um fokussiert zu bleiben. Popeye nennt es «chemische Kriegsbemalung», typisch.

Julia meidet das T2. Aber das *Najé* hat sie schon probiert und fand es entspannend. Sie hat nichts dagegen, dass die Gruppe feiert, und sie hört es gern, wenn die anderen lachen. Sie hat auch nichts gegen den Technosound oder den Schnaps. Hier draußen kann sie kein Mensch hören, die nächste Siedlung ist Kilometer entfernt.

Julia beobachtet gern die anderen, wenn sie gut drauf sind, zum Beispiel Chris und Marge. Sie erzählen Witze am Lagerfeuer. Dann tanzen sie wie Indianer um die Flammen herum. So, wie Popeye es am liebsten macht.

Blacky und Rouge tanzen einige Minuten mit, dann verschwinden sie wieder in der Scheune mit dem Technogewummer.

«Ihr Toten!», ruft Popeye ins Feuer, den Kopf umschwirrt von Glutsternen. «Unterwegs auf der Autobahn, in euren Blechsärgen! Wacht auf! Geld-Marionetten! Humankapital-Zombies!» Er klatscht in die Hände und dreht sich im Kreis.

Chris und Marge drehen sich mit ihm, bevor sie alle drei, weiter drüben, ins Gras torkeln und hinfallen.

Julia kann sehen, wie Popeye auf dem Rücken liegen bleibt und nach oben in den nachtblauen Himmel lacht, in dem sich die Rauchwolken des Feuers verlieren.

Sie gönnt ihm den Moment. Sie gönnt ihnen allen den Moment. Aber sie kann nicht mitfeiern. Sie hört den Singsang ihrer Stimmen, das Gekicher, riecht das Feuer, alles in gedämpfter, innerer Entfernung. Sie kennt das – schon ihr Leben lang, denkt sie. Manchmal schiebt es sich wie eine Glaswand zwischen sie und die Welt.

Julia entfernt sich von den anderen. Sie will allein sein. Sie begibt sich auf die Rückseite des Bauernhofs. Sie mag es, wie das Gelächter und das Gewummer hinter ihr zurückbleiben.

Sie überquert das stille, dunkle Feld hinter der Scheune.

Sie erreicht den Wald auf der anderen Seite und sucht den Trampelpfad, der zum Weiher führt. Sie sucht den Anblick des schilfbewachsenen Ufers, den Glanz des Wassers, wenn es windstill ist, wenn nichts sich rührt.

Aber natürlich ist sie, als sie den Weiher erreicht, nicht allein: Winter ist da. Er sitzt auf dem umgefallenen Baumstamm am Ufer.

Als sie auf einen knackenden Ast tritt, dreht Winter den Kopf.

Julia setzt sich zu ihm, während er wieder zum Weiher blickt. Sie beobachtet – aus dem Profil – die kleinen, schwarzen Wellen seiner Haare, die geschwungene Nasenform. Sie stellt sich vor, ihn zu küssen, mit ihm ins Wasser zu springen, einen Schrei auszustoßen und sich, genau wie die anderen, zu verlieren. Verlieren in der Bewusstlosigkeit eines Augenblicks. Sie stellt sich vor, etwas Verrücktes zu tun, irgendetwas.

Jetzt, denkt sie, *jetzt*. Aber sie ist wie blockiert. Sie fühlt sich schwach, abgestumpft.

Und Winter? Er sagt kein Wort.

Erst jetzt fällt ihr auf, dass auf dem Waldboden neben ihm die Thermosflasche steht, die sie zusammen aus London mitgebracht haben, mit dem hellgrünen Deckel. Die Flasche mit dem eingekochten *Najé*.

«Du hast ohne mich angefangen?»

Er reagiert nicht auf Julias Frage, als würde ihn die Betrachtung des Weihers vollkommen in Beschlag nehmen.

«Winter?»

Nun blickt er sie an.

«Ich habe von dir geträumt», sagt er.

«Geträumt?»

«Wir waren nackt. Irgendwo in einem Raum unter der Erde. Wie in einer Tiefgarage. Wir haben geschwitzt und alles in Brand gesteckt, in die Luft gejagt. Die ganze Welt.»

«Die ganze Welt?»

In seinen Augen erscheinen für Momente zwei kleine, silberne Lichtpunkte.

«Ich habe dich im Entführungs-Video gesehen», sagt er. «Dieser Bächler, was für ein Jammerlappen. Wie alle diese Bonzen. Hosenscheißer. Aber *du*! Jetzt wissen alle, wer du bist. Dass du eine Kriegerin bist und es durchziehen wirst.»

«Quatsch», erwidert Julia.

Sie erinnert sich an 2017, als sie Winter zum ersten Mal begegnet ist: Nach ihrem großen TV-Interview hat man Julia nach Berlin eingeladen, zu einer Party, organisiert von einem reichen Freund, einem Sympathisanten aus der Internet-Branche, der in der Stadt ein Appartement mit Dachterrasse besaß. Julia erinnert sich, wie die jungen Frauen an diesem Abend um Winter herumgeschwirrt sind. Er war keiner dieser blassen, vertrockneten Öko-Typen, die sonst die Szene bevölkern. Winter hatte sogar etwas Bedrohliches, als würde eine dunkle Energie in ihm brennen, die irgendwie größer war als er, jedenfalls größer als die Einsachtzig seines Körpers.

Der Abend in Berlin: Julia erinnert sich, wie Winter zwischen diesen Frauen stand und beim Sprechen über die Terrasse hinweg in die Ferne blickte, auf die Häuser und Viertel ringsum. Julia hatte den Eindruck, dass er sich überhaupt nicht für die jungen Frauen interessierte, weder für die von «Extinction Rebellion» noch für die von«Fridays for Future». Sie erinnert sich, dass sie den Eindruck hatte, er sei, genau wie sie, in dieser Szene im Grunde fremd. Dass er etwas suchte, das hier nicht zu finden war.

Julia erinnert sich, dass Winter auch den Männern auf der Party – Vegetariern, Antifa-Typen, Umweltprofessoren – eine Weile zuhörte, den bekannten Argumenten folgend. Argumenten gegen das westliche System als «Verrat an der Menschheit», gegen den Kapitalismus als «Krebsgeschwür». Dann schaute Winter in Julias Richtung, fixierte sie mit den Augen und ließ nicht mehr los. Mit dem Kopf deutete er eine Bewegung an, nach rechts, wo sich eine Treppe befand, eine Treppe zum unteren Teil der Terrasse.

Während die Vegetarier und Umweltprofessoren miteinander zu streiten begannen, stahl sich Winter davon, und Julia war ihm zur Treppe gefolgt. Unten angekommen, hatte sie sich neben ihn vor die Balustrade gestellt, sich eine Zigarette anstecken lassen.

«Schwätzer!», spottete er. «Kleben an der Oberfläche.»

«Sie wollen das System verändern», erwiderte Julia.

«Nein, das kapieren sie nicht.»

«Was kapieren sie nicht?»

«Gar nichts.»

«Und du, du kapierst wohl alles?!»

Er hat sie angesehen, mit diesem Blick, als wolle er auf der Stelle in ihren Kopf, in ihre Gedanken eindringen. «Es tötet deine verdammte Seele. Das kommt zuerst. Es schneidet deine Verbindung zur Quelle ab. *Dann* gehst du hin und tötest den Rest: die Natur, die Tiere. Weil du selber tot bist.»

4

Sie sitzen am Ufer; hinter ihnen, jenseits des Waldes, der Bauernhof, auf dem Popeye und die anderen feiern.

«Großartiges Video», wiederholt Winter. «Mit Bächler und dir.»

Julia fühlt sich schwer. «Ich weiß nicht», sagt sie.

«Was ist los?» Winters Frage kommt ruhig, vorsichtig.

«Popeye ist verrückt», gibt sie zur Antwort. «Er gefährdet die Gruppe. Ich will ihn nicht mehr dabei haben.»

«Popeye war schon immer verrückt», sagt Winter. «Das ist es nicht.»

Stimmt, er hat recht. Julia ist nicht in dieser eigenartigen Stimmung, weil Popeye verrückt ist oder weil er die Gruppe gefährdet. Nein, es ist etwas anderes.

«Ich hatte Angst», erklärt sie. «Da war dieses Mädchen, die Tochter von Bächler, verstehst du? Sie war – terrorisiert. Und dieser Gestank im Schlachthaus! Ich weiß nicht, ob ich jemals wieder so etwas machen kann.»

Winters Hände, weich und warm, legen sich auf ihre Schenkel, während Julia aufrecht sitzen bleibt.

«Ich zeige es dir», flüstert er. «Ich zeige dir, wer du bist.»

«Lass das.»

Trotzdem streicht die Wärme seiner Hände weiter über ihre Schenkel, hinauf zu den Hüften, und verschwindet unter ihrem Hemd.

Sie schließt die Augen und denkt: Lass es zu. Es wird dir gefallen, es wird dir *guttun*.

Aber sie fühlt es nicht. Sie fühlt gar nichts.

«Was ist los?» Nun klingt seine Stimme ungeduldig.

Julia schildert ihm die Begegnung mit dem Mädchen, spricht vom dünnen Ärmchen, an dem sie die Kleine gepackt und zum Weinen gebracht hat. Erzählt von der Angst der Schlachthofarbeiter. Dass sie nicht damit gerechnet hat, diese Angst zu sehen, diesen Terror *selber* auszulösen. Dass ihr zwar klar war, dass sie es so wollte, dass sie handeln statt nur schreiben wollte, dass die Maschinenpistolen dazugehören, aber dass sie trotzdem ...

Sie verstummt.

«Vergiss es», sagt sie dann.

Julia muss an ihren Vater denken. Und sagt sich, wie sehr sie es hasst, wenn es wieder einmal um den Vater geht, der im Grunde gar nie ein richtiger Vater gewesen ist. Wie *lange* sie das schon hasst, wie lange sie schon aufhören möchte, an ihn zu denken!

Inzwischen hat Winter die Thermosflasche mit dem *Najé* vom Waldboden aufgehoben. Er entfernt den grünen Deckel, nimmt einen Schluck und bietet auch ihr etwas an. Julia nimmt einen Schluck, dann einen zweiten. Und einen dritten.

Später kann sie nicht sagen, wie viel Zeit vergangen ist, bis sie sich weicher fühlt – und bis sie nicht mehr auf dem Baumstamm sitzen will, sondern sich auf den Waldboden legt, neben Winter.

Gemeinsam liegen sie zwischen Fichten und Kiefern; Julia auf dem Rücken. Sie blickt zum Himmel und stellt sich die Einsamkeit da oben vor. Und kann nirgends, weit und breit, einen Stern sehen.

«Nichts», murmelt sie.

Langsam fühlt sie sich – mit dem warmen Atem des Wortes – nach oben steigen, ohne Schwerkraft, sodass sie alles abstreifen kann, was sie festgehalten hat: das Gewicht der Gedanken und Erinnerungen. Abstreifen und zurücklassen, auf dem Waldboden.

Die Sterne, denkt sie und nimmt den kühlen Geruch des Wassers wahr, zwischen dem Schilf drüben, und die Bewegungen im Wald, die Kreaturen, die nicht schlafen, niemals schlafen.

«Brennen», sagt Winters Stimme.

Jetzt möchte sie ihn spüren, möchte ihm nahe sein.

«Hamburg», sagt seine Stimme. «Sprengstoff – organisiert. Das wird – *groß*.»

Komm zu mir, denkt sie. Komm!

Aber sie kann ihn nicht sehen. Sie blickt in die Dunkelheit und realisiert, dass sie irgendwie aufgestanden ist, dass sie im Wald unterwegs ist. Seit wann? Und warum allein?

Ihr wird klar, dass sie sich auf dem Pfad befindet, der zum Bauernhof führt. Ist Winter vorausgegangen? Oder wartet er vorne, bei den Bäumen?

«Hamburg – *groß*.»

Die Stimme klingt gedehnt, ein Echo in den Schatten.

Sprengstoff für Hamburg, denkt sie. Sprengstoff?

Ihr fällt auf, dass sie noch immer die Thermosflasche in der Hand hält. Sie trinkt, während die Pflanzen und Bäume um sie herum – für Momente ist es *überall* zu spüren – knistern und rascheln, als würden sie aufatmen.

Als sie das offene Feld erreicht, lässt Julia die Thermosflasche fallen und streckt die Arme aus. Sie bewegt sich durch die traumweiche Luft über die Wiese, in Richtung Bauernhof.

Dort wartet der Geruch des Lagerfeuers. Julia kann den Rauch sehen. Den Rauch, der langsam nach ihr zu greifen scheint, mit warmen Nebelhänden, die sie *berühren*, die sie nehmen und mit ihr tanzen wollen.

Tanzen vor der Hitze des Feuers, das die anderen gelegt haben. Tanzen vor dem Feuer, das in der Nacht prasselt, knistert, wispert.

«Wir leben – *leben!*»

Die Stimme von Popeye. Natürlich. Und Popeyes Gesicht. Doch jetzt ist es verwandelt. Popeye ist verwandelt. Schwebt wie mit einer Maske neben den zitternden, nach der Dunkelheit schnappenden Flammen. Popeye mit Kriegsbemalung. Popeye mit schwarz-roten Streifen über Stirn, Nase, Wangen.

«Hoka-heey!»

Das Gesicht – Kriegsgesicht – dreht sich weg, verschwindet, war vielleicht gar nie Popeyes Gesicht, nicht einmal ein Menschengesicht, denkt Julia.

Ein *Geist*, denkt sie. Ein Geist, der zum Geist eines Vorkämpfers gehört, der zu den Geistern der Ahnen gehört, aus der Zeit, als das Land, als das alles hier, noch frei war.

Das Feuer, denkt Julia.

Ja, das Feuer hat die Ahnen angelockt. Die Ahnen, die sich jetzt nähern, die sich stumm durch die Nacht bewegen. Mit abgezehrten Beinen, ausgestreckten Armen und Fingern. Mit Gesichtern, die von weither kommen, von den Rändern der Zeit. Gesichter, die Julia sehen kann. Gesichter, die sie anstarren, aus der Vergangenheit in die Gegenwart herüber. Aus der schwarzen Leere ihrer Augen bluten sie, darunter die vertrockneten, mondstaubfarbenen Zähne.

Und dann schweben sie wieder in die Vergangenheit. Obwohl Julia das nicht möchte, obwohl sie die Geister aufhalten will, um mehr von ihnen zu erfahren. Sie rennt durch die Dunkelheit und kann die Ahnen nicht finden.

Das sind nur Schatten – und Tiere. Aufgeschreckte Marder, Fledermäuse, Rehe, Wölfe: Sie fliehen vor der Witterung des Todes, vor dem Ende, das sich aus allen Himmelsrichtungen nähert.

Julia möchte mit den Tieren fliehen. Aber sie ist zu schwach, kann nicht mithalten. Sie muss stehen bleiben, um zu Atem zu kommen. Ihre Beine geben nach, sie sinkt zu Boden.

Bum-bum. Bum-bum.

Warten, bis das Klopfen langsamer wird. Liegen bleiben. Nicht bewegen. Nur warten. Warten und nach oben in den Himmel sehen, in die Weltraumkälte ohne Leben, ohne eine Seele.

Aber sie möchte nicht allein sein! Und diese *Angst*, diese Unruhe. Diese Unruhe in einem – Auto? Ja, Julia sitzt in einem Auto, sitzt schon wieder in diesem Auto. Im Auto neben dem Vater, der sie vom Bahnhof abgeholt hat.

«Deine Mutter. Krankenhaus.»

Ja, die Mutter. Sie hat versucht, sich das Leben zu nehmen. Sie sind unterwegs ins Krankenhaus, um zu sehen, wie es ihr geht.

Julia folgt dem Vater ins Krankenhaus. Sie suchen das Zimmer Nummer 45, suchen den abgemagerten Körper, von dem die Ärzte behaupten, es sei ihre Mutter. Julia erkennt sie zuerst nicht. Sie beugt sich über die Nebelfarbe des Gesichts, über die kleinen, zur Decke starrenden Augen.

«Das nächste Mal wird es klappen», sagt im Hintergrund die Stimme des Vaters. «Deine Mutter geht auf Nummer sicher und springt vor den Zug.»

Julia rennt los, zurück ins Viertel im Osten von St. Gallen, in dem sie aufgewachsen ist, allein mit der Mutter, ohne Vater.

Sie kommt am alten Güterbahnhof vorbei, auf dem sie damals mit Sala und den anderen Jungs Verstecken gespielt und die ersten Küsse ausprobiert hat. Sie kommt vorbei an den geschlossenen Fenstern des Quartiermechanikers und der Frau mit den drei Malteser-Hunden. Vorbei an den Wohnblocks gegenüber dem Kinderspielplatz. Vorbei an den geschlossenen Türen des Quartierladens, nicht weit entfernt von der Bushaltestelle bei der Ruhenstraße, wo sie mit der Mutter wohnt.

«Mama!»

Angekommen im Wohnblock auf der Anhöhe, eilt sie in den vierten Stock. Sie betritt die nach Zigaretten riechende Stille der Dreizimmerwohnung, in der sie so lange gelebt hat und die Mutter nicht zu finden ist und vielleicht nie mehr zu finden sein wird.

Julia rennt zurück ins Freie.

Undeutlich schwimmen die Wolken über dem Viertel, über den Straßen und Plätzen, auf denen niemand zu sehen ist. Wo sind alle? Wohnt hier keiner mehr?

Doch, da ist jemand, beim Güterbahnhof: Es ist Sala. Der Junge, der ihr Liebesbriefe schreibt.

Julia fragt ihn, ob er ihre Mutter gesehen hat. Ob er weiß, wo sie ist, ob sie vielleicht *tot* ist und Julia zu spät kommt?

Sala antwortet nicht, hat keine Ahnung oder versteht nicht. Oder er weiß *alles* und kennt Julias Schmerz, möchte sie umarmen, trösten.

Doch Julia rennt weiter und hört in der Ferne den Zug heranrollen. Den Zug, mit dem die Mutter später auf Nummer sicher gegangen ist.

«Nein!»

Julia reißt die Kalaschnikow hoch. Sie feuert eine Salve in die Wände der Halle und eilt weiter, zurück ins Schlachthaus.

Sie watet durch den blutigen Gestank des Tierabfalls und erneut in die Schlachtstraße, vorbei an den herunterbaumelnden, geköpften, gehäuteten Schweinshälften.

Sie geht in die Kühlhalle und weiter über eine Treppe, durch einen Korridor, über eine neue Treppe, einen neuen Korridor – bis zum Zimmer, in dem das Mädchen wartet, die Tochter von Vizedirektor Bächler.

Das Mädchen weint.

«Komm», sagt Julia.

Das Mädchen schüttelt den Kopf.

Julia möchte ihr zeigen, dass sie nichts zu befürchten hat, dass sie in Sicherheit ist, dass sie hier rauskommen, dass sie gemeinsam ihre Mama finden.

«Deine Mama», sagt Julia.

Das Mädchen schaut zu Boden. Schon lange ist es her, denkt Julia, dass sie Nähe erlebt hat, schon lange ist sie allein in diesem Zimmer und hat sich daran gewöhnt, dass sich *niemand* interessiert, dass es da draußen keinen Platz für sie gibt.

Julia nimmt die Hand des Mädchens und verlässt mit ihr das Zimmer, verlässt mit ihr das Haus.

Draußen erreichen sie die Straße eines neuen Viertels. Julia erkennt viele Häuser, in denen Kinder wohnen. Kinder mit ihren Müttern und Vätern. Ein Zuhause für jedes Kind – nur nicht für sie. Nicht für das Mädchen und nicht für Julia.

Julia geht in die Knie und schlingt die Arme um das Mädchen, um sie zu trösten, um sie zu schützen. Denn sie spürt unter den Füßen – das Dröhnen und Donnern des nahenden Zuges.

5

Gregor Schwarz, Julias Vater, hat eine lange Nacht hinter sich, als ihn Beamte der Polizei und der Staatsanwaltschaft in seinem Büro in Zürich aufsuchen. Sie stellen ihm Fragen zu Julia, die der Bauunternehmer ruhig und freundlich beantwortet, auch wenn er in Wahrheit angespannt ist.

«Nein», sagt Gregor zum Fahndungschef, der die Befragung leitet. «Meine Tochter und ich hatten schon länger keinen Kontakt. Unser letztes Telefonat? Lange her. Julia reagiert nicht auf meine Nachrichten. Das war schon so, als sie noch beim Fernsehen arbeitete.»

Das ist nicht gelogen. Gregor wünscht sich, es *wäre* gelogen. Er schläft schlecht seit dieser Geschichte. Seit ihm zu Ohren gekommen ist, Julia habe sich auf die Seite der Umweltspinner geschlagen. Diebstahl, Einbruch, Waffengewalt, Entführung: Die Anklageschrift wird immer länger.

«Vielleicht denken Sie, dass Sie Ihre Tochter schützen, wenn Sie lügen, Herr Schwarz», erklärt der Fahndungschef. «Vielleicht *haben* Sie heimlich Kontakt zu Ihrer Tochter und denken, dass wir Ihre Gegner sind, dass wir die Gegner Ihrer Tochter sind und es falsch wäre, mit uns zu kooperieren.»

«Denke ich das?»

Der Fahndungschef wirkt misstrauisch.

«Ich versichere Ihnen, dass Sie niemandem helfen, wenn Sie lügen», betont er. «Ich versichere Ihnen, dass wir die

Einzigen sind, die Ihrer Tochter helfen können. Dass wir helfen können, bevor Ihrer Tochter etwas zustößt.»

Gregor überlegt.

«Kommen Sie mit», sagt er.

Er bittet die Beamten in das angrenzende Zimmer, in den sogenannten Präsentationsraum.

Dort steht auf einer elliptischen Plattform das Architekturmodell der «Kulturmeile Stuttgart»: das jüngste Projekt der Schwarz-Gruppe. Es geht um die Neugestaltung der Konrad-Adenauer-Straße. Dafür musste sich Schwarz beim Wettbewerb gegen sieben ausländische Konkurrenten durchsetzen.

Stolz zeigt Gregor den Beamten das Modell aus Blockkunststoff, Gips und Acrylglas. Er deutet auf die wunderbar angeordneten Wohnhäuser und Galerien, die großzügigen Straßen und Plätze, die Parkanlagen und Schaumstoffbäume vor dem Kulturzentrum-Modell mit zwei integrierten Hotels.

«Gefällt es Ihnen?»

Die Polizeibeamten geben keine Antwort.

«Gut», fährt Gregor fort. «Ich freue mich, dass es Ihnen gefällt. Weil nämlich meine Tochter das alles *hasst.* Alles, was Sie hier sehen.» Gregor nickt. «Julia hat meine Arbeit immer gehasst. Letzten Frühling wurde ein Anschlag auf eine unserer Baustellen in der Zentralschweiz verübt, von diesen Umweltspinnern, wussten Sie das?»

«Das ist uns bekannt», erwidert der Fahndungschef.

«Sehen Sie. Warum sollte ich glauben, dass es meiner Tochter hilft, wenn ich lüge, diese Spinner schütze und Julia mit ihnen weiter Blödsinn macht statt geschnappt zu werden? Statt im Gefängnis zu landen, wo sie zur Besinnung kommt, nicht wahr?»

Hoffentlich glaubt ihm der Fahndungschef.

Nachdem die Beamten gegangen sind und Gregor allein im Büro sitzt, fühlt er sich niedergeschlagen. Er blickt zum Panoramafenster, das auf den Pavillon Le Corbusier hinausgeht, im Hintergrund die im Vormittagslicht funkelnde Zürcher Seepromenade.

Wunderbar, denkt er, wunderbar.

Doch es hilft nicht. Denn er hat die Polizisten zwar nicht direkt angelogen, natürlich nicht – so etwas würde er niemals tun –, aber er hat ihnen doch nicht die ganze Wahrheit gesagt.

Gregor hat ihnen verschwiegen, dass er vor einigen Wochen einen Privatdetektiv damit beauftragt hat, Julia zu suchen. Und er hat ihnen verschwiegen, dass dieser Privatdetektiv in ungefähr 40 Minuten herkommen wird, in dieses Büro, mit Informationen zum Stand der Nachforschungen. Informationen, die vielleicht auch für die Behörden wichtig sein könnten.

Gregor stellt sich vor das Panoramafenster und betrachtet den Pavillon Le Corbusier. Dann geht er zurück in den Präsentationsraum.

Langsam schreitet er, die Arme hinter dem Rücken verschränkt, um das Modell. Er lässt den Blick über die Flach- und Runddächer streifen, über die Straßen und Schaumstoffbäume.

Für einen Moment erkennt er nicht nur die neuen Gebäude, die sie als Architekten entworfen haben, sondern auch die Wohnblocks von damals: die Wohnblocks, in denen seine Exfrau mit Julia gewohnt hat, in dem Viertel in St. Gallen. Natürlich stellt dieses Modell die «Kulturmeile Stuttgart» dar und hat nichts mit St. Gallen zu tun; trotzdem erkennt Gregor darin jene Wohnblocks.

Wie gern hätte er seiner Tochter erklärt, was damals los war! Aber Julia war zu klein. Sie hätte ihren Vater niemals verstanden. Sie hätte nicht verstanden, wie es war, mit einer *Depressiven* zu leben, mit einer zutiefst instabilen Frau, die Gregor im Grunde nur geheiratet hatte, weil sie schwanger war.

Wie hätte er damals ahnen können, dass diese Heirat der größte Fehler seines Lebens werden würde? Er hätte nicht wissen können, dass sich der Zustand seiner Frau – anders als von den Ärzten prognostiziert – nicht verbessern, sondern Jahr für Jahr nur verschlechtern würde. Und sein Leben? Von Montag bis Samstag: Arbeit im Büro, Aufbau der Firma, Aufbau der Geschäftsbeziehungen. Und am Abend, genau wie an den Sonntagen: die kranke Frau zu Hause und das kleine Mädchen. – Nein, dieses Leben hatte keine Minute Erholung zu bieten, keine Freude und schon gar keinen Spaß. Überall nur die Anspannung der Angst. Angst vor den Ausbrüchen der Frau, vor ihrem Schweigen, ihren Pillen und Schnapsflaschen. Und dann der Geruch nach *Krankenzimmer*, den er nie wieder vergessen wird und der Gregor überallhin folgte: ins Büro, ins Flugzeug, zu den Geschäftspartnern ins Ausland. Durch die kleinsten Ritzen seines Lebens konnte dieser Geruch kriechen. Wer hätte das auf Dauer ausgehalten?

Als Julia sechs Jahre alt war, wollte Gregor sie zur Schwester nach Rorschach am See geben, doch Julia war unmöglich von der Mutter zu trennen. Nach der Scheidung versuchte Gregor alles, um der kranken Ex zu helfen, organisierte Nannys und Pflegerinnen, Privatunterricht für Julia. Aber er war selten da, lebte ja in Zürich und musste viel reisen. Dann versuchte die Exfrau, sich das Leben zu nehmen ... Gregor erinnert sich an die Monate des Aufenthalts in der psychiatrischen Klinik, an die Wochen der Besserung durch die Therapie, und schließlich an die Nachricht vom Tod: ein Sprung vor den Zug.

«Meine Schuld», würde Gregor jetzt gern zu Julia sagen. «Ich hätte dich schützen müssen. Es tut mir leid.»

Er betrachtet die miniaturhaften Details des Architekturmodells auf dem Präsentationstisch und denkt an die vielen Projekte, denen er seine Karriere verdankt, an die Jahrzehnte im Dienst der Firma. Jahrzehnte, die eigentlich Julia gehört hätten. Jahrzehnte, die er seiner Tochter vorenthalten hat. Furchtbar lange, verpasste Jahrzehnte.

Als der Privatdetektiv, ein Mann namens Hollenstein, im Büro erscheint, hofft Gregor auf Erlösung, auf eine Information, die ihnen dabei helfen wird, Julia zu finden.

Geduldig hört er sich den Bericht des Detektivs an, hört sich an, welchen Hinweisen er nachgegangen ist: Hinweisen aus der Schweiz und Deutschland, Hinweisen auf Gruppen, mit denen die Umweltspinner vernetzt sind. Hinweisen auf Städte, in denen die Spinner möglicherweise ihre nächste Aktion planen. Hinweisen auf Spuren und weitere Hinweise, die Gregor nicht ganz versteht.

Dennoch hört er weiter zu in der Hoffnung, der Detektiv möge etwas Entscheidendes sagen, etwas Hilfreiches.

Schließlich entweicht ihm ein Seufzer. «Und sonst?», fragt er. «Nichts?»

Der Detektiv blättert in seinem Dossier. Es enthält Medienberichte über Julia, Polizeiakten, Fotos, Dokumente, handgeschriebene Notizen.

«Da *ist* eine Spur», sagt er. «Hier.»

Er reicht Gregor das Foto eines dunkelhaarigen, südländisch wirkenden Mannes um die Dreißig. Ein Mann mit weißem Hemd, grauem Sakko und etwas müden, glanzlosen Augen.

«Antonio Sala», sagt der Detektiv.

Natürlich! Gregor erinnert sich: Er hatte initiiert, dass man diesen Mann, diesen Sala, ausfindig macht. Der Junge ist Julias erste Liebe gewesen und kann ihnen vielleicht helfen, wer weiß?

Der Detektiv hat Informationen über Sala gesammelt: geboren 1994 in St. Gallen. Die Eltern stammen aus Apulien, Vater Bauarbeiter, Mutter Putzfrau. Antonio ist das älteste von drei Kindern. Das einzige aus der Arbeiterfamilie, das es an die Universität schafft und in Zürich Volkswirtschaft studiert.

«Sala ist Unternehmensberater», erklärt der Detektiv. «Er hatte Kunden im Fürstentum Liechtenstein, in Deutschland, in der Schweiz.»

«Hatte?»

«Vor zwei Jahren erlitt er eine Art Nervenzusammenbruch. Er trennte sich von der Beratungsagentur. Aber er ist weiter im Geschäft. Hier, das ist interessant.» Der Detektiv überreicht Gregor eine Liste, auf der prominente Namen zu lesen sind: Mitglieder von Parlamenten und Regierungen, bekannte Intellektuelle und Kulturschaffende. Selbst ein ehemaliger deutscher Bundeskanzler steht auf der Liste.

«Aha», staunt Gregor.

Der Detektiv erklärt, es handle sich um die Gästeliste des millionenschweren Verlegers Louis Solinger vom gleichnamigen Schweizer Medienhaus. Solinger organisiert jährlich einen VIP-Anlass in Lausanne, in einem Luxushotel am See, in das er ausgewählte Gäste zum «Republikanischen Bankett» einlädt. Während zwei Tagen finden in eleganten Salons Debatten, Diners, Lesungen, klassische Konzerte und dergleichen statt.

«Das ist die Liste für dieses Jahr», erklärt der Detektiv. «Der Anlass findet am kommenden Wochenende statt. Antonio Sala gehört zu den Gästen.»

«Wie sind Sie an diese Liste gekommen?»

Gregor stellt die Frage nicht, weil ihn die Antwort wirklich interessiert oder weil er die Liste für besonders geheim hält oder weil er glaubt, dass ihm der Privatdetektiv seine Quellen verraten würde.

Vielmehr geht es darum, dass Gregor seit Jahren von diesen «Republikanischen Banketten» des Millionärs Solinger hört, er bisher aber noch nie gesehen hat, wer so auf der Liste steht, und dass er sich wünscht, auch sein Name würde einmal dort auftauchen.

«Wie seltsam, alle diese bekannten Leute», sagt Gregor. «Da passt der Name Sala überhaupt nicht rein, nicht wahr?»

«Es kommt vor», meint der Detektiv. «Wichtige Personen nehmen gern ihre Berater mit. Sala muss einer der Berater sein.»

«Sicher», nickt Gregor.

Wenn er sich recht erinnert, war Sala damals ein kleiner, blasser Italienerjunge in dem Viertel, in dem fast nur Migranten gewohnt haben. Hatte dieser Sala nicht damals um Julia geworben? Doch, Julias Mutter hatte ihm, Gregor, wegen Sala sogar eine Szene gemacht: «Schau dir das an! Deine Tochter bekommt Liebesbriefe. Dieser Italienerjunge macht ihr *Heiratsanträge!*», hatte sie geschrien. Sie hatte ihm einen mit blauer Tinte geschriebenen Brief gezeigt, in dem Sala seiner Julia «ewige Treue» schwor. Anders als seine Frau fand Gregor das damals amüsant.

«Ich kann versuchen, Sala zu kontaktieren, Herr Schwarz», unterbricht der Privatdetektiv Gregors Gedanken. «Er ist ja am Wochenende in Lausanne, bei dem Bankett.»

«Sala kontaktieren?»

«Ja.»

«Und was sagen Sie ihm, wenn Sie ihn erreichen?»

«Ich sage ihm, dass Gregor Schwarz ein Treffen mit ihm wünscht.»

«Ein Treffen?»

«Hier in Zürich, Herr Schwarz. In Ihrem Büro.»

«Und wenn Sala darauf eingeht?», überlegt Gregor. «Wenn er tatsächlich kommt?»

«Dann werden Sie ihn fragen, ob er Kontakt mit Julia aufnehmen kann. War das nicht der Plan?»

Natürlich, das war der Plan. Aber glaubt Gregor noch daran? Kann er es durchziehen? *Möchte* er das? Ist in der Zwischenzeit – mit Polizei und Staatsanwaltschaft – nicht zu viel passiert? Glaubt er wirklich noch daran, dass ihnen eine alte Jugendliebe von Julia irgendwie helfen kann?

«Im Moment ist das unsere beste Option», meint der Detektiv.

«Aha», erwidert Gregor.

«Ich kenne einen Journalisten, der einen anderen Journalisten kennt», fährt der Detektiv fort. «Dieser andere Journalist bezieht von *Schwarzer Winter* Informationen oder gibt Informationen weiter. Er hat zwar keinen Draht zu Julia, aber ziemlich sicher gibt es eine direkte Verbindung zu Sala.»

«Ich kann Ihnen nicht folgen.»

Der Detektiv erklärt es ihm: Es besteht die Möglichkeit, dass Sala schon jetzt mit den Klimaterroristen in Kontakt steht, nämlich über den erwähnten Journalisten.

«Aha», wiederholt Gregor. «Und wie wollen Sie das wissen?»

«Es ist nur ein Verdacht. Ich vertraue meinem Informanten.»

«Und wenn es stimmt, was dann?»

«Wir nutzen Sala, um an Julia ranzukommen.»

Natürlich, das war der Plan, und doch – irgendwie fühlt es sich plötzlich falsch an.

6

Während Gregor Schwarz in Zürich mit dem Privatdetektiv spricht, rollt in etwa 360 Kilometern Entfernung – bei der Gemeinde Bechhofen in Deutschland – ein Polizeiwagen über die Landstraße.

«Ist das derselbe Seat?»

Für den Beamten auf dem Beifahrersitz ist es mehr ein lauter Gedanke als eine Frage. Er blickt aus dem Seitenfenster nach draußen, auf das trockene Ackerland, an dem sie entlangfahren und das etwa in der Mitte von einem dunkelbraunen Feldweg durchschnitten wird. Ein Feldweg, der am angrenzenden Wald entlang führt, wo ein schwarzer Seat steht. Heckklappe offen, Fahrertür offen.

Ja, sieht aus wie der Wagen, dem die Polizisten bereits begegnet sind, vor etwa einer Stunde, im Umkreis von Weidenbach. Der Fahrer, ein junger Typ mit Baseballmütze, ist mit leicht überhöhter Geschwindigkeit an ihnen vorbeigefahren, also haben sie ihn verwarnt, keine große Sache.

«Der darf dort nicht parken», sagt der Beamte.

Der Kollege am Steuer bremst ab. Es herrscht keinerlei Verkehr auf der Landstraße.

Der Polizist wendet den Wagen und fährt einige Meter zurück. An der Abzweigung zum Feldweg – gekennzeichnet als «Wanderweg» – schlägt er das Lenkrad ein, um auf den holperigen Feldweg zu gelangen.

Langsam rollen sie auf den schwarzen Seat am Waldrand zu, bis sie – an der Hinterseite des Seats – eine Gestalt erkennen, die sich gerade aufrichtet.

Es ist der Mann mit der Baseballmütze, den sie verwarnt haben. Er steht vor einem überdachten Platz, der aussieht wie ein Unterstand, in dem Holz gelagert wird.

Als der Mann den Polizeiwagen bemerkt, frieren seine Bewegungen ein.

Die Beamten steigen aus und gehen auf den Mann zu. Er hält etwas in Händen – eine Pappschachtel.

«Wohin fahren wir?», fragt Popeye.

Es klingt, als falle ihm tatsächlich erst jetzt ein, dass er keine Ahnung hat, wohin sie unterwegs sind. Dass er keine Ahnung hat, warum sie den Bauernhof verlassen mussten, wo sie die Nacht verbracht haben.

«Die Lieferung», antwortet Winter.

«Die Lieferung», wiederholt Popeye.

Julia ist sicher, dass er keine Ahnung hat, wovon sie reden. Sie ist müde. Seit etwa zehn Minuten sitzt sie neben Popeye auf dem Rücksitz und blickt nach draußen, ins diffuse Tageslicht über der farblosen Gegend. Im Hintergrund, dumpf wie das Pochen der Kopfschmerzen, Bäume in einer halb bewölkten Stimmung.

Sie erinnert sich nicht, was gestern alles geschehen ist, und wahrscheinlich ist es besser so. Wenn nur die Müdigkeit nicht wäre – und die Kopfschmerzen.

Im Gegensatz dazu wirkt Popeye wach, aufgeputscht vom T2. Es scheint sogar, als müsse er sich beherrschen, um auf dem Rücksitz nicht auf und ab zu wippen.

Winter sitzt vorne auf dem Beifahrersitz, Chris fährt den Wagen.

«Bald sind wir da», sagt Winter.

«Wo denn?» Popeye schnalzt mit der Zunge. «Wo?»

«Du hast gesagt, dass du es *schaffst.*» Plötzlich dreht sich Winter zu ihnen um und starrt Popeye an. «Ich habe dir gesagt, dass du nur mitkommst, wenn du dich benimmst. Oder du bist das letzte Mal dabei, verstanden?»

Popeye schweigt.

«Sag es.»

«Was denn?», fragt Popeye.

Winters Augen bleiben auf ihn gerichtet. «Sag es: Ich, Popeye, werde die Klappe halten. Ich werde genau tun, was Winter sagt.»

«Okay.»

«Nein, *sag es.*»

«Ich werde die Klappe halten und genau das tun, was Winter sagt.»

«Gut.» Winter scheint zufrieden. Dann schaut er zu Julia. «Alles in Ordnung?»

«Müde», erwidert sie.

«Es wird nicht lange dauern. Wir treffen den Jungen. Er wartet beim Wald. Er übergibt uns die Ware. Ich will, dass ihr ihn kennenlernt. Er möchte dabei sein. Ich habe ihm gesagt, wenn Julia ihn gesehen hat und einverstanden ist, wird er aufgenommen.»

Julia erinnert sich: Winter hat ihr letzte Woche von dem Jungen aus Ansbach erzählt, der ihnen neue Krypto-Handys und gefälschte Pässe besorgt. Woher die Ware kommt und wer das Ganze bezahlt – die letzten Pässe waren perfekt –, wollte Winter nicht verraten.

«Später reden wir über Hamburg», sagt er.

Hamburg? Seit Monaten redet Winter davon. Es geht um eine Aktion während des G-20-Klimagipfels. Julia kennt die Details nicht, doch sie weiß, dass Winter Sprengstoff organisiert hat.

«Da vorne ist es», sagt Winter.

Chris, seit Beginn der Fahrt still am Steuer, drosselt die Geschwindigkeit. Dann kann auch Julia es sehen: Auf der rechten Seite der Landstraße führt ein Feldweg über das Ackerland.

Als sie die Stelle erreichen, biegen sie nach rechts auf den Weg. Und dann, nach einigen Sekunden, sagt Winter: «Ein Polizeiwagen.»

Es klingt ruhig, gelassen, als wäre nichts Besonderes dabei.

Chris bringt das Auto zum Stillstand, etwa in der Mitte des Weges.

«Scheiße», sagt Popeye.

Winter prüft die Kalaschnikow auf seinem Schoß. «Also gut», sagt er. «Wir fahren weiter.»

Chris scheint zu zögern. «Bist du sicher?»

«Ja», erwidert Winter. «Fahr weiter, aber *easy*. Wir wollen die Polizisten nicht erschrecken.»

Chris gehorcht.

Langsam rollen sie über den Weg, auf den Polizeiwagen zu. Dieser steht, wie sie jetzt sehen, vor einem schwarzen Seat mit hochgezogener Heckklappe.

«Gut», sagt Winter. «Motor abstellen. Wir steigen aus. Alle zusammen, verstanden? Gleichzeitig.»

Julias Müdigkeit ist verschwunden. Das Herz klopft schneller, während sie aussteigen, und sendet ein Echo ins Innere ihrer Kopfschmerzen.

Bum-bum.

Keine Angst. Ruhig bleiben.

Bum-bum.

Für einen Moment riecht sie Popeyes Schweiß, der direkt neben ihr am Polizeiwagen vorbeischleicht, hört seine Atemstöße. Sie spürt die Energie, die sich unter der Oberfläche seines Körpers spannt; wie ein unsichtbarer Bogen aus Strom, denkt sie, mit elektrisch summenden Pfeilen.

Bum-bum.

Winter ist der erste, der die Polizeibeamten erreicht, dann Chris, zuletzt kommen Popeye und Julia.

Instinktiv bilden die drei vor den Beamten einen Halbkreis, das heißt, vor den Beamten und dem jungen Mann mit der Baseballmütze, der bei ihnen steht.

Bum-bum.

Am Boden, vor den Füßen des jungen Mannes mit der Baseballmütze, steht eine Pappschachtel.

«Guten Tag.»

Winters Begrüßung klingt freundlich. Dazu lächelt er die Polizisten an, während er seine Kalaschnikow entsichert.

«Die Ware in der Schachtel gehört uns», sagt er.

Zuerst scheint einer der Beamten – der ältere mit Bart – nach dem Pistolenholster an der rechten Hüfte greifen zu wollen. Es wirklich riskieren zu wollen. Doch dann friert seine Hand in der Luft ein, mit gespreizten Fingern.

«Bedrohung von Polizeibeamten», sagt der andere, jüngere Beamte. «Keine gute Idee, würde ich sagen. Was machen Sie hier? Wer sind Sie? Wozu brauchen Sie die Mobilgeräte in der Schachtel?»

Winter antwortet nicht, auch Julia und die anderen sagen nichts.

«Wie soll das weitergehen?», fragt der ältere Beamte mit Bart. Inzwischen hat er die Hand doch auf seine Dienstwaffe gelegt. «Sie wollen mich erschießen mit Ihrer Maschinenpistole? Ist die wirklich geladen?»

Winter antwortet nicht.

«Ich mache Ihnen einen anderen Vorschlag, junger Mann», fährt der Polizist fort. «Sie legen die Maschinenpistole auf den Boden, ganz langsam. Niemand sonst rührt sich, und dann passiert auch keine Dummheit.»

Auch der jüngere Beamte hat jetzt seine Hand auf die Dienstwaffe gelegt.

Bum-bum.

Julia sieht dem Beamten an – sieht es in seinen Augen –, dass er es *tun* wird, dass er dazu bereit ist, das Feuer zu eröffnen.

Winter scheint es ebenfalls zu spüren, denn plötzlich schwenkt er seine Kalaschnikow herum und – drückt ab. Ein Schuss in den Boden, genau zwischen die beiden Beamten; hochwirbelnde Laubblätter.

Die Beamten springen weg, nach links und rechts, wobei der Jüngere mit dem Kopf gegen den Unterstand knallt.

Dann zieht der Ältere seine Dienstwaffe.

Popeye macht einen Sprung auf ihn zu und greift nach der Pistole, mit beiden Händen. Er will den Beamten mit einem Klammergriff zu Boden zwingen, ringt mit ihm. Der Beamte ist stark. Er dreht sich im Halbkreis und schleudert Popeye von sich weg, gegen einen Baum.

Inzwischen hat der jüngere Beamte seine Waffe gezogen. «Stillgestanden! Hände hoch!»

Winter macht – es wirkt vollkommen ruhig – einen Ausfallschritt auf ihn zu. Der junge Beamte kann nicht verhindern, dass ihm Winter mit dem Lauf der Kalaschnikow die Pistole aus der Hand schlägt und ihm den Gewehrkolben in den Magen rammt.

«Helft mir», sagt Winter, immer noch ruhig, zu Chris und dem Baseballmützen-Typ. «Wir müssen sie fesseln.»

Julia sieht, dass Popeye immer noch drüben am Boden liegt, zwischen den Bäumen, mit blutender Nase. Aber er hat es geschafft, die Dienstwaffe des älteren Beamten an sich zu reißen. Er hält sie fest.

«Johuah-hey!», keucht er.

Mit Blutspritzern vor dem Mund kommt er auf die Beine. Und rennt plötzlich los, so schnell, dass Julia ein paar

Sekunden braucht, bis sie es realisiert: Der ältere Polizist versucht zu fliehen, in Richtung der Autos am Waldrand.

Julia stürmt los, um Popeye zu helfen. Auf keinen Fall darf sich der Beamte im Dienstwagen einschließen, in dem sich wahrscheinlich weitere Waffen befinden – und das Funkgerät. Er darf die Zentrale nicht alarmieren.

Popeye stolpert über eine Wurzel und fällt hin, während Julia ihre Distanz zum Polizisten verringert. Der Beamte erreicht den Dienstwagen, streckt den rechten Arm nach der Fahrertür aus, und Julia schafft es, nach seinem schwarzen Hosengurt zu greifen.

«Ah!» Der Mann macht eine halbe Drehung und bringt Julia aus dem Gleichgewicht. Sie knallt auf die Motorhaube.

Der Beamte reißt die Fahrertür auf. Er setzt sich ans Steuer und versucht, den Motor zu starten.

Julia springt zur Beifahrertür und öffnet sie, kurz bevor sich die Türschloss-Sperre aktiviert. Sie springt auf den Beifahrersitz des Wagens, und fast gleichzeitig tritt der Beamte aufs Gaspedal – *waahm!* – mit dem Motor im Leerlauf. Der Polizist versucht, den Gang einzulegen.

Julia greift dazwischen. Handgemenge.

«Verdammt!»

Ein Schlag in Julias Gesicht, knochenhart.

Sie schreit und kann einige Augenblicke nichts sehen.

Inzwischen legt der Beamte den Gang ein. Dann geht ein Ruck durch die Welt – sie fliegen rückwärts davon.

Rumms!

Der Wagen kracht in einen Baum.

Beim Aufprall wird Julia gegen das Armaturenbrett geschleudert. Kopfschmerzexplosion. Sterne im Wagenhimmel. Dann Dunkelheit. Motorengeräusch weg, Schmerzen weg.

Sekunden oder Minuten – unmöglich zu sagen –, bis alles zurückkommt: der Wagen, der Schmerz, der Polizist.

Der hält jetzt ein Funkgerät in der Hand. Es ist unklar, ob er schon Alarm geschlagen hat oder ob Julia es verhindern kann.

Die Bewegung ihres Kopfes, das Heben der Arme, alles fühlt sich an wie im Kampf gegen eine grausam starke Schwerkraft. Sie stöhnt und sieht, vor sich hinter der Windschutzscheibe, Popeye; mit verzerrtem Gesicht. Kriegsbemalung.

«Johuah-hey!»

Gedämpft tönt der Schrei hinter der Scheibe. Popeye tanzt. Auf der Motorhaube.

Bum! Ba-bum!

Oder träumt Julia?

Vielleicht hat sie das Bewusstsein verloren.

«Julia», sagt Winters Stimme.

Die Stimme klingt entspannt, und Julia kann sehen, dass er neben ihr sitzt. Auf dem Baumstamm am Ufer des Weihers, wie letzte Nacht.

«Sehr schön», sagt er.

7

Zurückgelehnt im Stuhl des Nobelhotels, mit den anderen Gästen am blumengeschmückten Tisch, bemerkt Antonio Sala die Brüste, die sich unter dem champagnerfarbenen Seidenkleid der Asiatin abzeichnen. Der Asiatin, die ihm gegenüber am Tisch sitzt.

Hina? Yuna?

Sala hat den Namen vergessen. In letzter Zeit vergisst er wichtige Namen. Das kam früher nicht vor, jedenfalls nicht in der ersten Zeit, als ihm die Geschäfte noch Spaß gemacht haben. Schon gar nicht in der Zeit mit Julia in St. Gallen. *Damals* hat er nie einen Namen vergessen.

Hina? Yuna?

Sala kann es wirklich nicht sagen. Aber das Seidenkleid der Asiatin ist schön. Und es handelt sich nicht um irgendeine Asiatin, sondern um die Gattin des ebenfalls anwesenden, ehemaligen deutschen Bundeskanzlers G. M.

Bestimmt gut im Bett, überlegt Sala. Und spürt sogleich die Traurigkeit, die plötzlich aufsteigende, kotzwarme Erbärmlichkeit dieses Gedankens.

Übel, sehr übel! Die ganze Situation! Dieser ganze Abend, der sich in die Länge zieht. Aber nicht wegen Hina oder Yuna, die ihr Lächeln professionell auf die Ehrengäste um sich herum verteilt, und auch nicht wegen des Altkanzlers, der Zigarren schmauchend neben seiner Gattin sitzt, gemütlich, sogar *sympathisch*.

Nein, Sala hat zu viel getrunken, das ist es! Wein, Cognac, Whisky: In hochwertigen Strömen fließt hier alles durch den Garten des Nobelhotels, in der mild hereingebrochenen, von Lampions und Kerzen beschienenen Nacht. Das Nobelhotel, in dem der Verleger Louis Solinger seine Gäste einquartiert hat. Das Hotel, in dem die Bediensteten im Minutentakt um die Tische schweben, damit keine Wünsche offen bleiben.

Zwei Tage. So lange werden sie hier in Lausanne schon verwöhnt. Unter den Gästen lauter Gesichter, die man aus den Medien kennt.

Gestern, am ersten Abend, hat man einen «europäischen Preis» verliehen, an den britischen Historiker X., die Laudatio gehalten von der aus Berlin eingeflogenen Bundesministerin Y., sekundiert vom Schweizer Bundesratspräsidenten Z.

Später gab es ein «Quartetto per clarinetto, violino, viola e violoncello» von Mozart (KV 317d), in der Kapelle auf der Südseite des Hotelgartens, direkt am See. Dann wurden sie nach Saint Sulpice chauffiert, um in Anwesenheit des Regisseurs einer Filmpremiere beizuwohnen, einem Dokumentarfilm über das Innenleben der Europäischen Union.

Und heute dann, verteilt über den Tag, drei Salons mit wohltemperierten Disputationen.

Während dieser ganzen Zeit hat sich Sala gesagt, dass er es *schaffen* wird. Dass es kein Fehler gewesen ist, herzukommen in diese Gesellschaft. Kein Fehler, auf den Studienfreund A. zu hören und die Nationalratspräsidentin M. nach Lausanne zu begleiten: eine 46-jährige Juristin, die im Vorstand eines Energiekonzerns sitzt und die Sala als ihren persönlichen Berater engagiert hat, auf Empfehlung des Studienfreundes A., der ein Parteikollege der Nationalratspräsidentin ist.

Nun ist Sala also hier und versucht, nichts Böses zu denken. Er hat die Pillen geschluckt, die ihn in die Lage versetzen, einigermaßen zu funktionieren. Die Pillen, die ihn vor den bösen Gedanken bewahren.

Trotzdem *ist* das Ganze natürlich ein Fehler, denkt er, weil im Grunde klar ist, dass es nie mehr so sein wird wie früher.

Schon gestern, während der Laudatio für den britischen Historiker, hat Sala einen großen inneren Aufwand betreiben müssen, um seinen Brechreiz herunterzuschlucken. Dafür brauchte er mindestens so viel Energie wie für das wohldosierte Lächeln zwischen den wohldosierten Floskeln, die hier zum guten Ton gehören.

Durchhalten, denkt er.

Und bemerkt wieder die Brüste unter Hinas oder Yunas Kleid. Das Lächeln der Asiatin ist jetzt allerdings erloschen, das Porzellangesicht starr. Ob sich die Arme zwischen all den Hüllen und Konversationsschablonen auch so grausam langweilt?

Wobei Langeweile, jedenfalls bei Sala, das falsche Wort ist. Eher geht es darum, dass solche Anlässe nichts sind für erschöpfte oder empfindsame Seelen. Erschöpfte Seelen ringen nach menschlichem Sauerstoff, während es die robusteren Zeitgenossen wohl verstehen, Festivitäten wie diese zu genießen. Weil robustere Zeitgenossen besser darin sind, riskante Zwischenmenschlichkeiten zu umschiffen.

Aber natürlich sind genau *das* die bösen Gedanken, die Sala seit seiner Therapie nicht mehr haben möchte. «Wir wollen solche Gedanken hinter uns lassen», hat die Therapeutin gesagt. Denn nur so kann Sala wieder gesund werden.

Reiß dich zusammen, denkt er. Du musst *positiv* denken!

Aber natürlich genügt das nicht.

Sala muss seine bösen Gedanken entschiedener bekämpfen – und vor allem darf er nichts mehr *trinken*. Das Beste wäre, sofort sein Hotelzimmer aufzusuchen, damit er keinen Schaden anrichtet. Das Problem: Gleich wird es eine

«Grußadresse» für den Gastgeber Louis Solinger geben, vorgetragen vom Ex-Bundeskanzler. Da darf Sala nicht fehlen, denn nach dem Altkanzler wird auch seine Klientin, die Schweizer Nationalratspräsidentin, sprechen, und man lässt seine Klienten in so einer Situation nicht allein, niemals.

Immerhin hat Sala noch Zeit, die Toilette aufzusuchen, um einen seiner Muntermacher einzunehmen.

Als er wieder an seinem Platz sitzt, beginnt auch schon die Grußadresse des Altkanzlers für den Gastgeber. Es ist – wie nicht anders zu erwarten – ein gut parfümierter Wortdurchfall aus Eitelkeit und Bedeutungspathos, aufgelockert mit putzigen Anekdoten, die niemandem wehtun, weil sie Wahrheit durch Charme ersetzen.

Aber natürlich ist das *schon wieder* einer dieser Gedanken, die Sala dringend vermeiden wollte!

Er bestellt ein Tonicwater, als die «Grußadresse» zu Ende ist. Dann ergreift die Nationalratspräsidentin das Wort, um die humanitären Verdienste des Gastgebers zu loben. Sie macht es gut: Man nimmt ihr ab, dass sie jedes Wort ernst meint. Selbst Sala, der die Rede geschrieben hat, ist beeindruckt von der warmherzigen Authentizität.

Er applaudiert zusammen mit den anderen Gästen, zusammen mit Hina oder Yuna. Nun hat sich das Porzellangesicht der Schönen wieder verändert und leuchtet ein wenig, sodass Sala es am liebsten küssen würde.

Aber das geht natürlich nicht. Wie kommt er nur auf einen solchen Unsinn? Sala vermutet, dass es mit dem Muntermacher zusammenhängt. Das Zeug hat ihm schon einmal Hochgefühle beschert, sodass er plötzlich unter dem Eindruck stand, alle Menschen hätten *Freude* am Leben.

«Wunderbar», sagt er.

Ja, Sala kann es spüren. Nun mag er alle diese Gesichter am Tisch, alle diese schönen Gesichter.

«Nein, nein», lächelt der Altkanzler mit seiner Zigarre, zurückgelehnt im Ledersessel. «Der Brexit war ein großer Fehler. *Gro-o-ßer* Fehler.» Und mit einer nachdenklichen Rauchwolke über dem Kopf: «England. Abgeschnitten. Isoliert.»

«Natürlich», sagt neben ihm ein Minister, Sala erinnert sich nicht, aus welchem Land. «Ein *gro-o-ßer* Fehler.»

«Wunderbar», wiederholt Sala.

Jetzt scheint man von ihm Notiz zu nehmen, für einen Moment jedenfalls. Ein paar Gäste richten die Aufmerksamkeit auf ihn.

«England», sagt Sala. «Isoliert.»

Gut, gerade noch gerettet.

Sala ist erleichtert, als er bemerkt, dass die anderen sich wieder abwenden. Und in diese Erleichterung mischt sich das Gefühl von – Glück. Ja, es ist doch wirklich schön, hier zu sein, in dieser milden Nacht des Gartens, lampiondurchleuchtet. Herrlich!

Sala beobachtet die Gesichter und lauscht den Stimmen, den berühmten, schönen, erfreut, dass die besprochenen Themen relativ schnell wechseln, sodass niemand allzu lange an ihrer Bedeutungslosigkeit hängen bleibt.

Schließlich erwähnt ein Minister – der belgische, wenn Sala nicht irrt – die neusten Medienberichte über *Schwarzer Winter*. Auch in diesen Kreisen macht man sich Sorgen wegen «Extremismus». Man fürchtet in Europa, so heißt es, «bürgerkriegsähnliche Zustände aufgrund der gesamtgesellschaftlichen Polarisierung». Die Medien berichten über immer mehr Gruppen, die sich radikalisieren. Und melden, dass *Schwarzer Winter* sich nach Deutschland zurückgezogen habe, in die Nähe von Bechhofen. Vor etwa einer Woche seien in einem Wald zwei an den Baum gefesselte Polizeibeamte gefunden worden, dehydriert.

«Es wird immer schlimmer», sagt eine neben dem belgischen Minister sitzende bekannte Fernsehmoderatorin.

Die anderen nicken, auch Sala nickt.

«*Großer* Fehler», flüstert der Altkanzler in seinem Ledersessel.

Damit scheint das Thema bereits wieder erledigt, und man spricht über die «gemäßigten» grünen Projekte in der Europäischen Union, die «unsere wahre Zukunft» gestalten. Man spricht über die Europäische Union als «Wertegemeinschaft», aber Sala hört nicht wirklich zu.

Stattdessen denkt er an Julia, so wie er es in den letzten Monaten, seit *Schwarzer Winter* für Schlagzeilen sorgt, ab und zu getan hat. Er denkt an Julia und auch an Chris, der zu Julias Truppe gehört.

Sala hat Chris vor ein paar Wochen in Bern getroffen. Er kennt ihn genauso lange wie Julia. Chris ist ebenfalls in St. Gallen aufgewachsen. Sala hat ihn gefragt, wie es Julia geht, und natürlich hat er nach *Schwarzer Winter* gefragt.

«Warum müsst ihr mit Maschinenpistolen rumballern? Ihr landet im Gefängnis – oder auf dem Friedhof.»

Die Erinnerung an Julia hat Sala müde gemacht, sodass er sich – kurz vor Mitternacht – in sein Zimmer zurückzieht.

Ein schönes Zimmer direkt über dem Hotelgarten, mit seidenweichem Bett. Trotzdem kann Sala nicht einschlafen. Mit ausgestreckten Armen liegt er da und starrt nach oben an die Zimmerdecke. Er beobachtet, wie sich darauf Umrisse bewegen, zitternd.

Nein, denkt er und stellt sich die Stimme seiner Therapeutin vor: «Wir möchten das *hinter uns lassen.*»

Sala schließt die Augen, um das Zittern der Umrisse auf der Zimmerdecke nicht mehr zu sehen.

Er wartet auf den Schlaf. Wartet darauf, dass er ins Bett einsinkt, runter in die Tiefe. Runter in die Erinnerung an Julias Gesicht, ans Ende ihrer Zeit im Ausländerviertel. Und an die Liebe zu Julia, die sich angefühlt hat wie ein Fieber. – Später ist er nach Zürich gegangen, um Volkswirtschaft zu studieren. Das Studium hat ihn viel gekostet, aber Sala hat es geschafft. So, wie er die ersten Jahre in einem renommierten Schweizer Finanzinstitut überstanden hat.

Wer hätte dem Gastarbeitersohn aus ärmlichen Verhältnissen eine solche Karriere zugetraut? Sala wurde von einer internationalen Beratungsagentur abgeworben. Dann ging es los: die ersten Kunden und Gewinne. Steigendes Einkommen. Und eine schöne Freundin, eine erfolgreiche Juristin. Schickes Appartement, durchorganisierte Tage, exotische Urlaubsziele. Und schließlich – wie aus dem Nichts – die Wende.

Sala erinnert sich, steckt plötzlich wieder mittendrin: Es ist ein Tag wie jeder andere. Ein Tag, an dem er mit dem BMW auf der Autobahn unterwegs ist zu einem Kunden in Basel. Während der Fahrt lenkt Sala den BMW auf den Pannenstreifen. Er steigt aus und lässt, ohne darüber nachzudenken, den Wagen an Ort und Stelle stehen. Er geht zu Fuß weiter, bis er eine Autobahnbrücke erreicht, die sich über das Tal spannt. Etwa in der Mitte der Brücke beugt Sala sich über das Geländer. Er blickt hinunter und denkt: *Spring doch!* Mehr nicht, und ohne besonderes Gewicht. Ein ruhiger und selbstverständlicher, fast angenehmer Gedanke.

Trotzdem springt er nicht. Nein. Er geht zurück zum BMW und fährt weiter.

Der zweite Vorfall, etwa zwei Monate später: auf einer Raststätte nahe Liechtenstein, ein sommerlicher Mittwochnachmittag. Wieder unterwegs mit dem BMW, wieder auf der

Autobahn. Sala parkt den Wagen. Er steigt aus und beginnt, auf dem Parkplatz hin und her zu gehen. Mit wachsender Unruhe, das Herz klopfend, zusammenhanglos Gedanken und immer neue Gedanken wälzend, schwitzend: Gedanken an das bevorstehende Treffen mit dem CEO einer Liechtensteiner Bank, Gedanken an den vergangenen Geburtstag des Vaters, an die neuen, ferrariroten Schuhe seiner Freundin, an den bevorstehenden Arztbesuch – wiederkehrende Kopfschmerzen –, Gedanken an die Malediven, wo sie demnächst hinfliegen wollen, Gedanken an die Kollegen in der Agentur und die letzte Steuerrechnung, die immer noch nicht bezahlt ist. Und an den *Sinn* all dieser Dinge, die ihm zu entgleiten drohen oder schon lange weg sind, als wären sie nie da gewesen.

Dann herrscht in Salas Kopf Stille. Und inmitten der Stille eine Gewissheit, die sich sanft und weich ausbreitet. Die Gewissheit, dass dies alles doch im Grunde *wunderbar* ist, genau hier, in diesem Moment, auf dieser Raststätte mit dieser schönen, warmen Sonne; wunderbar. Die Autobahn mit dem Verkehr, mit der dahinflitzenden, im Abgas flimmernden Emsigkeit des modernen Daseins. Die Bäume drüben neben dem Rasthaus, der kühl gemusterte Kronenschatten auf dem Parkplatz; alles wunderbar. Und leicht wie ein etwas zu süßer Schaumwein, also vollkommen oberflächlich und am Ende *ekelhaft.*

Und Sala denkt, bereits am Rand der Raststätteneinfahrt – irgendwie hat er sich, ohne es bewusst zu wollen, dorthin bewegt –, dass nun ein tiefes, längst fälliges Gelächter folgen muss, eine tiefe, große *Witzexplosion.* Angesichts dieses Lebens, bei dem keiner verstehen kann, warum es ist, wie es ist. Sala überlegt, was er hier verloren hat und wie er jemals wieder rauskommen soll. Warum er nicht besser *springen* soll, reinspringen in den vorbeischießenden Verkehr.

Doch Sala springt nicht.

Er geht zurück zum Parkplatz, wo der BMW wartet, friedlich, anspruchslos, und wo jetzt – am Boden entlang – ein weggeworfener Plastikbeutel herüberweht. Getragen von der Sommerluft, wie in einer unsichtbaren Strömung, schwebt der Plastikbeutel dahin. Sala kann es sehen: Der Beutel erreicht die Autos und bleibt am Vorderrad des BMW hängen, löst sich wieder und fächelt über die Motorhaube.

Sala möchte die Tüte entfernen, ist aber wie gelähmt. Er beobachtet, wie sie zwischen Motorhaube und Windschutzscheibe zittert, wie sie sich aufbläht, als ziehe der Wind unten rein, während ein Henkel am rechten Scheibenwischerblatt festhängt. Dabei ist, trotz der Autobahngeräusche, ein Geraschel zu hören. Die Tüte raschelt und – flüstert. Für einen Moment kann Sala sogar *Worte* hören, bevor der Wind alles wegbläst und im Hintergrund verschwinden lässt.

Sala öffnet die Tür des BMW, setzt sich ans Steuer und fährt los. Er fährt ins Fürstentum Liechtenstein, wo sein Kunde wartet, und versucht den Vorfall zu vergessen, versucht die fröstelnde Oberfläche des Plastiks zu vergessen, die ihn an ein Gesicht erinnert hat. Ein Gesicht mit zitternden Stirnfalten, Augenhöhlen, darunter eine ruhelose Linie aus knisternden Lippen.

Sala schafft es, den Unsinn zu vergessen und seine Meetings abzuhalten. Er stürzt sich in seine Mandate, am Wochenende in Golfausflüge mit der Freundin, in Segeltörns. – Bis er an jenem denkwürdigen Dienstagabend mit Kollegen aus der Agentur essen geht.

Die Kollegen wollen den Vertrag mit einem neuen Kunden – ein weltweiter Konzern – feiern. Da ist nur der beste Champagner gut genug, nur das beste Chateaubriand mit Curry-Orangenbutter, in einem Gault-Millau-Restaurant am Zürichsee.

Sala und die Kollegen sitzen auf der Terrasse nahe dem Seeufer, stoßen an, essen, lachen. Bis Sala die Tüte bemerkt. Sie schwebt über den Terrassenboden zum Seeufer, ohne dass jemand sich daran stört, als würden weder die Kellner noch die anderen Gäste etwas davon mitkriegen.

Sala entschuldigt sich bei den Kollegen und erhebt sich von seinem Platz. Er folgt der Tüte, die der Wind auf den See hinausträgt. Sala folgt ihr zum Ufer und – springt ins Wasser.

Er schwimmt los, denn er möchte die Tüte einfangen, möchte die hautfarbene, flüsternde Fläche mit den Stirnfalten berühren, die Wangen und Raschellippen. Diesmal dringen aus ihnen *ganz eindeutig* Worte, hinübergehaucht aus einem Land jenseits der Zeit. Worte, die sich wie in einer Endlosschlaufe wiederholen, ohne Bewusstsein für das beschränkte menschliche Aufnahmevermögen.

«Langsamer», sagt Sala. «Ich verstehe nicht.»

Er schwimmt weiter. Irgendwann spürt er, wie die Kräfte nachlassen. Trotzdem macht er weiter, bis er im Wasser versinkt, in der Stille.

Sala fühlt sich zur Ruhe kommen und kann das Licht sehen, weiter unten. Hell, durchdringend. Schöner als die Sonne und für die Augen vollkommen schmerzlos.

Sala taucht auf das Licht zu, das an der Oberfläche alles miteinander verbindet, ohne dass die Menschen es merken, weil sie in den Städten und Umlaufbahnen ihrer Beschäftigungen ins Leere taumeln, in die Sackgassen ihrer Pläne. Weil sie vergessen haben, dass es die Liebe *gibt*. Weil die Liebe kein Gefühl ist, abhängig von der Enge der Menschenherzen, sondern alle Räume übersteigt und immer neues Leben aus sich heraus schleudert – wie ein stiller, ewiger Urknall.

8

Die Erinnerung an den Zwischenfall im Zürichsee raubt Sala den Schlaf. Im Bett des Lausanner Nobelhotels wälzt er sich hin und her.

Am frühen Morgen kommen die Kopfschmerzen, die ihn den ganzen Tag plagen. Kopfschmerzen, die erst nachlassen, als er wieder in Zürich ist.

Zu Hause bessert sich der Zustand, und am nächsten Morgen – Montag – besucht Sala das Büro des Bauunternehmers Gregor Schwarz.

Die Sekretärin bringt Kaffee und Croissants an den Sitzungstisch, während Sala wartet. Auf der anderen Seite des Raums befindet sich ein Panoramafenster, das auf den Pavillon Le Corbusier hinausgeht, im Hintergrund die Seepromenade: ein schönes Büro.

Ein Privatdetektiv, der für Gregor Schwarz arbeitet, hat Sala letzte Woche kontaktiert und ihn um diesen Termin gebeten.

Mit keinem Wort wurde Julia erwähnt, doch natürlich geht es um Julia; um wen sonst?

Als Gregor Schwarz den Raum betritt, erkennt Sala sofort das Gesicht und die hellgrauen Augen, obwohl seit ihrer letzten Begegnung viele Jahre vergangen sind.

«Guten Tag. Ich danke Ihnen, dass Sie gekommen sind.»

«Gern. Es ist lange her», erwidert Sala.

Kurze Pause.

«Sie haben ein sehr schönes Büro, Herr Schwarz.»

Der Bauunternehmer nickt. Es wirkt beiläufig, routiniert.

«Wie ich höre, Herr Sala, haben Sie ein Wochenende in bester Gesellschaft hinter sich.»

Damit meint Schwarz Lausanne, was sonst? Der Privatdetektiv muss ihm davon erzählt haben.

«Ein langes Wochenende», bestätigt Sala. «Ich verdanke es einem Studienfreund mit Verbindungen ins Parlament. Unter normalen Umständen haben Leute wie ich dort keinen Zugang.»

Die Bemerkung scheint Schwarz zu überraschen.

«Normale Umstände?» Er füllt Mineralwasser in zwei schlanke Gläser und reicht seinem Gast eines davon. «Ich hoffe jedenfalls, es war ein gutes Wochenende.»

«Gewiss», erwidert Sala. Er nimmt einen Schluck vom Mineralwasser. Auch der Bauunternehmer trinkt, dann stellt er das Glas zurück auf den Tisch und mustert seinen Gast aufmerksam.

Sala räuspert sich. «Nun gut», meint er. «Man sagte mir, es sei dringend. Ich nehme an, Sie wollen Julia finden?»

«Ja.»

«Und Sie hoffen auf meine Hilfe?»

Nun wandern die Augen des Bauunternehmers rüber zum Panoramafenster, als sei das eine besonders schwere Frage und als helfe ihm die Aussicht beim Suchen einer Antwort.

«Das mit Julia ist lange her», sagt Sala.

Als der Bauunternehmer nicht antwortet, fährt Sala fort: «Ich bin verrückt, Herr Schwarz. Einfach damit Sie es wissen.»

«Wie?» Der Bauunternehmer blickt ihn an.

«Ich sagte, dass ich verrückt bin.»

«Verrückt», wiederholt Schwarz. «Aha.»

«Ich meine damit, dass ich wahrscheinlich keine große Hilfe sein werde, in meinem Zustand.»

Der Unternehmer lehnt sich im Bürostuhl zurück, mit seinen grauen, müden Augen.

Sala muss an die Liebesbriefe denken, die er in der neunten Klasse für Julia geschrieben hat, mit dem Füllerfederhalter, der sonst für Aufsätze und Rechenoperationen reserviert gewesen war. Sala erinnert sich, wie ihm Julia eröffnete, ihr Vater habe die Liebesbriefe gelesen, weil ihre Mama «ausgeflippt» sei. – Ob Schwarz sich daran erinnert? Ob er, abgesehen von der aktuellen Situation mit *Schwarzer Winter* – die möglicherweise auch seine Geschäfte beeinträchtigt –, überhaupt Gedanken an damals verschwendet?

«Wie meinen Sie das mit Ihrem ‹Zustand›?», fragt Schwarz.

Sala faltet die Hände über dem Tisch. «Vor ein paar Jahren hatte ich einen Zusammenbruch. Es sind die Nerven, verstehen Sie?»

Sala erzählt alles, von der Plastiktüte auf der Raststätte bis hin zum Sprung ins Wasser – ein «versuchter Suizid», wie die Ärzte es genannt haben. Sala erwähnt auch die Therapie und die Muntermacher, die relativ gut funktionieren, obwohl sie ihn zugleich auch irgendwie träge machen.

«Wenn ich rasiert bin», endet er, «könnte man meinen, ich sei vollkommen normal.»

«Aha», erwidert Schwarz.

Wahrscheinlich war es ein Fehler, ihm davon zu erzählen. Warum hat Sala das getan? Er weiß es nicht. Wenn er ehrlich ist, weiß er nicht einmal, warum er in dieses Büro gekommen ist, warum er der Bitte des Privatdetektivs Folge geleistet hat. Warum er die Mühe eines Treffens auf sich genommen hat, wenn er Schwarz doch nicht helfen kann?

Aber vielleicht geht es gar nicht darum. Vielleicht wäre es für Sala durchaus möglich, dem Unternehmer bei seiner Suche zu helfen, aber er *will* das gar nicht.

Sala betrachtet das Gesicht von Gregor Schwarz mit dem melierten, leicht gewellten Haar. Warum sollte er diesem Mann helfen? Er hat Julia im Stich gelassen und verdient keine Hilfe. Ist das nicht der springende Punkt? Hat Sala dem Treffen in Wahrheit nur deshalb zugestimmt, weil er sehen wollte, ob Schwarz Reue zeigt? Um zu sehen, ob ihn vielleicht sein Gewissen plagt?

Irgendwo muss der Mann ja ein Gewissen haben, und die Sache mit dem Privatdetektiv könnte der Versuch sein, dieses zu besänftigen.

Jämmerlich, denkt Sala. Aber dann überlegt er, dass dies – seine ganze negative Stimmung gerade – wieder aus den *bösen Gedanken* kommt, die in seinem Inneren lauern, sprungbereit. Die Gedanken, die er hinter sich lassen wollte.

«Sie haben keinerlei Kontakt zu meiner Tochter?» Schwarz stellt die Frage leise, beinahe flehend.

Sala überlegt, ob er von Chris erzählen soll, mit dem er seit Jahren in Kontakt steht. Chris, der ein Mitglied in Julias Club der Durchgeknallten ist.

«Nein, wir haben keinen Kontakt», erwidert Sala. «Tut mir leid.»

Nach dem Treffen setzt sich Sala, nicht weit entfernt vom Zürcher Großmünster, in ein Straßencafé. Er bestellt eine Cola und denkt an Chris.

Er greift zum Smartphone, um ihn anzurufen.

Er zögert. Nicht wegen der Möglichkeit, dass der Anruf zurückverfolgt wird. Er weiß, dass die Bande mit Krypto-Handys ausgestattet ist. Damit kann die Polizei sie nicht schnell genug lokalisieren, sonst wäre die Aktivistengruppe längst geschnappt worden.

Sala zögert deshalb, weil er unschlüssig ist, was genau er sagen soll. «Hallo Chris, wie läuft es so? Was war denn los mit diesen Polizisten im Wald?» Oder: «Ich würde gern Julias Stimme hören. Gibst du mir mal ihre Nummer?» Wie peinlich wäre das denn?

Für einen Moment sieht Sala es vor sich, als wäre seit damals im Arbeiterviertel kein Tag vergangen: das blasse, schmale Gesicht von Julia. Das Arbeiterviertel, in dem viele Familien aus Italien, Portugal und dem Balkan leben. Familien, unter denen Julia – eine der wenigen Schweizerinnen – fremd wirkt.

Julias Mutter? Im Quartier weiß man nicht viel über sie. Eine kränkelnde Person, die nur selten auf der Straße erscheint und die hier keine Freunde zu haben scheint. Eine Person, von der man munkelt, sie trinke zum Frühstück Weißwein – oben an der Ruhenstraße, in einem der Wohnblocks auf der Anhöhe.

Und der Bauunternehmer Gregor Schwarz? Niemand in der Nachbarschaft kann etwas über den Mann sagen, die meisten wissen nicht einmal, dass es sich um Julias Vater handelt, der sich von seiner Frau hat scheiden lassen und weggezogen ist.

Julia selbst nimmt den Namen ihres Vaters kaum in den Mund. Genauso, wie sie es vermeidet, viel Zeit mit der Mutter zu verbringen. Lieber ist sie mit den Freunden unterwegs. Unterwegs auf dem unkrautüberwucherten Güterbahnhof, in den Holzschuppen zwischen den ausrangierten Waggons. Der Güterbahnhof, auf dem sie nach Sonnenuntergang Geheimnisse austauschen, in Sicherheit vor den Zumutungen der Eltern. Der Güterbahnhof, auf dem sie Zigaretten, Wein und Küsse ausprobieren.

Chris ist der Einzige in der Clique, der im Westen wohnt, in einem anderen Quartier, in dem fast nur Schweizer leben. Meist stößt er am Wochenende zur Gruppe, mit seinem neuen, silbergrauen Fahrrad. Chris muss sich in seinem «Viertel der Schweizer» langweilen. Oder er ist in Julia verknallt und hängt deshalb lieber mit ihnen ab, oder er ist verknallt in Dana, das zweite Mädchen der Clique. – Dana ist sehr hübsch und hat schöne ... Formen.

Die anderen Jungs, die zur Clique gehören, sind Milan, ein Fußballfan mit Vorliebe für Liverpool, und Dejan, der Sohn des Quartiermechanikers.

Wenn sie sich nicht beim Güterbahnhof verabreden oder auf dem Kinderspielplatz, um auf die kleinen Geschwister von Sala und Dana aufzupassen, verschwinden sie im Wald bei der Anhöhe.

Manchmal suchen sie auch das verfallene Haus am Ende des Viertels auf: das «Stoffel-Haus», wie einige es nennen. Angeblich wurde es von einem Industriellen vor etwa 100 Jahren gebaut, zur Zeit des Ostschweizer Textilbooms. Die Erben eines Industriellen namens Stoffel, so wird Sala später erfahren, sind in die USA ausgewandert und konnten sich nicht entscheiden, was mit dem Grundstück geschehen sollte, sodass das Anwesen vom natürlichen Niedergang immer mehr aufgezehrt wurde.

Manchmal schleichen Julia und ihre Freunde bei Sonnenuntergang auf das Grundstück, durch den Gartenwildwuchs, um auf die Nacht zu warten und Mutproben im Haus zu bestehen. Mutproben zwischen den Fenstern, die unter dem Gewicht der Jahre eingebrochen sind; in der staubigen Verlassenheit der Zimmer, mit den Teppichen, die unter dem durchsickernden Regenwasser faulen, und den Türen, die aufstöhnen, wenn ein Windstoß kommt und eine liegen gebliebene Erinnerung den Raum wechselt. Dann gilt es, keine *Angst* zu haben, nicht vor den im Dunkel schwebenden Spinnweben, nicht vor dem Knarren des Bretterbodens, nicht vor dem Klimpern des verfallenen Klaviers drüben im Salon, wo in den Wänden manchmal Tiere zu hören sind, die niemand hören will.

Geheimnisvoller noch als das Stoffel-Haus ist allerdings eine Frau, die in der Nähe des Quartierladens lebt: Genauer gesagt wohnt diese Frau in einem hässlichen Wohnblock, in dem nur alte Leute leben.

Die Geheimnisvolle wohnt im ersten Stock. Sie verfügt über einen kleinen Balkon, auf dem ein grüner Plastikstuhl steht. Dort sitzt sie oft mit einer Zeitung oder sie starrt ins Leere.

Meist hört man das Gekläffe ihrer drei Malteser-Hunde. Je nach Tagesform lacht die Frau ihre Hunde an oder schimpft mit ihnen. Oder sie dreht, die Tiere an drei Leinen, ihre Runde. Meist geht sie rüber zum Kinderspielplatz und von dort zum Stoffel-Haus, dann weiter auf die Anhöhe bei der Ruhenstraße und über den Waldweg im Osten wieder zurück nach Hause.

Julia liebt die Malteserhunde und darf sie streicheln, wenn die Frau gut gelaunt ist. Aber manchmal wirkt die Frau völlig verändert, mit einer Giftstimme, als wäre über Nacht ein böser Geist in sie gefahren.

Niemand in der Clique kann sich das so richtig erklären.

«Die Frau ist besessen», meint Milan, der Fußballfan.

«Ja», sagt Dejan. «Das ist möglich!»

Die Eltern von Dejan und die von Milan schleppen ihre Kinder jeden Sonntag in die Kirche, und sie glauben wohl wirklich daran: an Gott und die Hölle, Engel und Dämonen.

Die anderen glauben nicht an Besessenheit, auch wenn sie das Verhalten der Frau nicht verstehen: Am einen Tag begegnen sie der sanften Alten, freundlich zu den Kids, die ihre Lieblinge streicheln dürfen. Eine Alte, die Sala vom Balkon herunter grüßt und den Kindern Schokolade gibt. Am nächsten Tag erleben sie plötzlich eine gereizte, geisterblasse Doppelgängerin, an der Hundeleine zerrend, vom Balkon herunterfauchend, wenn die Kinder zu laut sind.

Schließlich erfahren sie von Milans Vater die Wahrheit, denn dieser kennt die Geschichte der «Frauen mit den Hunden». Wie bitte? *Frauen?*

Ja. Es handelt sich um zwei Frauen, die gleich aussehen, Zwillinge, die seit Jahren in der Wohnung im ersten Stock leben, ehelos, kinderlos.

In den 1960er Jahren sind die Zwillinge als dreijährige Mädchen nach St. Gallen gekommen. Ihr Vater war ein sizilianischer Fremdarbeiter ohne Recht auf Familiennachzug. Damals durften ausländische Arbeiter ihre Frauen und Kinder nur mit Sondergenehmigung ins Land holen. So kam es vor, dass Kinder über die Grenze geschmuggelt wurden, und so hat man auch die Zwillingsmädchen in die Ostschweiz gebracht. Die Mutter arbeitete ohne Bewilligung als Putzfrau, der Vater auf dem Bau, während sich die Mädchen in der Wohnung verstecken mussten.

Nur in der Nacht durften die Kleinen raus, wenn es sicher war, dass kein Fremder sie sehen konnte. Manchmal durften sie mit anderen Kindern spielen, sofern deren Eltern, meist Italiener, vertrauenswürdig waren. Aber in den Kindergarten gehen wie die anderen Kinder oder sogar in die Schule? Nein, das kam nicht in Frage.

Doch genau das haben die Mädchen eines Tages – die Eltern beide auf der Arbeit – nicht mehr ausgehalten: Jeden Morgen hörten sie die anderen Kinder draußen, lachend und schreiend auf dem Weg in den Kindergarten, auf dem Weg ins Schulhaus, am Nachmittag dann zurückkehrend mit Berichten von Abenteuern auf dem Pausenplatz, von Ausflügen und «Schulaufgaben».

Die Mädchen wollten diese Dinge auch erleben, also beschlossen sie, das Gefängnis ihrer Wohnblock-Existenz zu verlassen, um mit den anderen in die Schule zu gehen.

In die Schule, wo die verdutzten Lehrer nicht wussten, was sie mit den Mädchen anfangen sollten, die plötzlich vor ihnen standen. Mit zwei Mädchen, die sich zum Verwechseln ähnlich sahen und offenbar gelernt hatten, zur Sicherheit immer gleichzeitig zu lächeln.

«Und was ist dann geschehen?», möchte Julia wissen.

Gespannt blickt sie zu Milan, der es genießt, die Geschichte seinen Freunden weiterzuerzählen.

«Stellt euch die Überraschung der Lehrer vor!», sagt Milan. «Zwei fremde Mädchen. Zwillinge, die plötzlich im Schulzimmer auftauchen, genau gleich gekleidet, genau gleich lächelnd.»

«Was haben die Lehrer mit den Mädchen *gemacht*?», fragt Sala.

«Man hat sie der Polizei gemeldet», erklärt Milan.

Kurze, dramatische Pause.

«Sie wurden nach Italien zurückgeschickt.»

«Was?»

«Schweine!»

Julia kann es nicht fassen.

«Bastardi», flüstert Sala.

Dana runzelt die Stirn. «Aber warum leben dann die zwei Frauen heute im Quartier?»

Auch das weiß Milan von seinem Vater.

«Die Mädchen durften später wieder ins Land kommen», erklärt er. «Als die Schweizer Gesetze geändert wurden, als man den Familien den Nachzug erlaubte.»

Wieder macht Milan eine dramatische Pause.

«Vor ein paar Jahren sind die Eltern der Zwillinge gestorben, und seither leben die beiden Schwestern alleine in der Wohnung im ersten Stock. Mit den Malteserhunden.»

«Krass», meint Dejan, der Sohn des Quartiermechanikers.

Und die schöne Dana bewegt langsam, wie unter Schock, ihren Kopf mit den weichen, gewellten Haaren hin und her.

Keiner von ihnen kann sich vorstellen, wie es ist, als Kind in der Wohnung versteckt leben zu müssen und sich dann im Alter *immer noch* in der gleichen Wohnung aufzuhalten, mit drei Hunden und einem Plastikstuhl auf dem Balkon.

«In dieser Situation hätte sich meine Mutter längst umgebracht», sagt Julia.

«Meine Mutter wäre umgezogen», erwidert Dana.

Die Jungs schweigen.

Dann machen sie sich auf den Weg in den Quartierladen. Sie begleiten Julia, denn sie muss für ihre Mutter Zigaretten, Chardonnay und Gin besorgen.

Das kommt in letzter Zeit öfter vor, wobei Julia in der Regel kein Geld dabei hat, weil die Mutter sagt, sie könne das Zeug «anschreiben lassen».

Der Ladenbesitzer, ein Portugiese, ist einverstanden.

9

An einem milden Abend sitzen die Freunde im Gras beim Güterbahnhof, versteckt hinter den ausrangierten Waggons, und rauchen Zigaretten. Milan ist am Wochenende vierzehn geworden. Es gab ein kleines Familienfest, das ihn zu Tode gelangweilt hat, wie er meint.

Julia hatte letzten Januar ihren vierzehnten Geburtstag; Dana ist ein Jahr älter.

«Werden wir eines Tages so *alt* wie unsere Eltern?», möchte Milan wissen.

Eine Weile hängt die Frage zwischen ihnen in der Luft, wie eine Drohung.

Dana rückt näher an Sala heran, lehnt den Kopf an seine Schulter. Keine Überraschung. Vergangene Woche hat sie ihn auf den Mund geküsst, nachdem sie Rotwein getrunken hatten, und jetzt muss Sala in der Nacht manchmal an sie denken, an den Blumengeschmack ihrer Lippen und an ihre – Formen. Er stellt sich vor, nackt neben ihr zu liegen, mit der Erlaubnis, die Landschaft über ihrem Bauchnabel zu erkunden, und die Landschaft darunter. Sala ist sicher, auch Dejan oder Milan stellen sich das vor, wie *alle* Jungs, die auf Dana stehen, also eine ganze Menge, so schön, wie sie ist.

Julia sitzt im Schneidersitz neben Dana im Gras.

Sala beobachtet, wie Julia raucht, in den Augen den matten Glanz, den er gut kennt.

Sala mag es, Julia zu beobachten. In gewisser Weise ist ihm klar, dass er im Grunde *sie* berühren will, dass er gern allein mit Julia wäre, in der Stille, um nur noch ihre Stimme zu hören, nur noch Julias Gedanken zu erfahren. Es ist ihm klar, dass ihm das lieber wäre als Danas Schönheit, und doch ist es ihm nicht klar. Oder vielleicht will er es nicht wahrhaben, weil er sonst – handeln müsste?

«Mein Vater», sagt Julia. Dann verstummt sie.

«Was ist mit ihm?», fragt Dana. Dabei legt sie, als wäre es ganz selbstverständlich, eine Hand auf Salas Oberschenkel.

Julia zieht an ihrer Zigarette, immer noch wie gedankenverloren. «Mein Vater bezahlt die Rechnungen beim Portugiesen», erklärt sie. «Er bezahlt alles, was ich dort hole. Alles, was meine Mutter trinkt.»

Milan scheint mit dieser Auskunft zufrieden. «Ist doch gut, wenn er alles zahlt, dein Vater.»

«Ihm ist *egal*, wie viel Schnaps und Zigaretten ich hole, Hauptsache, er hat seine Ruhe.» Julia lächelt, den Blick auf die Zigarette in ihrer Hand gerichtet.

«Okay», meint Milan. «Er ist ein Schwein.»

Dejan findet auch, dass Julias Vater ein Schwein ist, immerhin hat sie ihnen erzählt, dass dieser Kerl in Zürich wohnt, dass er seine Tochter und seine Exfrau im Stich gelassen hat.

Milan reicht die Weinflasche weiter, die sie mitgebracht haben.

Dejan wendet sich an Dana: «Wie geht es deinem kleinen Bruder?»

Vorgestern ist Danas Bruder von der Schaukel gestürzt, Platzwunde am Hinterkopf, keine große Sache.

«Der Kleine ist wild», meint Dejan.

Wahrscheinlich will er weiter über Danas Bruder sprechen und dabei Danas Antworten hören. Er möchte Danas Blick auf sich spüren, weiter über *irgendetwas* mit Dana sprechen, nur um die Verbindung aufrechtzuerhalten, aber dann fällt ihm wohl auf, dass Dana ihre Hand auf Salas Oberschenkel gelegt hat. Er verstummt.

«Mein Vater hat viel Geld», fährt Julia fort. «Ich muss ihn manchmal in Zürich besuchen. Er hat mich mal mitgenommen, auf eine große Baustelle. Er baut Häuser und Straßen, ganze Viertel. Es war laut und hässlich.»

Niemand antwortet, auch Sala schweigt, während Danas Hand auf seinem Oberschenkel wärmer wird.

«Auf uns!», ruft Julia. «Alles andere ist unwichtig.»

«Auf uns!»

«Auf uns!»

Am Samstag stößt Chris zur Gruppe und vervollständigt den Kreis, mit seinem silbergrauen Fahrrad.

Chris bringt schlechte Nachrichten: Sein Vater wurde entlassen. Er hat für einen Großhändler Autos verkauft, wie die Freunde wissen, doch die Geschäfte laufen anscheinend so schlecht, dass letzte Woche drei Leute gefeuert wurden. «Jetzt hat es auch meinen Vater erwischt», sagt Chris.

«Es ist gut, wenn die Menschen weniger Autos kaufen», meint Julia. «Das bedeutet bessere Luft.» Dann, in Richtung Chris: «Dein Vater wird einen neuen Job finden.»

Sala weiß, dass Julia den Straßenverkehr hasst, dass sie *alle* Maschinen hasst, die Gestank verursachen. Kürzlich haben sie auf der Straße vor dem Stoffel-Haus eine überfahrene Katze gefunden und Julia hat geflucht über die Autos, über die Raser.

«Und was ist mit *meinem* Vater?», möchte Dejan wissen. «Mein Vater ist Mechaniker, weißt du noch? Er repariert *Autos*. Sollen wir diesen Beruf auch abschaffen?»

«Genau», erwidert Chris. «Schützen wir die Tiere und Pflanzen. Weg mit den Mechanikern und den bösen Karossen und all den bösen Maschinen.»

«Gute Idee», antwortet Julia.

«Ach Scheiße», sagt Chris. «Hat jemand Zigaretten?»

Dana hat sogar zwei Päckchen dabei. Einer der Jungs aus der Stadt schenkt ihr immer welche, ein Typ namens Oliver; neunzehn Jahre und, so heißt es, Besitzer eines Yamaha-Motorrads.

«Und? Seid ihr jetzt zusammen?», fragt Milan. «Habt ihr es schon getan?»

Genüsslich, im bonbonfarbenen Glanz ihrer geschminkten Lippen, zieht Dana an ihrer Zigarette.

«Wir machen es jeden Tag», antwortet sie schließlich. «Er ist nämlich nicht so *klein* wie du, Liverpool-Freak!»

«Ha, ha.»

Für einen Moment sind alle still. Sie sitzen am Waldrand bei der Anhöhe, wie oft am Freitagabend. In der Ferne die Kirchenglocken, gefolgt von Hundegebell. Und dann weht da ein Geruch nach Rauch vorüber, wahrscheinlich von der Feuerstelle oben bei der Lichtung.

Aber das Wetter sieht nicht nach Grillabend aus; dunkel lasten die Wolken am Himmel. Sollte es regnen, gehen sie am besten in den Hinterhof beim Portugiesen, in die Garage dort, die sie nutzen dürfen.

«Die Garage stinkt», meint Chris.

«Nein», sagt Sala. «*Du* stinkst. Der Gestank der *Svizzeri.*»

Sie lachen.

Dann erinnert sich Dana an die Schule und schüttelt den Kopf. «Die verdammten Proben!»

Ja, das nervt im Moment die meisten Schüler. Seit Wochen organisieren die Lehrer Tanz- und Musikproben, obligatorisch für alle Klassen. Bald findet das «Kinderfest» statt, in St. Gallen eine alte Tradition: In Festkleidern ziehen Schulkinder in einem Umzug durch die Straßen, hinauf zum «Festplatz» über der Stadt, wo sie Tanz- und Musiknummern aufführen. Dabei versammeln sich bis zu 40.000 Eltern und Schaulustige. Über das Festgelände verteilt finden sich Essstände, Spielplätze, Schanktische.

Die Veranstaltung findet alle drei Jahre statt. Sala hat das letzte Mal – noch in der Unterstufe – gut in Erinnerung; ein Gewusel aus Leuten, Hunden und Sonnenhitze, eingehüllt in den Geruch nach gebrannten Mandeln und Bratwurst.

Nein, Sala kann nicht sagen, dass er sich auf das Fest freut, auch wenn er dieses Jahr ein *Fahnenträger* sein wird. Beim Umzug wird jede Schule angeführt von einem Jungen, der die Fahne tragen darf, mit dem Emblem und den Farben der Schule, und dieses Jahr: Antonio Sala!

Doch er hat keine Lust, das vor seinen Freunden zu erwähnen. Jetzt, wo die anderen so schön über das Fest schimpfen, wo sich alle über das «Theater» aufregen. Alle außer Julia. Sie schaut, als würde sie das Thema langweilen, rüber zum Wald.

Als der Regen einsetzt, flüchten sie in den Hinterhof beim Portugiesen.

Dejan bewahrt die Schlüssel zur Garage auf, die Schlüssel, die er von seinem Vater hat.

In der Garage warten, ebenfalls dank Dejan, Dosenbier und eine Flasche Schnaps, irgendein albanisches Zeug. Die Freunde machen es sich auf den Matratzen bequem, rauchen und lästern weiter über die Schule.

Als das langweilig wird, lästern sie über die Nachbarn im Quartier, zum Beispiel über die Näherin im vierten Stock von Milans Haus, die alle Bewohner mit ihrer lauten Musik und dem betrunkenen Männerbesuch nervt. Oder über den nach Katzenpisse stinkenden Greis gegenüber Salas Wohnung: Der muss nur für einige Minuten seine Tür aufmachen, dann stinkt das ganze Treppenhaus.

Dann ist da noch der Türke in Danas Wohnblock, auch ein unangenehmer Zeitgenosse: Er wirft Dana, wenn er sie auf der Straße sieht, böse Blicke zu. Er kritisiert Danas Vater, weil seine Tochter «ohne Kopftuch» das Haus verlässt. Der ist genauso nervig wie die Pizzaverkäuferin in der Trattoria auf dem Weg zum Schwimmbad, die alle Ausländer hasst. Einmal wollten Dejan und sein Vater dort essen, und die blöde Kuh hat gesagt: «Nur für Schweizer.»

Dejans Vater wollte die Polizei rufen, aber dann hat er es gelassen, und sie sind in ein anderes Restaurant gegangen.

«Scheißrassisten», sagt Milan.

«Svizzeri», meint Chris. Er rülpst, in der Hand die Bierdose.

«Menschen», sagt Julia. «Bessere Affen. Oder eigentlich schlechtere Affen, wenn man es genau nimmt.»

«Nicht wirklich», widerspricht Dana. «Ich finde nicht alle Menschen scheiße. Ich finde *euch* ganz okay.»

Dejan verneigt sich. «Tha-ank you, Mistress!»

«Tha-ank you», wiederholen Chris und Milan.

Und nun gleitet Danas Hand, warm und weich, in Salas Schoß. Ihm ist inzwischen kalt geworden, vom Regen draußen. Es ist, als hätte Dana das gespürt.

Sala mag den Geruch von Danas nassen Haaren. Er legt seine Hand auf ihre Hand, weil es so angenehm ist, bevor er sie nach einigen Sekunden wieder zurückzieht.

«Affen?», fragt Chris. «Wieso sprechen wir von Affen?»

«Julia hat damit angefangen», sagt Dana.

Sie blicken zu Julia.

«Es ist wie in diesem Film», erklärt sie. «Erinnert ihr euch?» Sie meint «Planet der Affen – Prevolution», den sie vor ein paar Wochen im Kino gesehen haben. Eine Geschichte über Affen, mit denen man üble Experimente gemacht hat, um Medikamente gegen Alzheimer zu testen. Trotz der Experimente litten die Menschen aber weiter an Alzheimer, nur die Affen, die haben sich verändert. Sie wurden durch die Experimente schlauer. Sie entwickelten ein Bewusstsein.

Schließlich kam es zum Aufstand der intelligenten Affen, zur Revolution gegen die Vorherrschaft der Menschen.

«Guter Film», resümiert Julia.

Sala weiß noch, wie sie im Kino gejohlt hat, als die Affen begannen, gegen die Menschen aufzustehen – und Julia ist eigentlich nicht der Typ, der im Kino johlt.

«Die Menschheit verblödet an Alzheimer und die Affen übernehmen das Kommando», sagt sie. «Besser für die Wälder. Besser für den Planeten.»

Dejan, sein Bier aus der Büchse schlürfend, wirft ihr einen skeptischen Blick zu. «Du meinst, weil Affen keine Autos fahren? Weil Affen keine Mechaniker brauchen?»

Julia antwortet nicht.

Draußen wird das Gewitter heftiger. Sie hören Donnergrollen und sehen Blitzlichter, als würde Gott im Regen Fotos machen, wie Salas Onkel manchmal sagt.

Gegen Mitternacht lässt der Regen etwas nach, jedenfalls sieht es so aus. Milan bietet Dana an, sie nach Hause zu begleiten. Zuerst zögert sie, blickt sich nach Sala um und verlässt dann doch mit Milan die Garage.

Als Nächste rennen Chris und Dejan los. Sala und Julia bleiben allein zurück. Dejan lässt ihnen die Garagenschlüssel da, weil er annimmt, die beiden wollen noch bleiben. Das würde Sala gern, doch Julia will ebenfalls nach Hause, also begleitet Sala sie zur Ruhenstraße.

Als sie am Güterbahnhof vorbeikommen, nimmt der Regen wieder zu. Sie springen von Vordach zu Vordach, weichen überschwappenden Gullydeckeln aus, dem Spritzwasser der Rinnen und Mauervorsprünge. Am Ende der Ruhenstraße erreichen sie die Anhöhe mit tropfenden Haaren – schwarze Kommas auf der Stirn –, die Jeans festgeklebt an den Beinen.

Sie müssen lachen, auf den letzten Metern vor dem Wohnblock, in dem Julia mit der Mutter wohnt, außer Atem, und retten sich ins Treppenhaus.

«Sogar meine Unterhose ist nass», meint Sala.

Julias Lachen kommt aus der Tiefe, die Augen fröhlich. Wie schön das ist und selten.

Sie stehen im Treppenhaus und blicken nach draußen in den Regen. Das Schweigen zieht sich hin, in Salas Wahrnehmung sehr lange. Doch er kann sich nicht helfen, getraut sich nicht zu sprechen.

Julia beobachtet weiter den Regen draußen. «Jetzt musst du durch dieses Sauwetter zurückgehen», sagt sie.

Für einen Augenblick hat er das Gefühl, dass sie ihn nach oben bittet, in die Wohnung, in ihr Zimmer. Für einen Augenblick scheint ihm das so selbstverständlich wie die Ahnung, dass er sie gleich küssen wird, hier und jetzt. Es gibt nichts auf der Welt, nichts im ganzen Universum seit der Phase des Urknalls, das er lieber tun würde. Er möchte bei Julia sein, ihren Atem neben sich spüren und einschlafen, neben dem Herzschlag ihrer – Angst, ist es das? Hat sie Angst? Wovor?

«Bis morgen», sagt er.

«Ja», antwortet sie. «Bis morgen.»

Sie wartet, als wolle sie sehen, ob Sala geht. Als wolle sie sehen, ob er es wirklich tut. Während er sich sagt, dass er sie küssen *muss*, jetzt oder nie. Er denkt, dass sie es nicht mehr nötig haben, sich etwas vorzumachen. Nicht mehr nötig, die Trennung zu verlängern und so zu tun, als wären sie stark, als wären sie unabhängig, hier im Quartier und außerhalb. Er denkt, dass sie es nicht mehr nötig haben, sich voreinander zu verstecken.

Sala empfindet das alles mit einer verwirrenden Klarheit, die ihn überfordert. Keine Ahnung, wie er das Julia erklären soll, *ob* er es erklären soll. Ob er selber versteht, was er sagen will, was los ist. Falls mit ihnen etwas los ist und nicht einfach nur mit *ihm* etwas falsch läuft, ein großer Unsinn im Kopf, ein Hirngespinst.

Sala weiß nicht, was tun, getraut sich nicht einmal, sie zum Abschied zu umarmen.

Trotzdem fühlt er sich auf dem Rückweg nicht schlecht, unterwegs zum Wohnblock, in dem seine Eltern leben. Nein, er hört das Geflüster und Geprassel des Regens und fühlt sich – leicht. Und er denkt, dass das immer so ist, wenn es um Julia geht, wenn er sie sieht, wenn er mit ihr zusammen sein kann. Er denkt, dass das *alles* ist, was er braucht, nichts sonst.

Unterwegs zum Wohnblock, in dem die Eltern leben, wird ihm das klar und zugleich, dass er bei seinen Eltern *nicht* zu Hause ist. Dass er in diesem Wohnblock nie zu Hause gewesen ist, wie auch Julia bei ihrer Mutter nie zu Hause gewesen ist.

Getragen von dieser Stimmung, schreibt Sala am nächsten Tag einen Liebesbrief mit Heiratsantrag.

Die erste Fassung zerreißt er, um sogleich eine zweite aufzusetzen, gefolgt von einer weiteren, eindeutig schlechteren Fassung. Der vierte Anlauf fühlt sich besser an, doch Sala wartet einen Tag, um den Text zu prüfen, bevor er ihn in den Papierkorb wirft und einen neuen Brief schreibt, einen Tag später gefolgt von der sechsten Fassung, die er an Julia schickt.

Wie grausam sind die Fieberschübe der Erwartung, während er Julias Antwort entgegensieht! Wie groß und zugleich sinnlos scheinen die Hoffnungen, die auf ihn einstürmen, die sich in seinem Innern verzetteln, gefangen in einem unsichtbaren, stummen Nahkampf, während er wartet, ohne von der Angebeteten etwas zu hören.

Natürlich liebt sie mich, denkt er. Und natürlich liebt sie mich *nicht*, warum sollte sie einen Trottel wie mich lieben?

Er kann nicht fassen, wie lange er warten muss. Wie lange er versuchen muss, dem Schwindel des Zweifels standzuhalten, der alles aus dem Gleichgewicht bringt: die Tasse Milch am Morgen, die Gravitation auf dem Schulweg mit der Schreckenshoffnung, Julia könne ihm plötzlich entgegenkommen oder er könne sie später auf dem Nachhausweg *sehen* und doch nichts herauslesen aus ihrem Gesicht, ihren Gesten, den Blicken.

Welch Schwindel, der Salas Tage hin- und herkippen lässt. Hin in die Erlösung der Vorstellung einer wartenden, für immer liebenden Julia und zurück in den Abgrund der Ablehnung, in das Ende aller Hoffnung.

Sala bereut es, den Brief abgeschickt zu haben, und *wie* er es bereut! Noch nie hat er etwas so bereut. Er konnte ja nicht wissen, was mit ihm geschehen würde. Was das heißt: warten und alles hoffen und dabei nichts zurückbekommen und nur noch abhängig sein vom Schweigen der anderen Seite, vom immer längeren, immer unheilvolleren Schweigen.

Manchmal schafft er es, sich abzulenken, mit Milan, Chris und seinem silbernen Fahrrad. Oder er bleibt zu Hause, beobachtet die kleine Schwester, den Bruder, die in der Wohnung herumstürmen. Die Geschwister verbringen viel Zeit mit Salas Mutter. Mehr Zeit, als Sala jemals mit seiner Mutter verbracht hat. Seit der Geburt von Salas Geschwistern putzt die Mutter nicht mehr in der Taschentuchfabrik, sondern bleibt zu Hause. In den zehn Jahren zuvor war Sala die meiste Zeit allein in der Wohnung, wurde abends oder am Wochenende zwischen Tanten und Onkeln herumgereicht, in den Sommerferien nach Italien geschickt, ohne die Eltern, die im Sommer ebenfalls arbeiten mussten.

Sala macht niemandem Vorwürfe, es waren harte Zeiten. Trotzdem ist klar, dass er bis heute nicht weiß, *wer* die

Leute in dieser Wohnung eigentlich sind. Diese Frau und dieser Mann, die ihn gezeugt haben und mit denen es nie zu einer Verbindung gekommen ist.

Sala weiß nicht einmal, wie er mit ihnen *reden* könnte, um die Fremdheit zu überwinden. Und auch das ist etwas, worüber er gern mit Julia sprechen würde, weil er spürt, dass *sie* ihn verstehen wird, dass niemand sonst ihn verstehen wird, dass Julia im Grunde schon immer der einzige Mensch gewesen ist, der ihn versteht.

Doch Julia lässt nichts von sich hören, taucht nicht mehr auf im Quartier, lässt sich weder auf dem Güterbahnhof noch auf der Anhöhe beim Wald blicken.

Julias Mutter – drei Mal sucht Sala die Ruhenstraße auf – erklärt ihm, dass Julia nicht zu Hause sei, sondern «unterwegs in der Stadt».

Eigentlich unvorstellbar, dass die Situation schlimmer werden könnte. Und doch *wird* es schlimmer, als Sala an einem Mittwochnachmittag in der Altstadt Julia begegnet, in Begleitung eines anderen, älteren Jungen.

10

Julia ist mit dem 19-jährigen Oliver unterwegs, von dem Dana bereits einmal erzählt hat – dem Jungen mit dem Yamaha-Motorrad.

Sala trifft die beiden vor einem Kebab-Stand in der Marktgasse. Oliver ist ein groß gewachsener Typ mit schwarzer Lederjacke. Er hält Julias Hand und grüßt Sala freundlich, offensichtlich ahnungslos.

Es sind Sekunden, die unsichtbar brennende Pfeile durch Sala jagen.

«Oliver und ich gehen in den Club», sagt Julia, als wäre nichts Besonderes dabei.

Sala gibt keine Antwort.

«Wir können uns morgen sehen», sagt sie. «Dann reden wir.»

Immer noch bringt Sala kein Wort über die Lippen.

«Wir sehen uns morgen», sagt Julia. «Okay?»

Sala nickt.

Dann, bevor sie sich verabschieden können, geht er weg. Ohne zu wissen, wohin, irrt Sala durch die Altstadtgassen; wird schneller und wieder langsamer und fühlt neben sich still seinen Schatten mitgehen, und im Schatten den Schock, die Fassungslosigkeit. Und in der Fassungslosigkeit die Jämmerlichkeit, dass er jemals so blöd sein konnte zu glauben, Julia könne sich für *ihn* entscheiden, einen Schwächling, der Liebesbriefe schreibt statt Motorrad zu fahren.

Was für eine erbärmliche Sauerei!

Nicht zu glauben, wie dumm er gewesen ist, diesen Brief zu schreiben, und dann noch mit *Heiratsantrag*. Kein Wunder, dass Julia sich nicht gemeldet hat, so peinlich muss ihr das Ganze gewesen sein, der Gedanke, den armen Sala zu heiraten, wahrscheinlich *überhaupt* zu heiraten, leben nicht ihre Eltern getrennt, und sind nicht alle verheirateten Eltern im Quartier unglücklich?

Natürlich schwingt Julia sich lieber mit Oliver aufs Motorrad und geht in den *Outlaws Club* unten am See, in Rorschach.

Sala weiß Bescheid über diesen Club, Dana hat ihm davon erzählt. Dort verkehren «die harten Typen», Mitglieder einer Motorradgang.

Zwei Tage nach seinem Schock trifft Sala die anderen Freunde auf dem Güterbahnhof: Milan, Dejan, Chris und Dana.

Besonders Dana scheint sich zu ärgern, als Sala ihnen die Geschichte erzählt, wobei er das mit dem Heiratsantrag weglässt.

«Julia! Was meint sie eigentlich, wer sie ist!»

Es bleibt unklar, ob Dana wütend ist, weil Julia ihr diesen Oliver mitsamt Motorrad weggeschnappt hat, oder weil Sala, wie jetzt offensichtlich wird, in Julia verliebt ist – statt in sie, Dana!

Leise, wie zu sich selber, sagt Dejan: «Julia steht auf *Rockertypen.*»

Milan nickt schweigend.

In diesem Moment fühlt Sala eine große Distanz zu ihnen, als wäre er unter Fremden. Eigentlich kann nur Dana ihn erreichen, mit den Berührungen ihrer Hand, und für Momente hat er Lust, sie zu küssen und *ihr* einen Heiratsantrag zu machen.

Am Wochenende trifft er sich allein mit Dana. Sie möchte mit dem Zug nach Rorschach fahren, an den See, wo sich der *Outlaws Club* befindet.

«Ich kenne die Leute dort», erklärt sie. «Wir müssen herausfinden, was mit Julia los ist.»

Vom Bahnhof in Rorschach gehen sie etwa eine halbe Stunde zu Fuß, bis sie ein Waldstück erreichen, das an den See grenzt. Dort steht das Haus des *Outlaws Club*.

Als sie das Haus betreten und in einen großen Raum mit Bar, Tanzfläche und Billardtischen kommen, wird Dana mit Umarmungen begrüßt, mit Küssen auf die Wange. Einige der Männer nicken Sala zu, wie um zu signalisieren: Danas Freunde sind hier ebenfalls willkommen.

Im hinteren Teil des vom Zigarettendunst verhangenen Raumes bemerkt Sala tätowierte Typen. Sie lehnen an der Bar und sehen aus, als bräuchten sie dringend ein Bad. Neben ihnen stehen heiser auflachende Frauen, die Lippen dunkelrot geschminkt, kurze Lederröcke, die Beine in schwarzen Fischnetz-Strümpfen.

Und drüben, versammelt um die Billardtische, Julia – in einer Gruppe mit Oliver und anderen Jungs. Es scheint sie aufzuregen, ihre Freunde aus dem Quartier hier zu sehen. Sie eilt um die Billardtische auf Dana zu.

«Was macht ihr hier?»

«Wir wollten dich sehen», antwortet Dana.

«Nächste Woche», sagt Julia. «Ihr müsst jetzt gehen.»

«Spinnst du? Wir bleiben, solange wir wollen! Und wir machen, was wir wollen, kapiert?»

«Was soll das?»

«Wir kommen wegen dir, dumme Kuh. Bist du nicht unsere Freundin?»

«Sicher», erwidert Julia.

«Was machst du denn hier, ohne uns?», fragt Dana. «Du lässt dich nicht mehr blicken. Sind wir dir nicht mehr gut genug?»

Darauf antwortet Julia nicht.

Doch Sala kann es in ihren Augen sehen. Es ist ihr unangenehm und macht sie nervös.

«Lass es», sagt Sala. «Sie möchte, dass wir gehen.»

Dana lässt nicht locker. «Ich kenne Oliver. Ich kannte ihn schon vor dir. Sag mir, was ihr vorhabt. Was läuft zwischen euch?»

«Geht dich nichts an.»

Jetzt kommt Oliver zu ihnen rüber. Er bewegt sich langsam, wie ein großes Tier, und bleibt hinter Julia stehen, mit verschränkten Armen.

«Alles klar?»

Julia nickt.

«Was läuft zwischen euch?», fragt Dana.

Oliver grinst. «Eifersüchtig?»

Da platzt es aus Sala heraus: «Ich will nicht, dass Julia etwas passiert! Ist das klar? Ist das *zu viel verlangt?!*»

Oliver mustert ihn einen Augenblick, prüft vielleicht seine Kleidung, die Schuhe und dann das Gesicht, den Ausdruck in Salas Augen.

«Keine Sorge», sagt er. «Wir überfallen keine Banken, und wir erschrecken keine Schuljungen.»

Julia wendet sich an Sala. Sie lächelt, oder sie versucht es zumindest. Es sieht angestrengt aus – und müde. Sie bittet Sala nach draußen.

«Du bleibst hier», sagt sie zu Dana.

Sala hat das Gefühl, dass Dana darüber nicht unglücklich ist, dass sie gern für einige Augenblicke allein mit Oliver drinnen bleibt.

Sala folgt Julia nach draußen. Sie überqueren den Kiesplatz vor dem Eingang, auf dem – in zwei Reihen – Motorräder stehen. Am Ende des Platzes befindet sich eine Gruppe von Laubbäumen, unter denen Julia stehen bleibt.

Drüben am Ufer bemerkt Sala, zwischen herzförmigen Laubblättern, das Glitzern des Sees.

«Es tut mir leid», sagt Julia.

Sala gibt keine Antwort.

«Ich meine das mit dem Brief. Das war nicht gut, dass ich nichts gesagt habe.»

Sala nickt.

«Möchtest du, dass ich verschwinde?», fragt er.

Sie seufzt. «Sei mir nicht böse. Wir bereiten etwas Wichtiges vor.»

«Du denkst, ich bin dir *böse*, Julia?»

Keine Antwort.

«Und was denkst du über meinen Brief?»

Keine Antwort.

Vom Seeufer her dringt das vorbeischwebende Geräusch eines Paddelboots zu ihnen.

Julia wirkt ungeduldig. «Können wir später reden?»

Sala nickt. Er *möchte* nicht nicken, aber er kann nicht anders. Er weiß nicht, was er mit seinem Kopf sonst anstellen soll, mit den Händen, die begonnen haben zu zittern.

«Ich muss wieder rein», sagt sie.

«Liebst du ihn?»

«Was?»

Für Julia scheint die Frage völlig unerwartet zu kommen, ohne Zusammenhang.

«Diesen Oliver. Liebst du ihn?»

Sie blickt zum Kiesplatz mit den Motorrädern.

«Wie kommst du darauf?»

«Weil *ich* dich liebe.»

Es ist, als würde ein Gewicht von ihm abfallen, nachdem er es ausgesprochen hat. Die Hände zittern noch, aber das macht nichts. Das ist *gar nichts* gegen die Erleichterung, die er empfindet.

Er beugt sich vor, um die Worte noch einmal auszusprechen: «Weil ich dich liebe.»

Julia schüttelt den Kopf. «Es ist der falsche Zeitpunkt. Ich muss jetzt gehen, wir reden später.»

Er betrachtet die Bewegung ihrer Lippen, bemerkt die kleinen Falten in der Milchfarbe ihrer Stirn, den Glanz der Augen – die Ungeduld, und darunter Traurigkeit, Verlorenheit?

«Später», sagt sie. «Versteht du?»

«Ja», erwidert er.

Das ist eine Lüge. Oder nein, nicht eine Lüge, aber nur ein Teil der Wahrheit. Er weiß von Dana, dass die Jungs vom Club ab und zu «wilde Aktionen» veranstalten. Letzte Woche haben sie wohl eine Baustelle in der Nähe angezündet. Dana meint, sie hätten das getan, weil eine große Bank «überteuerte Büroräume» plane. Dazu würden Sozialwohnungen abgerissen und «arme Leute» auf die Straße gesetzt, damit die Bank mehr Geld verdienen und die Mietpreise in die Höhe treiben könne.

Sala kann sich vorstellen, was Julia bei diesen Typen sucht. Vielleicht ist wieder so eine Aktion geplant, und Julia möchte dabei sein, weil sie denkt, dass sie das braucht, dass ihr solche Aktionen guttun.

«Ich verstehe», wiederholt Sala.

Zurück in St. Gallen trifft er die anderen und versucht sich daran zu gewöhnen, dass Julia lieber mit den Motorrad-Jungs herumhängt.

«Macht ihr euch denn keine Sorgen?», will Chris wissen.

Doch, natürlich machen sich ihre Freunde Sorgen um Julia. Aber was wollen sie tun? Sie mit Gewalt davon abhalten, nach Rorschach zu gehen?

Sala denkt viel an sie. Manchmal schmerzt es ihn so sehr, dass er nach Rorschach gehen und sie tatsächlich *zwingen* will, wieder nach Hause zu kommen. Aber wie soll er das tun?

«Und dieser Oliver mit der Lederjacke», fragt Milan. «Ist das jetzt Julias Freund?»

«Keine Ahnung», antwortet Sala.

«Eine große Scheiße», fasst Dejan die Lage zusammen.

Dana ist die Einzige, die sich die gute Laune nicht nehmen lässt. «Julia kommt zurück, wenn es in Rorschach langweilig wird», meint sie.

Sala hat das Gefühl, dass Dana es im Grunde genießt, jetzt die einzige Frau in der Gruppe zu sein.

«Julia kommt zurück, klar, sie gehört zu uns», erklärt Milan.

Damit wollen sie das Thema abhaken, auch wenn sie in Wahrheit vielleicht ahnen, dass es mit Julia nie mehr so sein wird wie früher, dass mit *ihnen allen* eine Veränderung vorgeht, gegen die sie machtlos sind.

Einige Wochen später, an einem Sonntagabend, ist Sala allein in seinem Zimmer und hält es plötzlich nicht mehr aus. Es ist wie Atemnot, das Herz rast.

Er sagt den Eltern, er wolle einen «Spaziergang» machen, ein Wort, das er noch nie benutzt hat.

Sala geht nach draußen und streift durch die Sonntagabend-Stille des Viertels, in dem er aufgewachsen ist. Die Dämmerung hat bereits eingesetzt.

Er kommt vorbei am Kinderspielplatz und geht weiter zum Quartierladen, grüßt zwei rauchende Neapolitaner auf den Treppenstufen zum Laden, Arbeitskollegen seines Vaters.

Er geht weiter zur Ruhenstraße. Als er den Güterbahnhof erreicht, bleibt er stehen und wartet, bis sich die Dunkelheit über dem Gelände verdichtet, bis die Nacht in die Winkel und Zwischenräume der Holzschuppen sickert, unter die Vordächer, zwischen die Waggons.

Dann geht Sala, ohne es bewusst zu wollen, zurück in Richtung Ruhenstraße. Und mit ihm zurück geht die Hoffnung, Julia zu sehen, sie zufällig auf der Kreuzung zu treffen, die sie überqueren muss, wenn sie nach Hause gehen will zur Mutter.

Sala beobachtet die Kreuzung, auf der niemand zu sehen ist, dann macht er kehrt und geht in Richtung Westen. Oben am Himmel, über den Dächern, leuchtet ein einzelner, silberner Stern. Vielleicht sind es auch zwei, das Licht der Straßenlaterne stört die Sicht.

Am Ende der Straße, nicht weit entfernt vom Stoffel-Haus, erkennt Sala das Mädchen auf dem Gehsteig: Julia. Mit gesenktem Kopf schlendert sie die Straße entlang, ohne ihn zu bemerken.

Sie steuert das Stoffel-Haus an, betritt das Grundstück und verschwindet im Garten.

«Julia!»

Er eilt ihr über die Straße hinterher, ins Gebäude, das schon so lange leer steht, abgeschnitten vom Rest der Welt. Das Gebäude, in dem sie nach Sonnenuntergang ihre Mutproben bestanden haben.

Wie im Schlaf kommt Sala an der alten, schwarz in den Himmel ragenden Linde auf der Vorderseite des Grundstücks vorbei, an der Steinmauer und den Sträuchern dahinter.

Unter den Umrissen des Vordachs erkennt er die mondhellen, dreckbeschmierten Säulen des Eingangs. Sala betritt das Haus und geht über den morschen Dielenboden.

«Julia!»

Keine Reaktion, nur die staubbedeckte Verlassenheit ringsum, nur die Fenster, die unter dem Gewicht der Jahre eingebrochen sind. Die Teppiche, die unter dem durchsickernden Regenwasser faulen, und die Türen, die aufstöhnen, wenn ein Windstoß kommt. Aber nicht jetzt. Jetzt bleiben die Türen still wie die Spinnweben. Nichts regt sich. Nichts macht sich bemerkbar, abgesehen von Sala, der sich vortastet, entlang den Regalen mit den vergessenen Büchern.

Vor der Kellertür – sie steht offen – zögert er. Die Steintreppe, die runterführt in die Finsternis, erinnert an den letzten Besuch.

Noch einmal ruft er ihren Namen, obwohl er bereits ahnt, dass sie nicht da ist. Dass er nur einem Hirngespinst folgt. Dass er überhaupt niemanden gesehen hat. Dass er in Wahrheit allein gekommen ist.

Sala erreicht den Salon mit den abgewetzten Kanapees und Polsterbänken.

In der Mitte der Dunkelheit, verstummt seit Jahrzehnten, steht der Flügel. Sala bleibt stehen, sucht das undeutliche, neblige Weiß der Tasten, die sie ausprobiert haben – *klimpp !* –, und den Klavierhocker, der nach alten, öligen Lappen riecht.

Sala steht da und horcht. Da ist nichts. Nicht einmal das Rauschen des Blutes in den Ohren, das sonst immer da ist.

11

Alle drei Jahre findet in St. Gallen das traditionelle Kinderfest mit über 30.000 Zuschauern statt.

Sala ist nervös. Zwei Wochen sind vergangen seit dem Treffen mit Julia in Rorschach. Zwei Wochen, in denen er gelitten hat.

Der Umzug beginnt um 9 Uhr, in der Innenstadt. Der Reihe nach setzen sich die Klassen, versammelt an den markierten Standorten, in Bewegung. Die Schüler werden angeführt von Trommlern, von Schulleitern und Regierungsmitgliedern: über 5.000 Kinder und Jugendliche, 500 Musikanten, 500 Lehrer.

Als Fahnenträger darf Sala dieses Jahr seiner Klasse den Rhythmus vorgeben, die Schrittgeschwindigkeit verlangsamen oder beschleunigen, je nachdem, wie schnell der Festzug vorankommt.

Hinter den Absperrungen entlang der Gassen in der Altstadt – auf den Sandsteinbalkonen, an den Fenstern, in den Erkern – winken die Zuschauer, applaudieren, rufen und filmen.

Die Mädchen tragen weiß bestickte zitronengelbe, himmelblaue, frühlingsgrüne Kostüme und Hüte. Alles strahlend, alles schwebend im Sommermorgen, der nach Süßigkeiten duftet, nach gebrannten Mandeln und Zuckerwatte.

Die Jungs in Salas Klasse – hellblaues Hemd, orangefarbene Hosenträger, Strohhut mit orangener Schlaufe

– bewegen sich hinter ihm. Sie lachen und reißen Witze, während sich vor ihnen, in der Multergasse, die Knabenmusik durchs Gedränge trommelt und tutet.

Julias Klasse ist nirgends zu sehen; immer wieder hält Sala nach ihr Ausschau.

«Hier! Hier!»

Noch mehr Verwandte auf der Höhe des Klosterbezirks; Eltern, Großeltern, die ihre Kinder rufen, damit sie in ihre Richtung sehen, für den Augenblick einer Smartphone-Aufnahme.

Salas Eltern sind nicht dabei. Noch nie hat er sie an einem solchen Anlass gesehen, auch bei keiner Schulaufführung.

Beim Verlassen der Altstadt knallen Böllerschüsse in der Ferne, oben am Rosenberg vermutlich, auf der Kinderfestwiese. Dort wird der Umzug gegen Mittag enden, wenn sich alle für das Nachmittagsprogramm versammeln.

Die Sonne beginnt zu brennen, als sie am Marktplatz vorbeikommen und – Trommelwirbel, Konfetti, Jazztrompeten – im Kreis um den Platz herum paradieren; vorbei am Waaghaus, vorbei an den Stadtkinos und Straßencafés in Richtung Müller-Friedberg-Strasse, die in Serpentinen auf den Rosenberg führt.

Überall das gelbe und blaue, das grüne und rote Leuchten der kostümierten Kinder. Zurufe aus allen Richtungen, Jubel.

Sala entdeckt, etwa 20 Meter vor der Kreuzung zum Rosenberg, Dana. Sie bemerkt ihn ebenfalls und winkt.

Umwerfend sieht sie aus mit den Blumen im Haar, mit den goldenen Schleifen über dem bestickten blauen Kleid! Sie sieht aus wie die schönste Braut der Welt, als müsse sie nur mit den Fingern schnippen, damit sich die Jungs vor ihr niederwerfen.

Neue Trommelwirbel, Trompeten, Tubas. Applaus auf dem Gehsteig vor den Fachgeschäften, auf der Tribüne mit den glücklichen Gesichtern. Von den Erkern herunter Konfettiregen. Und Bonbons, in die Sonne geworfen von unsichtbaren Händen, eingepackt in funkelndes Silberpapier.

Salas Herz klopft, während die Prozession weiterzieht, nach oben auf den Rosenberg, in langen, stockenden Schlangenlinien. Er spürt das Gewicht der Fahnenstange, die Anstrengung in der Hitze mit dem Schweiß in den Händen, unter den Achseln, auf dem Rücken.

Durchhalten. Nicht mehr weit, nein. Nicht mehr lange, höchstens eine halbe Stunde.

Als sie mit dem Höhenweg die letzte Etappe nehmen, nimmt die Hitze noch einmal zu. Gegen halb zwölf erreichen sie, Schulklasse um Schulklasse, den Festplatz. Sie sammeln sich vor den Zelten, unter den Ballons vor den Verkaufsständen.

Sala wartet mit den Kameraden auf den Lehrer, der zum Informationsstand gegangen ist.

Er beobachtet die Durstigen vor dem Bierzelt, beobachtet die Medienleute, die mit Mikrofon und Kamera umherschleichen, neben einer Musikkapelle in Uniform, neben Senioren und Polizeibeamten.

Als der Lehrer zurückkommt, in der Hand den Festplan, begeben sie sich auf die Westseite des Geländes, zu den weiß-rot gestreiften Stoffdächern. Dort finden sie die Tische, die mit *Schulen West* bezeichnet sind. In der hintersten Reihe: *Klasse 8/9.*

Sie bekommen Apfelsaft, Eistee, Mineralwasser – und Bratwürste mit Brot. Es gibt mehr als genug. Sala isst zwei Würste und teilt sich mit einem Kameraden eine dritte.

«Fahnenträger», sagt der Lehrer. «Macht hungrig.»

Nach dem Essen besprechen sie das Nachmittagsprogramm, den Ablauf der Tanz- und Musiknummern. Sie werden auf der Hauptbühne auftreten, um 14.30 Uhr und

– ein zweites Mal – um 16 Uhr. Am Abend dann findet die traditionelle Schülerdisco statt.

Verteilt auf dem Festgelände sind insgesamt drei Bühnen, auf denen die Schulen ihre Darbietungen aufführen. Sala findet das Ganze ziemlich doof, wie die meisten Kinder. Doch die Lehrer wollen es so, und die Zuschauer *lieben* es angeblich.

Immerhin ist der Song, zu dem Salas Klasse dieses Jahr auftreten muss, nicht so bescheuert. Meist handelt es sich um alte Pop- oder Rocksongs, die den Lehrern gefallen und die sich kein Schüler je freiwillig anhören würde.

Diesmal ist es ein Song von David Bowie namens «Jump! They say», wozu Salas Klasse weiße Masken tragen muss.

Nach dem Mittagessen machen sie sich auf den Weg zur Hauptbühne, die sich im unteren Teil des Geländes befindet, in der Talsenke.

Von dort her kommt ihnen – blaue Hosen, blaues T-Shirt – Chris entgegen. Er ist in der gleichen Klasse wie Julia.

«Ich habe dich gesucht», sagt er.

«Wir tanzen auf der Hauptbühne», erwidert Sala. «In zwanzig Minuten.»

«Wir sind auf der Bühne Ost. In einer Stunde.»

Sala nickt.

«Hör zu. Julia hat dich gesucht.»

«Julia?»

«Falls ich dich finde, soll ich dir sagen, dass sie dich treffen will. Sie hat am Wochenende versucht, dich zu erreichen.»

«Am Wochenende?»

«Sie hat bei dir zu Hause angerufen.»

Sala kann es nicht glauben: Seine Eltern haben kein Wort gesagt! Bald wird er sich ein eigenes Handy kaufen – Sommerjob im Quartierladen –, dann kann sich so etwas nicht wiederholen, dann ist er von den Eltern unabhängig.

Sala überlegt. «Kannst du Julia sagen, dass ich auf sie warte?»

«Und wo?»

Sala deutet nach unten, zur Hauptbühne.

«Hinter der Bühne. Nach den Aufführungen. Kannst du ihr das sagen?»

«Kein Problem», erwidert Chris und macht sich davon, in Richtung der Verkaufsstände.

Sala arbeitet sich durch das Gedränge hinunter zur Absperrung vor der Bühne, wo die Schulkameraden warten.

Dort gibt es keinen Schatten. In der prallen Sonne müssen sie ausharren, auf ihren Einsatz warten. Und schlimmer: Sie müssen die vorausgehende Nummer von Klasse 6/7 über sich ergehen lassen – ein Rock-'n'-Roll-Stück mit hopsenden Jungs und wirbelnden Röcken.

Aus dem Publikum Pfiffe und Klatscher. Dann endlich wird Salas Klasse in den Backstage-Bereich gerufen.

Man händigt ihnen die weißen Masken aus. Der Lehrer wünscht viel Glück, dann schickt man sie auf die Bühne.

Der Song von David Bowie dröhnt über die Lautsprecher und sie beginnen mit den einstudierten Tanzschritten, den Kreisbewegungen, dem Hin- und Herwanken.

«They say: jump!»

Etwas schneller, mit den Masken zum Publikum hin, und schneller. Wieder hin- und herwanken, wieder im Kreis. Und gegen Schluss, eng beieinander, Arme in die Luft und mit dem letzten «Jump!» auf den Boden fallen lassen, wie vom Tod getroffen.

Applaus, Zurufe. *Langer* Applaus. Das macht den Lehrer glücklich.

Sala fühlt sich wie benommen von der Hitze auf der Bühne, von der Anstrengung. Mit den Kameraden geht er Wasser trinken.

Sie warten im Schatten hinter der Bühne auf den zweiten Einsatz. Sie sind gut gelaunt, doch beim zweiten Mal kriegen sie die Nummer nicht so gut hin. Egal. Hauptsache, es ist vorbei.

Nach ihnen treten noch zwei weitere Klassen auf, dann ist die Show zu Ende.

Vor der Bühne gerät alles durcheinander: die befreiten Schüler und die kleinen Geschwister, die zu ihnen rennen, die Eltern und Verwandten. Alle strömen zusammen, bilden Gruppen und entfernen sich in verschiedene Richtungen.

Sala geht hinter die Bühne, um auf Julia zu warten. Ab und zu wirft er einen Blick in die Menge oben am Hang, wo Getränke verkauft werden. Er beobachtet das Bierzelt auf der rechten Seite, beobachtet eine Mädchengruppe vor dem Kinderspielplatz. Mütter, die mit den Kleinen auf der Wiese spielen, und Väter, die sie mit dem Smartphone filmen.

Keine Julia.

Kann es sein, dass sie von Chris nichts erfahren hat? Dass die beiden sich verpasst haben? Oder hat Julia den Treffpunkt falsch verstanden?

Sala wird unruhig.

Mit jeder Minute fühlt er sich schwächer und möchte nicht länger warten, nicht länger in diesem Zustand bleiben, sich nicht länger *ausliefern*. Und wartet doch weiter, bleibt doch länger. Glaubt immer weniger, dass sie noch auftaucht, ist fast *sicher*, dass sie es nicht tut – und sieht sie kommen: rotes Kleid, rote Schuhe.

«Sala», sagt sie.

Erschrocken sieht sie aus, oder erschöpft.

«Ich bin gerannt», sagt sie.

Sie kommt näher, möchte ihn vielleicht umarmen, hinter der Bühne, wo niemand sonst sie sehen kann. Wie früher auf dem Schulweg, auf dem Güterbahnhof. Doch sie zögert, als werde ihr klar, dass das jetzt nicht mehr möglich ist, weil jetzt alles eine andere Bedeutung hat.

«Geht es dir gut?», fragt er.

Julia nickt.

«Ich habe dich angerufen», sagt sie. «Am Samstag.»

«Ich weiß. Meine Eltern haben nichts gesagt. Die vergessen immer, wer für mich angerufen hat.»

«Genau wie mein Vater.» Julias Augen bleiben einen Moment auf ihn gerichtet, so schön, dass er auf der Stelle alles vergessen könnte, was bisher geschehen ist.

«Mein Vater ist schlimmer», sagt sie. «Zuerst haut er ab und lebt mit einer anderen in Zürich. Dann kommt er zurück, weil meine Mutter im Krankenhaus ist.»

«Im Krankenhaus?»

«Zu viel getrunken. Aber jetzt geht es ihr besser.»

«Das wusste ich nicht. Tut mir leid.»

Julia winkt ab.

«Vergiss es! Die wird weiter saufen, der kann niemand helfen! Und plötzlich tut mein Vater so, als sei er *zuständig*. Und Mutter? Sie lässt es zu, obwohl er der Grund dafür ist, dass sie säuft. Sie hat ihm sogar deinen Brief gezeigt.»

«Meinen Brief?»

«Die durchwühlen meine Sachen, gehen in mein Zimmer, lesen meine Briefe.»

Sala ist wie erstarrt.

«Dein Vater hat meinen Brief gelesen? Was hat er gesagt?»

«Er hat gelacht», erklärt Julia. «Vor allem, weil du mich heiraten willst.»

«Aber es ist mir todernst.»

Die Antwort gibt er schnell, ohne nachzudenken, und bereut es auf der Stelle. Am besten, Sala sagt jetzt kein Wort mehr. Am besten für den Rest seines Lebens.

Doch dann fällt ihm auf, wie blass Julia aussieht, blasser als sonst. Und wie traurig. Für einen Moment scheint es, als müsse sie weinen, als leide sie sehr wegen der Mutter im Krankenhaus.

«Tut mir leid», sagt er.

Sie schüttelt den Kopf.

«Ich wollte dich nicht –», sagt er.

Aber er kann nicht weitersprechen.

«Es ist ein schöner Brief», erklärt sie. «Ich habe noch nie einen so schönen Brief bekommen. Bitte, es ist meine Schuld.»

«Deine Schuld?»

«Dass du – warten musstest. Ich musste mit den anderen zusammen sein, ich musste bei ihnen mitmachen.»

«Ich weiß.»

«Es heißt nicht, dass ich dich –»

«Ich weiß.»

«Es tut mir leid, dass du warten musstest.»

«Es ist okay, Julia.»

Plötzlich wünscht sich Sala, das Gespräch wäre jetzt zu Ende, niemand müsse mehr etwas sagen und sie könnten einfach nur zusammen sein. Wie früher, wie es eigentlich immer gewesen ist, seit sie sich kennen.

Julia blickt zu Boden, auf ihre roten Schuhe.

«Es ist ein *schöner* Brief.»

Sala schweigt.

«Ich will dich nicht verletzen», sagt sie. «Ich möchte, dass wir Freunde bleiben.»

Genau das war es, was er nicht hören wollte. Worte wie ein Schlag, aber nicht wie eine Hand im Gesicht oder eine Faust in den Magen, sondern wie ein Stromschlag durch den Körper.

«Ich verstehe», sagt er. Er sagt noch mehr, redet weiter. Auch Julia redet, irgendwo in der Ferne. Die Luft fühlt sich trocken an, und er denkt, dass er sich *bewegen* muss, dass er nicht länger hierbleiben kann.

Tatsächlich setzt er sich in Bewegung. Er geht nach vorne zur Wiese und weiter zum Hang, durch den glücklichen Lärm, der ihm von allen Seiten entgegenkommt.

Sala geht zum Ende des Geländes und erreicht den Höhenweg, der jetzt im Schatten liegt. Es ist Abend geworden. Die Stille tut gut. Nirgends ein Mensch zu sehen, nirgends ein Auto zu hören.

Sala möchte weitergehen, aber etwas hält ihn zurück. Er macht kehrt und geht zurück zum Fest, zurück unter die Leute, die vor den Zelten feiern, an den Schanktischen. Kinder rennen übers Feld, und beim Spielzeugstand lässt man Ballons in den Himmel steigen, in die dunkelblaue Stimmung über dem Platz.

Aus dem Tal dringen Bässe. Techno. Julia ist vielleicht dort, auf der Hauptbühne, wo die Schülerdisco begonnen hat.

Sala ist unterwegs in Richtung Bühne, als ihm – vor dem Bierzelt – das rote Kleid auffällt: Julia steht neben einer Gruppe von Männern. Einer von ihnen mit schwarzer Lederjacke. Oliver vom Motorradklub.

Langsam, wie zufällig, dreht Julia den Kopf in Salas Richtung. Sie erkennt ihn, zuckt zusammen – oder bildet er sich das ein?

Sala bewegt sich auf Julia zu, achtet nicht auf Oliver, nicht auf die anderen, nur auf Julia.

«Nicht jetzt», sagt sie.

Er denkt, dass sie das nur sagt, weil sie sich keine Blöße geben will. Er denkt, dass das alles nicht zählt, dass Julia und er *zusammengehören,* dass nur das und nichts anderes zählt, dass das schon immer so war und niemand etwas daran ändern kann.

Irgendwo zischen Raketen in den Himmel. Feuerwerk. Knallfrösche.

In der Nacht träumt Sala, wie Oliver Julia küsst, intensiv, leidenschaftlich. Dabei knallt über ihnen das Feuerwerk.

Er darf meinen Brief nicht lesen, denkt Sala und hört, wie sich das Gedröhne der Motorräder nähert. Von allen Seiten kommen sie herangerattert, jagen übers Feld, springen hoch, über Holzbänke und Tische; heulende, stinkende Maschinen.

«Julia!»

Sala schreit ihren Namen, aber es geht unter im Gewitter des Feuerwerks, im Rauch, der alles einhüllt. Irgendwo brennt es, es wurden Bomben gezündet. Sala irrt durch den Rauch. Manchmal kann er Julias Anwesenheit erahnen, den Schatten ihrer Unruhe, die Umrisse ihres Kopfs. Ihre Energie, die immer in Bewegung bleibt, zwischen den Explosionen, über der dampfenden, in die Luft geschleuderten Erde.

12

Normalerweise achtet Sala nicht besonders auf seine Träume. Meist erinnert er sich am nächsten Morgen nicht mehr daran. Doch diesen Traum – den Rauch, die Bombeneinschläge – hat er noch Jahre später im Kopf.

In gewisser Weise hilft ihm der Traum, Julia loszulassen. Zwar hört er nicht damit auf, an sie zu denken, doch die Sehnsucht, die damit verbunden ist, lässt nach.

Dann beginnt mit dem Ende des Sommers ein neues Kapitel: Sala besucht das Gymnasium und hat weniger Kontakt mit den Freunden aus dem Viertel, die es entweder nicht ans Gymnasium schaffen – Milan, Dana – oder wie Julia und Chris jünger sind und weiter die Sekundarschule besuchen.

Später schaffen es auch Chris und Julia ans Gymnasium, doch das ändert nichts daran, dass ihre Treffen seltener bleiben.

Neuigkeiten über Julia erfährt Sala meist von Chris. Zum Beispiel freut es ihn zu hören, dass Julia mit Oliver und der Motorradgang gebrochen hat. Und dass sie am Gymnasium «gute Noten» schreibt.

Ein paar Jahre später erfährt Sala, dass Julia in Zürich Geschichte und Umweltwissenschaften studiert, dass sie eine Reporterin werden möchte.

Inzwischen studiert Sala – ebenfalls in Zürich – Volkswirtschaft. Dann und wann trifft er in St. Gallen Dana und Milan, doch mit der äußeren Distanz wächst die innere, sodass aus der Jugendzeit schließlich nur die Freundschaft zu Chris überlebt.

Interessant übrigens, wie Chris sich entwickelt: Ähnlich wie Julia engagiert er sich für Umweltschutz. Chris arbeitet sogar für die Grünen, dann für Greenpeace, während Julia in den Journalismus einsteigt. Sie schafft es, einen Job bei einer Zürcher Tageszeitung zu bekommen.

Als sich Sala und Chris zu ihrem gelegentlichen Feierabendbier treffen, muss der Freund grinsen.

«Hast du das mit den Affen gehört?»

Sala hat es gehört: Tierschützer haben Affen aus dem Zoo befreit. Julia hat als Reporterin darüber berichtet. Sala hat den Artikel, um ihn aufzubewahren, aus der Zeitung ausgeschnitten. Er sammelt alle Artikel von Julia.

«Das waren *wir»,* meint Chris. «Julia war in die Aktion eingeweiht und hat die Sache bekannt gemacht. Du kannst dich auf die nächste Aktion schon freuen. Wir werden es dem System zeigen.»

«Dem System?»

«Komm schon. Tu nicht so!»

«Was denn?»

Mit der Faust klopft Chris auf den Tisch, an dem sie sitzen, zwischen die Chips und Biergläser, als sei es ihm wirklich egal, wer sonst noch zuhört. «Du hast Wirtschaft studiert und machst eine Menge Kohle. *Mit* dem System.»

«So viel ist es nun auch wieder nicht», korrigiert Sala.

«Trotzdem.» Chris wirft ihm einen Blick zu, der vorwurfsvoll wirkt. Das ist neu. «Wir kämpfen und du schaust zu. Du nimmst uns nicht ernst.»

«Wie kommst du darauf?» Das hat Sala wirklich getroffen. «Ich *liebe* dich. Ich denke viel an Julia, an euch beide.»

Chris lächelt, als sei alles in Ordnung, doch die Stimmung bleibt gereizt, nicht nur an diesem Abend, sondern auch bei den nächsten Treffen. Chris wirkt gehemmt, als könne er nicht mehr völlig offen mit Sala reden, als gebe es immer mehr, was er verschweigen muss. Darüber versucht Sala wiederum hinwegzusehen, so gut es ihm möglich ist.

Mit Julia ist es komplizierter: Auf der einen Seite hat sie fast nie Zeit für ein Treffen, andererseits kommt es vor, dass sie überraschend anruft, um stundenlang mit ihm zu reden. Es ist schön, ihre Stimme zu hören, ihre Leidenschaft zu spüren. Julia schimpft über die Klimapolitik in Europa, schwärmt von den Aktivisten, über die sie schreibt. Sie spricht auch über früher, über Milan, Dana und ihre Eltern. Über Dejan, der während eines Urlaubs in Kroatien einen Autounfall gehabt hat: Schädel-Hirn-Trauma. Aber es heißt, dass er sich bereits wieder erholt.

Und Sala? Inzwischen ist er als Unternehmensberater etabliert, hat Kunden in der Schweiz, in Deutschland, im Fürstentum Liechtenstein. Julia gibt sich erfreut, wobei er das Gefühl nicht loswird, dass sie, genau wie Chris, nicht mehr ganz ehrlich ist.

Auf einer Geschäftsreise in Deutschland lernt Sala eine Juristin kennen und fühlt sich verliebt.

Aus der Ferne verfolgt er weiter Julias Medienauftritte. Er freut sich über ihren Wechsel zum Schweizer Fernsehen. Er ruft sie an, wenn sie Geburtstag hat, oder zu Weihnachten, doch ihre Gespräche werden seltener.

«Hat nichts mit dir zu tun», erklärt Chris, als sie sich wieder einmal auf ein Bier treffen.

«Stress beim Schweizer Fernsehen?»

«Politik», erwidert Chris. «Das System ist toxisch, sag ich dir.»

Sala nickt.

Später liest er in der Zeitung, die Journalistin Julia Schwarz habe sich vom Schweizer Fernsehen getrennt und gehöre nun zu *Schwarzer Winter,* einer Bewegung, die Schlagzeilen macht: Farbanschläge auf Bankgebäude, Sitzblockaden auf Hauptverkehrsstraßen, Brandanschläge auf Starkstromleitungen, Störung des Flughafenbetriebs mit Drohnen.

Chris bestätigt die Geschichte, und nicht nur das: Auch er macht jetzt offenbar bei *Schwarzer Winter* mit.

«Ich werde Julia sagen, dass du angerufen hast», verspricht der Freund. «Sie ruft dich an, sobald es geht. Im Moment bleiben wir unter dem Radar.»

«Wie bitte?»

«Wir müssen *vorsichtig* sein.»

«Habt ihr sie noch alle?!»

«Wir sind nicht verrückt.»

«Natürlich nicht», erwidert Sala. «Glaubt ihr wirklich, dass ihr die Welt verbessert?»

Darauf gibt es keine Antwort und für eine Weile hört Sala auch von Chris nichts mehr.

Die Arbeit als Unternehmensberater wird schwieriger. Salas Kunden öden ihn mehr und mehr an. Auch nach freien Wochenenden fühlt er sich erschöpft, ausgelaugt. Dann hat seine Freundin eine Affäre mit einem Juristenkollegen, offenbar seit Monaten. Es kommt zur Trennung.

Sala trinkt mehr als früher: eine Veränderung, die sich durch die Hintertür der Gewohnheiten einschleicht. Und er nimmt Pillen, zuerst nur für den Abend, um einzuschlafen, dann für den Morgen, um in die Gänge zu kommen.

Irgendwann erreicht Sala eine SMS mit der Nachricht, Chris und Julia seien unter der alten Mobilnummer nicht mehr erreichbar.

Zwei Tage später meldet sich Chris als *anonymer Anrufer* und erklärt, dass sie ihre Nummern jetzt regelmäßig wechseln müssten. «Die suchen uns international, mein Freund.» Chris sagt das so, als sei es eine Auszeichnung.

Sala verbringt seine Tage weiter im Büro, arbeitet für wohlhabende Kunden, die er nicht ausstehen kann. Er trinkt weiter, nimmt seine Pillen und weiß nicht, wie ihm geschieht. Er weiß nicht, mit wem er reden könnte. Er weiß nicht, woran er leidet. Er weiß nur, *dass* er leidet. Dass etwas nicht stimmt. Er kann nicht sagen, wie er in diese unmögliche Situation geraten ist, in die Mühlen dieser Leere, die ihn von innen her – er kann es spüren – austrocknet. Es ist, als sei er gefangen in einer gut bezahlten Todesroutine. Und es gibt kein Entrinnen.

Wegen der Schlafstörungen sucht Sala den Hausarzt auf, der ihn zur Psychologin schickt. Diese spricht von «Depression» und verschreibt ihm Medikamente.

Sala versucht das Beste daraus zu machen. Er will den Job wechseln und hört sich auf dem Arbeitsmarkt um. Er findet nichts, das sich vielversprechend anhört, und macht weiter wie bisher. Er gewinnt neue Kunden – und dann springt er eines Abends, am Zürcher Seeufer, ins Wasser.

Die Psychologin verschreibt Sala neue Pillen, die ihn zwar träge machen, doch relativ gut funktionieren lassen.

Für kurze Zeit hat er sogar den Eindruck, wieder auf die Beine zu kommen. Er trinkt weniger, schläft besser, *fühlt* sich besser, hat vor dem Mittagessen wieder Appetit.

Er lernt sogar neue Frauen kennen, die ihm gefallen, und geht manchmal in eine Bar, besucht eine Ausstellung, ein Theaterstück.

Dann wird er von einem Privatdetektiv kontaktiert, der für den Bauunternehmer Gregor Schwarz arbeitet, Julias Vater.

Schwarz möchte sich mit Sala treffen, weil er glaubt, über ihn an Julia heranzukommen, sehr witzig. Aber Sala besucht Schwarz in seinem Büro. Ein seltsames Treffen. Und noch seltsamer: Kurz nach diesem Treffen kursiert in den Medien die Nachricht, ein Mitglied von *Schwarzer Winter* sei in der Stadt Bern verhaftet worden und liege im Krankenhaus, nach einem Schusswechsel mit der Polizei!

Sala macht sich Sorgen.

Er versucht Chris zu erreichen unter der letzten ihm bekannten Nummer. Er hinterlässt eine Sprachnachricht, ohne zu wissen, ob der Freund sie je hören wird.

Doch Chris – einen Tag später – ruft zurück.

«Wo bist du?», möchte Sala wissen.

Am anderen Ende der Leitung sind Motorengeräusche zu hören. «Unterwegs.» Chris' Stimme klingt verzerrt. «Alles ist gut.»

«Alles ist gut?!» Sala ärgert sich. «Was soll das heißen? Ich habe in der Zeitung von der Schießerei in Bern gelesen. Wer wurde angeschossen?»

«Julia geht es gut», erwidert Chris. «Keine Sorgen.»

«Hast du meine Nachricht gehört? Wegen Julias Vater?»

Wieder das Motorengeräusch. Und dann eine Frauenstimme, unverständlich.

«Ist das Julia? Gib sie mir.»

«Nein. Julia ist nicht hier.»

«Ich habe ihren Vater getroffen, hörst du? Julia muss wissen, dass er einen Privatdetektiv auf sie angesetzt hat.»

13

Chris lügt, als er Sala am Telefon sagt, Julia sei nicht da. In Wahrheit sitzt sie während des Anrufs direkt neben ihm.

Sie sitzen im gleichen Auto, in dem sie seit Tagen unterwegs sind; im Moment auf einer vierspurigen Schnellstraße nahe Salzburg. Sie suchen einen Landwirtschaftsbetrieb, der einem Sympathisanten von *Schwarzer Winter* gehört. Dieser hat ein Versteck organisiert.

Chris und Julia sitzen auf dem Rücksitz, vorne am Steuer Marge, auf dem Beifahrersitz Winter. Die anderen – Popeye, Blacky und Rouge – fahren etwa 20 Meter vor ihnen, in einem zweiten Wagen.

Julia wendet sich nach dem Anruf an Chris.

«Was wollte Sala?»

«Er dachte, du seist angeschossen worden. Und außerdem hat er was erzählt von deinem Vater. Er hat wohl einen Privatdetektiv auf dich angesetzt.»

Sie seufzt. Im Moment haben sie andere Sorgen.

Bum-bum.

Der Herzschlag. Das hat nichts mit ihrem Vater zu tun oder mit dem Privatdetektiv. Nein, es hat mit Bern zu tun, mit der Schießerei vor dem Bundeshaus, von der die Medien berichten.

Das war ein Kollege von ihnen aus London, der da in Bern angeschossen wurde, und auch einen Polizisten hat es erwischt. Im Internet heißt es, der Polizist liege «schwer verletzt» im Krankenhaus und der «Umwelt-Extremist» werde, sobald er das Bewusstsein zurückerlange, einem Verhör unterzogen.

Bum-bum.

Julia hat das Gefühl zu schwitzen. Sie lässt das Seitenfenster hinunter, um ihr Gesicht in die Strömung des Fahrtwindes zu halten.

Drei Sekunden. Vier Sekunden.

Schon besser. Für einen Moment fühlt es sich sogar an, als sei das hier nur ein harmloser Ausflug. Als wäre es geplant gewesen, die Schweiz zu verlassen und sich vom Besitzer eines Landwirtschaftsbetriebs auf ein paar Tage nach Österreich einladen zu lassen.

Der Fahrtwind, weich und kühl. Julia hat die Augen geschlossen. Und dann – Winters Stimme. Und der Moment ist dahin.

«Die Medien melden, dass sie *tot* sind», sagt er.

«Was?»

«Der Bulle und unser englischer Freund, beide tot.»

«Ist das wahr?»

Winter reicht Julia das dunkelgraue, verschlüsselte Smartphone, das sie seit zwei Tagen benutzen.

Sie überfliegt die Internet-Meldungen: Offenbar ist der Polizist im Krankenhaus gestorben, noch bevor man ihn operieren konnte. Und der «Umweltextremist» soll ebenfalls seinen Verletzungen erlegen sein.

«Das glaubt kein Mensch», meint Chris. «Der war nicht so schwer verletzt. Es war ein Beinschuss.»

«Ja», bestätigt Winter.

«Sie wollten ihn verhören, wenn er wieder bei Bewusstsein ist.»

«Sie haben ihre Meinung geändert», sagt Winter. «Unser Freund hat einen von denen ausgeknipst, also haben sie *ihn* ausgeknipst.»

Doch wieso sollten sie in Bern einen so offensichtlichen Mord begehen, die Schweizer Behörden, in einem staatlichen Krankenhaus?

Andererseits wäre das nicht wirklich überraschend. Ihnen ist klar, wie das System hinter der demokratischen Fassade funktioniert, wie es sich im Ernstfall verteidigt. Ihnen ist klar, dass das System am Ende alle seine Gegner kaltmacht.

«Die senden uns eine Botschaft», erklärt Winter. «Die wussten, dass die Medien sich darauf stürzen, dass einige von Mord sprechen. Genau das wollen sie.»

«Sie *wollen* es?», fragt Julia.

Für Winter ist das ganz logisch. «Damit zeigen sie, dass die Schonfrist abgelaufen ist. Die Botschaft lautet: Jetzt töten wir euch. Keine Verhaftungen mehr, keine Verhandlungen. Wir *killen* euch.»

«Unglaublich», flüstert Chris.

«Der verdammte Idiot aus London», fährt Winter fort. «Hat er euch über seinen bescheuerten Plan informiert? Hat jemand von euch gewusst, dass er zum Bundeshaus rennen will, um Polizisten abzuknallen?»

Nein, niemand hat etwas gewusst. Der Junge hat eigenmächtig gehandelt und sie alle in Gefahr gebracht.

Mehr noch: Die Aktion sorgt für massiv höhere Sicherheitsmaßnahmen im Bundeshaus. Und das ist das Letzte, was sie brauchen, denn es war eigentlich Julias und Winters Plan, mit dem Rest der Truppe das Parlament zu stürmen, und zwar Ende des Monats, wenn die Herbstsession begonnen hat. Das können sie nun vergessen. Das Ziel wäre gewesen, die Sitzung der Parlamentarier zu stürmen, mit einer Gruppe von Studenten, die als Besucher angemeldet sind.

Die Aktion sollte die Medien auf ein heimlich verabschiedetes Gesetz aufmerksam machen. Ein Gesetz, das die finanzielle Beteiligung der Schweiz am «Karratha»-Gaskraftwerk regelt. Dieses gehört zum «Burrup Hub Projekt», benannt nach der Burrup-Halbinsel in Westaustralien. Dort befinden sich über 1 Million Felsbilder aus der Zeit der Aborigines. Felsbilder, die etwa 30.000 Jahre alt sind und von Konzernen zerstört werden, die Erdgas fördern und petrochemische Industrieanlagen ausbauen.

«Diese Aktion ist gestorben», sagt Winter.

Niemand widerspricht. Im Auto sind nur der Motor zu hören und der Fahrtwind, der durchs Fenster auf Julias Seite eindringt. Er riecht nach Regen.

Julia muss an ihren Vater denken und fragt sich, warum es ihn – der nie etwas anderes geliebt hat als sich selbst und seine Baupläne –, warum es ihn kümmert, was mit Julia passiert? Bestimmt geht es ihm um sein Image, um den Ruf seines Unternehmens.

Sie stellt sich vor, wie es wäre, eine seiner Baustellen in die Luft zu jagen oder eines seiner Häuser. Das wäre wunderbar. Eine längst fällige Antwort – nicht nur auf die Arroganz des Vaters, sondern auf die Arroganz *aller* dieser Bonzen, die sich auf der Welt breitmachen und die Natur verschandeln, die Menschen ausbeuten, das Leben begraben unter einer Wüste aus Zement und Shopping Malls. Eine längst fällige Antwort. Eine –

Chris unterbricht Julias Gedanken. «Hinter uns», sagt er.

Julia wirft einen Blick aus dem Heckfenster und kann es sehen: ein Polizeiauto. Der Wagen folgt ihnen mit etwa zehn Metern Abstand, vielleicht weniger. Ein silberner VW Touran, die Motorhaube rot-blau, in der Mitte die weiße POLIZEI-Aufschrift. Aber kein Blaulicht.

Bum-bum.

Cool bleiben. Das Ganze ist vielleicht Zufall. Muss nichts bedeuten.

«Winter», sagt sie.

Er blickt nach hinten, dann dreht er sich zum Rückspiegel vorne auf seiner Seite, bevor er sich wieder Julia zuwendet. «Wie lange schon?»

«Keine Ahnung», meint Chris. «Vielleicht seit der letzten Tankstelle. Vielleicht erst seit ein paar Minuten.»

«Normale Streife?»

«Hoffentlich», erwidert Chris. «Unsere Nummernschilder sind von gestern Abend. Wäre krass, wenn sie so schnell als gestohlen gemeldet wurden.»

«Wäre krass», bestätigt Winter.

Erneut schauen sie nach hinten, und Julia denkt: Nur ein Zufall.

Im selben Moment – als wollten ihr die Polizisten damit widersprechen – beginnt über dem Dach des Einsatzwagens das Blaulicht zu kreisen.

«Na wunderbar», sagt Winter.

Er klingt gelassen, als mache er sich nicht viel daraus. Julia kennt das. Manchmal denkt sie, dass Winter im entscheidenden Moment *alles* egal ist und er es deshalb schafft, so cool zu bleiben.

Der Polizeiwagen verringert den Abstand.

Bum-bum.

Julia hat das Gefühl, dass es verdammt lange dauert, bis der Wagen aufholt und Marge, vorne am Steuer, endlich reagiert. Bis auch sie Gas gibt.

Marge schwenkt hinüber auf die linke Fahrspur. Sie schießen auf den vorderen Wagen zu, in dem Popeye und die anderen sitzen. Sie holen auf und rollen, wieder langsamer, neben den anderen über die Landstraße. Winter macht durchs Fenster Handzeichen.

Julia kann sehen, dass Rouge drüben am Steuer sitzt. Und hinter ihm, auf dem Rücksitz, Popeye. Der lässt das Fenster runter und steckt seinen Kopf heraus. Popeye mit verzerrtem Gesicht, die Haare flatternd, die Augen zusammengekniffen.

«Scheiße!», ruft er in den Lärm des Fahrtwindes. «Schei--ei-ßee!»

Hinter ihnen beginnt die Polizeisirene zu heulen.

Marge gibt Vollgas. Sie fliegen davon, lassen Popeye und die anderen im zweiten Wagen hinter sich.

Marge schwenkt zurück auf die rechte Spur. Julia, durch die Beschleunigung gegen den Rücksitz gestoßen, riskiert einen Blick durchs Seitenfenster. Das Polizeiauto ist jetzt auf der Höhe vom Wagen ihrer Freunde.

Tatü-tatüü.

Das Blaulicht, in alle Himmelsrichtungen geworfen: zum Pannenstreifen, auf die Gegenfahrbahn, auf die Bäume am rechten Straßenrand. Auf Popeyes Kopf, den er weiter aus dem Seitenfenster streckt, den Mund offen, als brülle er etwas, das im Lärm untergeht.

Tatü-tatüü.

Nun fahren sie nebeneinander, das Polizeiauto und Julias Freunde.

Nein, das darf nicht sein. Aber Winter bleibt ruhig, während sich die Wagen nähern, Verfolger und Verfolgte. Auf der Gegenfahrbahn donnert ein Lastwagen vorbei, hupend.

«Jetzt!», ruft Winter.

Marge lenkt das Auto auf den Pannenstreifen. Sie bremst ab, während die Polizei und der Wagen mit Popeyes aus dem Fenster gestreckten Kopf an ihnen vorbeischießen.

Sie rollen auf dem Pannenstreifen dahin, für einige Sekunden, dann gibt Marge wieder Vollgas und schwenkt zurück auf die Straße.

Sie nehmen die Verfolgung auf. Sie nähern sich von hinten dem Polizeiwagen, und Winter – als sei nichts Besonderes dabei – nimmt seine Kalaschnikow in den Schoß. Er entsichert die Waffe und wartet, bis sie nahe genug dran sind.

Er lässt die Scheibe auf der Beifahrerseite herunter und lehnt sich mit der Waffe aus dem Fenster. Er setzt an und beginnt zu feuern.

Ratatata!

Julia sieht, wie die Kugeln auf dem Asphalt Funken schlagen. Dann die ersten Treffer: aufplatzende Löcher im Wagen der Beamten, quer über den Kofferraum, links außen das zerspringende, rote Rücklicht. Und: ein geplatzter Reifen.

Bahmm!

Der Polizeiwagen gerät ins Schlingern, rutscht nach rechts, der Fahrer versucht zu stabilisieren, quietschend, schaukelnd.

Marge verlangsamt das Tempo, als sie sehen, wie die Bullen auf den Pannenstreifen geschleudert werden, wie sie in die Leitplanke krachen.

«Stopp!», schreit Winter.

Marge drückt auf die Bremse, und Julia kann spüren, wie sie über die Bahn schlingern, ebenfalls in Richtung Leitplanke. Näher, näher.

Bumm!

Julia und Chris stoßen zusammen. Donnerschlag an der Tür, nach innen gedrücktes Blech. Risse auf der Seitenscheibe. Dann Stillstand.

Aber es ist nicht vorbei: Julia kann sehen, dass die Polizisten auf dem Pannenstreifen aus ihrem Wagen eilen, mit gezückten Dienstwaffen.

«Aussteigen, Hände hoch!»

Winter reagiert nicht, auch Marge lässt die Hände am Steuer.

Die Polizisten zielen in ihre Richtung. Und kommen auf sie zu. Bis von der anderen Seite her auf sie geschossen wird.

Ratatata!

Popeye und Blacky, die Maschinenpistolen im Anschlag.

Um die Beine der Beamten herum schlagen Kugeln in den Asphalt. Einer der Bullen schießt zurück, ohne zu treffen, bevor Popeye die Kalaschnikow hochreißt – *ratata* – und den Beamten niedermäht. Popeye macht weiter, schreitet auf den zweiten Beamten zu und – *ratata* – trifft auch ihn.

Beide Polizisten am Boden.

Popeye – große Augen, offener Mund – bleibt neben den Getroffenen stehen, die sich am Boden winden.

Für den Bruchteil einer Sekunde denkt Julia, dass er sie exekutieren wird. Kopfschuss. Doch Popeye schleudert mit dem Fuß nur die Dienstwaffen weg, eine nach der anderen, und geht dann weiter. Zusammen mit Blacky nähert er sich dem Polizeiauto. Sie setzen auf den Wagen an und entfesseln ein dröhnendes Gewitter aus Kugeln und Blech, aus Glassplittern und berstendem Plastik.

«Gute Arbeit», sagt Winter.

14

Rund vierzig Minuten später warten sie am vereinbarten Treffpunkt auf den Besitzer des Landwirtschaftsbetriebes, der ein Versteck organisiert hat.

Mit dem verschlüsselten Handy hat Winter den Landwirt informiert, dass sie die gestohlenen Autos stehen lassen mussten, dass sie zu Fuß weitergegangen sind und die Bullen in der Gegend alarmiert sein dürften.

Trotzdem verspürt Julia keine Angst. Sie ist zu erschöpft, vermutlich liegt es daran. Erschöpft von der Fahrt nach Österreich, vom Zusammenstoß mit der Polizei und dem Fußmarsch: zuerst durch den Wald, über versteckte Wege entlang eines Flusses in der Region Tiefbrunnau.

So erschöpft ist sie, dass sie an nichts anderes zu denken vermag als an ein ruhiges Zimmer. Ja. Ausruhen und schlafen.

Doch zuerst müssen sie den Fluss überqueren, über eine schmale Holzbrücke. Anschließend erreichen sie ein Acker feld und müssen – versteckt hinter einem Geräteschuppen – in der Kälte des Abends ausharren.

Es kommt Julia unendlich lang vor, bis am anderen Ende des Ackers ein Transporter auftaucht. Ein Transporter mit Ladewagen, wie sie auf Bauernhöfen öfters zu sehen sind.

Das Gefährt nähert sich ihnen auf der linken Seite des Feldes, während rechts, auf der Landstraße, etwa 400 Meter vom Geräteschuppen entfernt, zwei Polizeiwagen mit Blaulicht vorbeiflitzen, in die Gegenrichtung.

Der Fahrer des Transporters entpuppt sich als mürrischer Bauer, dem von seinem Chef aufgetragen wurde, «Freunde» abzuholen, wobei ihm offensichtlich nicht klar ist, *wer* diese Freunde sind.

Er bringt sie im leergeräumten, nach Heu riechenden Ladewagen auf einen etwa zwei Kilometer entfernten Betrieb mit Weideland, Stallungen, Heuschober und Wohnhäusern.

Der Besitzer erwartet sie auf einem mit Kies bestreuten Platz. Er stellt sich mit «Ich bin der Felix» vor. «Meine Frau hat gekocht. Ihr müsst hungrig sein.»

Das ist eindeutig untertrieben: Sobald sie im Haus des Gastgebers am Tisch sitzen, langt die ganze Gruppe kräftig zu.

Felix' Frau hat Bratkartoffeln, Spiegeleier und alle möglichen Salat- und Gemüseteller vorbereitet, dazu gibt es Bier und Wein.

«Ich danke euch», sagt Winter. «Ihr wisst, wer wir sind, und wir wissen, was ihr riskiert. Von Herzen, danke.»

Die anderen bedanken sich ebenfalls. Felix und seine Frau – sie heißt Martha – erklären, es sei für sie selbstverständlich, *Schwarzer Winter* zu helfen.

«Wir haben im Sommer auch Kollegen aus Paris bei uns versteckt», sagt Martha.

«Paris?»

«Leute von ‹Les Amis de la Terre›.»

Winter erinnert sich. «Die Gruppe, die das Kohlekraftwerk lahmgelegt hat.»

«Genau.»

«Das ist cool», erwidert Popeye und macht seine großen, starren Augen. «Gute Leute. Gu-ut.»

Die Gastgeber fragen nach der Polizei. «Was ist passiert?»

Winter erklärt die Situation. Julia ist erstaunt, dass er *alles* erzählt, als mache es ihm Spaß, das Ganze im Detail Revue passieren zu lassen.

«Ich verstehe», sagt Felix nach dem Bericht. «Und morgen zieht ihr weiter? Nach Thalgau?»

Damit meint er das bevorstehende Treffen in Thalgau, doch woher weiß er davon? Wer hat ihm davon erzählt? Ein gemeinsamer Kontakt in Wien?

«Woher weißt du von Thalgau?», fragt Chris.

Felix meint, er wisse nur, dass diese Versammlung geplant sei, mit Leuten aus dem Ausland. Keine Details. «Aber ich möchte dabei sein. Ich kann euch hinfahren, ohne Sicherheitsrisiko.»

Jetzt wirkt Winter skeptisch. «Du willst dabei sein? Warum?»

«Für meine Freunde aus der Branche. Ich möchte an eurer Versammlung für sie sprechen. Ich möchte von uns erzählen.»

«Du meinst die Bauern?»

«Landwirte, Farmer. Alle, die auf unserer Seite stehen.»

Martha schildert ihnen, wie der Klimawandel die Wetterverhältnisse beeinflusst, was viele Agrarwirte ruiniert hat; dass viele von ihnen durch Dauerregen, Stürme oder Dauerhitze gezwungen sind, Höfe und Betriebe aufzugeben. Sie erzählt von den Auswirkungen der EU-Politik, gegen die man seit Jahren protestiere, in Österreich, Frankreich, Deutschland, Holland. Martha sagt, die EU-Funktionäre hätten die Landwirtschaft «an die Globalisierung verkauft», an die Großinvestoren und Konzerne. Überall würden «neoliberale Zustände» wie in Asien und Afrika geschaffen, Riesenbetriebe mit Maximierung des Ertrags pro Hektar. Das bedeute Billigmilch, Billiggemüse, Billigfleisch. «Totalmaximierung», bis niemand mehr mithalten könne, nur noch die Global Player.

Felix nickt langsam, während seine Frau spricht.

«Die Aufhebung der Milchquote war der Anfang vom Ende», erklärt Martha. «Lokal produzieren, lokal konsumieren, das wird es nicht mehr geben, nicht unter diesem System. Grundbesitzer verkaufen Parzellen, nicht nur an die Belgier oder Holländer, sondern an die Chinesen. Letztes Jahr hat ein Freund der Familie, eigentlich ein Patriot, fünfzig Hektar an ein chinesisches Konglomerat verkauft.»

Julia denkt an eine TV-Reportage aus früheren Tagen, über Agrarwirte in Frankreich. Wenn sie sich recht erinnert, ging es um ein deutsch-französisches Bündnis aus Bauern, Klima- und Tierschützern. Ein Bündnis gegen Gentechnik und die Deregulierung der Landwirtschaft.

«Verdammte Globalisten», sagt Felix.

Für einen Moment kann Julia die Erschöpfung in seinem Gesicht sehen. Die Erschöpfung, die sie selber gut kennt.

Schlafen, denkt sie, ich muss *schlafen.*

Aber sie zwingt sich, am Tisch zu bleiben und weiter zuzuhören, wenn die anderen über «Transhumanismus» und den «chinesischen Wirtschaftskrieg» sprechen. Wenn Winter klarstellt, dass an der Versammlung in Thalgau nur «Aktivisten» teilnehmen, dass er jedoch vorschlagen werde, ein weiteres Treffen zu organisieren, mit Landwirten.

Julia lauscht dem Klang seiner Stimme und muss an die angeschossenen Polizeibeamten denken, am Boden auf der Schnellstraße.

«Bitte entschuldigt mich», sagt sie.

Die Gastgeberin begleitet sie in ein Zimmer im Wohnhaus gegenüber der Scheune. Ein kleiner, gemütlicher Raum.

Sobald Julia alleine ist, legt sie sich aufs Bett, ohne die Schuhe auszuziehen, und fällt – sie denkt noch daran, dass die Schuhe schmutzig sind – sofort in einen tiefen Schlaf.

Julia träumt von der Beerdigung ihrer Mutter, an der sie nicht geweint hat. Nicht eine Träne hat sie für die Mutter vergossen, und sie erinnert sich wieder an die Beamten auf der Schnellstraße, die sich am Boden hin- und hergewälzt haben, und sie denkt, dass es besser wäre, sie mit einem Gnadenschuss zu erlösen, denn die Polizisten weinen.

15

Wie geplant findet in Thalgau, auf einem verlassenen Landsitz, ein von Aktivisten aus Wien und Paris organisiertes Treffen statt.

Für *Schwarzer Winter* ist es die erste Zusammenkunft dieser Art mit Leuten aus Frankreich, England, Holland und Spanien. Julia hat sie allerdings noch nie persönlich getroffen – abgesehen von drei Studenten, mit denen sie sich vor einigen Jahren in Berlin, bei Protesten vor dem Bundestag, vernetzt hat.

Abgehalten wird die Versammlung in einer etwa fünfzehn Meter langen Holzscheune. Die Teilnehmer sitzen an den Tischen in der Raummitte, während drei Männer in Lederjacken vor dem Scheunentor Stellung beziehen; Wachposten.

Die Stimmung ist angespannt. Die Gruppe aus Paris berichtet, es habe neue Tote gegeben, in der Stadt Lyon: eine Kundgebung im Stadtzentrum, die angeblich aus dem Ruder gelaufen sei. Zwei Klimaschützerinnen erschossen, ein Polizist verletzt.

«Die machen keine Verhaftungen mehr», kommentiert die französische Kollegin. «Die Behörden *wollen* Tote. Sie wollen, dass die Bevölkerung zurückschreckt und uns als gefährliche Radikale wahrnimmt.»

Niemand am Tisch widerspricht.

Julia erkennt die Kollegin, die gesprochen hat: Es ist die bekannte Physikerin Valérie Masson-Godard, Vizedirektorin des «Intergovernmental Panel on Climate Change». Es ist kein Geheimnis, dass der «Weltklimarat», wie das Panel von den Deutschen genannt wird, nur ein Feigenblatt der Mächtigen ist. Das weiß auch Masson-Godard, und ihr Erscheinen in Thalgau zeigt, dass sie nichts zu verlieren hat. Warum sonst auf ein Treffen von «Ökoterroristen» kommen und riskieren, als Vizedirektorin aus dem offiziellen System rauszufliegen? Warum hier auftreten, wenn es für die Karriere weiterhin Sinn machen würde, sich von «Extremisten» fernzuhalten?

Nun ergreift ein Kollege aus London das Wort, graue Haare, randlose Brille.

«Ihr habt die News gehört», beginnt er. «Ich sage: Keine Politik mehr! Das Wesen der Politik ist der Kompromiss. Aber die Natur kennt keine Kompromisse. Und wir setzen seit Jahren auf zivilen Ungehorsam und Gewaltlosigkeit. Was hat uns das gebracht? Was hat es dem Planeten gebracht?»

Undeutliches Gemurmel aus der Versammlung.

Dann erklärt ein jüngerer Mann – ebenfalls Engländer –, dass der sogenannte Rechtsstaat schon lange vom Kapitalismus beherrscht werde, dass die Demokratie ein Schauspiel für die von den Medien manipulierten Massen sei. In Wahrheit regiere die «transnationale Konzern-Plutokratie», die sich «bis zur letzten Patrone» verteidigen werde.

Schweigend hört Winter zu. Er sitzt neben Julia und faltet die Hände auf dem Tisch, während andere das Wort ergreifen und ebenfalls die «Konzern-Plutokratie» anklagen. Winter hört zu, wie die Kollegen aus Amsterdam meinen, jetzt müsse «Krieg» geführt werden gegen dieses System, das wiederum ja auch Krieg führe gegen den Planeten.

Winter schenkt sein Ohr auch den Frauen aus Madrid, die zu bedenken geben, dass man jetzt zuerst einmal dafür sorgen müsse, dass ein «weltweiter Gebärstreik» ausgerufen werde. Man müsse darauf hinwirken, dass möglichst viele Frauen mitmachen, schließlich hätten Männer die «toxische» Ordnung der Welt zu verantworten, die Zerstörung der Erde durch Vergewaltigung der Natur.

Nach diesem Votum erhebt sich Winter von seinem Platz. «Also gut», sagt er. «Nicht mehr lange, dann werden sechs Milliarden Menschen durch Unwetter und Massenhunger sterben. Viele Länder werden einen sozialen Kollaps erleben, wie es ihn noch nie gegeben hat. Es droht der kollektive Welt-Infarkt. Die Forscher wissen es, die Regierungen wissen es, die Medien wissen es, die Industriekonzerne wissen es.»

Kurze Pause.

Winter schickt einen düsteren Blick in die Runde.

«Und was genau verhandeln *wir?* Zivilen Ungehorsam? Was braucht ihr noch, um zu verstehen, was die Stunde geschlagen hat? Um zu verstehen, dass sich nichts ändern wird? Die Mehrheit ist träge, dumm und feige. War schon immer so, wird immer so sein. Die Menschen passen sich an jedes Regime an, wenn der Widerstand zu viel kostet, habt ihr das noch nicht kapiert? Die Menschen *verkriechen* sich ins letzte Scheißloch, das ihnen das System lässt. Und sie nennen es Freiheit, finden sich damit ab, um sich nur ja nicht mit der Macht anlegen zu müssen. Unsere Eliten führen uns in den Öko-Suizid. Wir wissen es, sie wissen es, alle wissen es. Und wir sitzen da und verhandeln *was ge nau?* Einen Gebärstreik?! Man zerstört den Planeten, und wir quatschen. Wir quatschen und wissen nicht einmal, *wozu* wir quatschen.»

Immer noch der düstere Blick, doch Julia kann sehen, dass es auch Erschöpfung ist, eine Art traurige Verzweiflung, die sie gut kennt.

Winter wartet auf eine Reaktion. Schließlich meldet sich eine der Frauen aus Madrid.

«Mach du es doch besser», sagt sie.

«Ja», bestätigt der Engländer mit den grauen Haaren. «Sag *du*, was wir tun sollen. Du hast ja wohl den Durchblick.»

Winter nickt dem Engländer zu.

«Eigentlich wollten wir uns heute besser abstimmen, nicht wahr? Wir wollten keine dilettantischen Aktionen mehr wie in Bern oder in Lyon. Wir wollten bessere Planung, bessere Kommunikation, bessere Koordination. Ist es nicht so?»

«Doch, so ist es», meint ein Kollege aus Amsterdam.

«Gut», erwidert Winter. «Aber das bringt nichts. Zu spät. Wir müssen das nicht mehr besprechen.»

«Müssen wir nicht?»

«Nein», sagt Winter. «Kommunikation und Koordination können wir vergessen. Luxusdiskussion. Alles, was jetzt zählt, ist die Frage, wie *weit* wir gehen werden. Wozu wir bereit sind.»

«Wie weit?», fragt der Kollege aus Amsterdam.

«So ist es.»

«Du meinst, wir gehen zu wenig weit, wir sind zu brav?»

«Es ist die Angst», antwortet Winter. «Die Angst vor den Pistolen und Gefängniszellen des Systems. Was soll es sonst sein? Die Angst hält euch zurück, und das muss sich ändern. Sollen die Machthaber vor *uns* Angst haben, nicht umgekehrt.»

Nun erhebt sich Valérie Masson-Godard, die Physikerin, von ihrem Platz.

«Du meinst, ich fürchte die Polizei?»

«Natürlich», erwidert Winter. «Liege ich falsch?»

«Ja.»

«Tatsächlich?» Winter überlegt. «Also gut, wenn ihr keine Angst habt, wirklich in den Kampf zu ziehen: Was plant ihr als Nächstes in Paris?»

«Was wir planen?»

«Welchen Blutsauger werdet ihr nächste Woche entführen? Welches Blutsauger-Gebäude wollt ihr in die Luft sprengen? Welches Parlament stürmen, wie viele Geiseln nehmen?»

Valérie Masson-Godard gibt keine Antwort. Doch die Kollegen, die mit ihr gekommen sind, wehren sich gegen die Unterstellung, dass sie zu wenig tun.

«Was meinst du eigentlich, wer du bist?», ärgern sie sich. «Wer gibt dir das Recht, so zu sprechen? Hast du sie noch alle?»

Winter schweigt.

Da ergreift eine Frau aus Wien das Wort. Sie ist dünn und blass, hat kurz geschnittene Haare. Sie fragt Winter, ob es wahr sei, dass sie bei *Schwarzer Winter* Drogen nehmen.

Für einen Moment wird es still im Raum. Bis sich Popeye meldet.

«Was soll die Scheißfrage?»

Die Frau aus Wien achtet nicht darauf und wartet auf eine Antwort.

«Wir nehmen Drogen, na und?», sagt Winter. «Was ist ein Krieg ohne Spaß? Ist bei euch wohl verboten?»

«Was soll bei uns verboten sein?»

«Krieg, Drogen und Sex.»

Gemurmel und Gezischel in der Versammlung.

Julia weiß, dass die meisten in der Umweltszene etwas gegen Drogen und Alkohol haben, dass viele von ihnen Veganer sind und niemals in ihrem Leben daran denken würden, sich gehen zu lassen. Dass viele im Grunde Spießer sind, jedenfalls Wohlstandskinder von Spießern, die gern Rebellen spielen, ohne mit ihren biologisch gepflegten Händen jemals so etwas Rohes, Primitives durchführen zu wollen wie die Anwendung von Gewalt.

«Noch jemand, der sich wegen Drogen Sorgen macht? Oder wegen Fleischkonsum?», fragt Winter. «Beschäftigt euch nur weiter mit Nebenschauplätzen. Das entlastet euch von der Frage, ob ihr diesen Krieg nun führen wollt oder nicht.»

«Schon klar», gibt der Engländer mit der randlosen Brille und den grauen Haaren zur Antwort. «Wir haben es kapiert. Wir sind alle feige und nur du bist mutig, du bist der Held.»

Winter setzt sich zurück an seinen Platz.

«Mir egal, was ihr von mir denkt», sagt er. «Und was ich von euch denke, ist auch egal. Trotzdem müsst ihr entscheiden, wie weit ihr gehen wollt. Wenn ihr euch in die Hosen macht, haltet einfach die Klappe und überlasst *uns* den Krieg. Organisiert weiter eure Theatergruppen in schwarzen Kostümen, die vor dem Hauptsitz von Shell in London eine Ölpest inszenieren. Ich bin sicher, das wird die Konzerne tief beeindrucken.»

Damit faltet er wieder die Hände auf dem Tisch und hört sich die restlichen Voten an, ohne ein weiteres Wort zu verlieren.

Man versucht noch einige Male, Winter zurück ins Gespräch zu holen, ihn zu provozieren, doch er bleibt bei seinem Schweigen.

Nach dem Treffen verschwinden sie schnell aus Thalgau und fahren nach Seekirchen, ein Kaff westlich von Salzburg.

Dort gibt es eine Pension namens «Sternen», in der ein Freund von Winter Zimmer für sie organisiert hat, auf die Fake-Namen, die in ihren neuen Pässen stehen.

In der Pension bekommen Popeye, Marge und Rouge ein «Familienzimmer», direkt neben einem «Doppelzimmer» für Chris und Blacky.

Für sich und Julia hat Winter ein separates Zimmer organisiert, im obersten Stock, was Julia zuerst hinnimmt, um vor den anderen keine Szene zu machen.

Sie wartet, bis sie mit Winter allein ist, und erklärt ihm dann, dass sie ihre Ruhe braucht.

«Ich will ein eigenes Zimmer», sagt sie.

Er tut so, als hätte er nicht gehört oder nicht verstanden. Er knöpft sein Hemd auf und schimpft über die Versammlung, über die Aktivisten aus London und Madrid, die sich nicht bereit gezeigt haben, zu den Waffen zu greifen.

«Grüne Spießer! Feierabend-Rebellen.»

Julia kann die Aufregung nur teilweise verstehen. Ist ihnen nicht schon länger klar, dass sie am Ende, wenn es darauf ankommt, allein sind? Dass die Hosenscheißer immer in der Mehrheit sein werden, auch in der Umweltszene?

Winter, jetzt im Unterhemd, setzt sich aufs Bett. Er lässt den Kopf hängen. Ein leises Stöhnen ist zu hören.

«Verdammt müde, das bin ich», sagt er.

«Sind wir alle.»

«Todmüde.»

«Geh schlafen», antwortet Julia. «Soll *ich* ein anderes Zimmer organisieren, oder machst du das?»

Nun weiten sich seine Augen. «Du willst wirklich gehen? Du hasst mich jetzt also auch?»

«Ich will nur allein sein.»

«Sex», sagt er. «Davon haben diese Veganer keinen blassen Schimmer. Homöopathisch verdünnte Flaschen. Keine Drogen, kein Fleisch. Falls sie überhaupt Sex haben, dann hastig, hygienisch. Was meinst du?»

Julia nickt.

«Die haben keinen guten, schmutzigen Sex.»

«Wahrscheinlich nicht.»

«Und wir? Wir haben guten Sex?»

Wieder nickt Julia.

Winter deutet zum Bett. «Und du möchtest heute allein sein?»

Julia antwortet nicht. Es macht keinen Sinn. Besser warten, bis er damit aufhört, sich gegen den Gedanken zu wehren. Das kann bei ihm dauern oder geht schnell, schwer zu sagen.

«Also gut», sagt er. «Ich nehme ein anderes Zimmer.»

Und dann, als wäre damit alles Private gesagt: «Morgen müssen wir mit der Gruppe über Hamburg sprechen.»

«Hamburg?»

«Unser größtes Ding.»

«Ich dachte, die anderen wissen schon alles.»

«Keine Details.»

Ja, richtig. Sie wollten keine Details verraten und den Kreis der Eingeweihten klein halten.

Winters Plan sieht vor, dass sie nächste Woche in Hamburg die Waffenlieferung bekommen, zusammen mit dem Sprengstoff, den sie für den Anschlag am G-20-Gipfel brauchen. Das Gipfeltreffen mit den Staats- und Regierungschefs der Europäischen Union.

«Wir treffen die Lieferanten nächste Woche?»

«In Hamburg», bestätigt Winter.

«Und wer ist unser Geldgeber? Darf ich das jetzt erfahren?»

Winter will ihr den Namen nicht verraten. Er behauptet immer, der Geldgeber wolle anonym bleiben und nur mit ihm, Winter, kommunizieren.

Julia ist bewusst, dass sie ohne diesen Finanzier nicht so weit gekommen wären, nicht nur wegen der Waffen oder der Technologie, sondern auch wegen Informationen aus Regierungs- und Wirtschaftskreisen, mit denen der Finanzier Winter versorgt. Trotzdem hat sie kein gutes Gefühl.

«Mach dir keine Sorgen», sagt Winter. «Der Mann ist in Ordnung. Ich treffe ihn übrigens.»

«Du *triffst* ihn?»

«Übermorgen. In Rom.»

«Interessant», erwidert Julia. «Und wieso habe ich das nicht gewusst, wieso erfahre ich das erst jetzt?»

«Bitte keine Paranoia. Ich weiß es auch erst seit gestern, okay? Der Mann will mich sehen. Der macht das immer sehr kurzfristig.»

Das gefällt Julia nicht, nein, ganz und gar nicht. «Ich möchte mitkommen», sagt sie.

Winter versucht, sich wieder in sein Lächeln zu flüchten. «Ich bitte dich», sagt er. «*Er* will es so. Niemand sonst darf seinen Namen und sein Gesicht kennen. Aber wenn es für dich so wichtig ist, werde ich ihn darum bitten, okay? Ich sage ihm, dass du ihn auch treffen willst.»

Julia gibt keine Antwort. Auf einmal ist sie sicher, dass Winter lügt. Bisher war es eher eine Ahnung, wie ein Hintergrundrauschen.

«Wie kommst du nach Rom?», fragt sie. «Was, wenn du am Zoll geschnappt wirst?»

«Unser Freund besitzt Privatjets. Er lässt mich abholen. Ist auch letztes Mal so gelaufen.»

Plötzlich geht Winter vor Julia in die Knie.

«Lass das», sagt sie. «Sag ihm, dass ich in Zukunft dabei bin. Ich bin dabei, oder wir beenden die Zusammenarbeit.»

Er beginnt, ihre Hose aufzuknöpfen.

«Gebärstreik!», zischelt er. «Ist das zu glauben? Diese Weiber aus Madrid. Wer möchte die denn vögeln?»

«Hör auf. Du musst jetzt gehen.»

Winter presst sein Gesicht gegen ihre Unterwäsche. Julia spürt die schnellen, warmen Atemstöße. Sie löst sich von ihm, macht einen Schritt rückwärts.

Als Winter gegangen ist, spürt Julia das Gewicht von sich abfallen, die Anspannung. Nach einer Dusche legt sie sich, eingewickelt ins Badetuch, aufs Bett.

Die Gedanken wandern zu Sala, als wäre das so natürlich wie atmen. Sie fragt sich, was ihr Vater mit Sala besprochen hat.

Sie erinnert sich, wie Sala zur Beerdigung der Mutter damals gekommen ist. Sala war der einzige Mensch, dem Julia erzählen konnte, dass sie nie eine Träne für die Mutter vergossen hat. Dass sie *nichts* empfindet, wenn sie an ihre Mutter denkt. Dass sie nicht einmal traurig darüber ist, nichts zu empfinden.

Sala ist der einzige Mensch, dem Julia so etwas erzählen kann. Ob er das eigentlich *weiß?* Ob ihn die alten Geschichten heute noch kümmern?

Julia blickt zum Nachttisch, wo sie das Mobiltelefon hingelegt hat.

16

Um diese Zeit sitzt Sala in einem Restaurant in Zürich, zusammen mit Nathalie, einer 37-jährigen Verlagslektorin, die er letzte Woche bei einer Kunstausstellung kennengelernt hat. Nathalies offene Art hat ihm gefallen, und er hat sie spontan zum Abendessen eingeladen, was sonst nicht seine Art ist.

Es ist für ihn seit Langem das erste «Date», und nicht nur für ihn, sondern auch für Nathalie. Während des Diners verrät sie ihm, dass sie seit über einem Jahr mit keinem Mann mehr ausgegangen ist.

Es fällt ihm schwer, das zu glauben. Nathalie ist schön, gebildet, sympathisch. Sie muss eine Menge Verehrer haben.

«Ich hatte nie Mühe, Männer kennenzulernen», erklärt sie. «Doch die meisten – taugen nichts.»

«Ja?»

«Ja.»

«Taugen *nichts?*»

«Nun ja, vielleicht ein wenig.»

«Sie wollen nur Sex», sagt er.

Nathalie lächelt. «Sie geben es nicht zu, aber ja. Bist du immer so direkt?»

«Nein», erwidert Sala. «Nur jetzt gerade.»

«Ich meine das nicht als Kritik», sagt sie. «Ich finde es gut, wenn du direkt bist. Und ich meine auch nicht, dass alle Männer enttäuschend sind.»

«Alles klar», antwortet Sala. «Es gibt Männer, die keine Schweine sind, die nicht nur Sex wollen.»

Er bestellt eine zweite Flasche Wein. Der Kellner bringt die Flasche – Tignanello – mit neuen Gläsern.

Nathalie macht den Test und wirkt zufrieden. Sie hat den Jahrgang ausgesucht und versteht eindeutig mehr davon. Nathalies Ex-Mann ist Weinhändler und lebt, wie sie erzählt hat, in Genf, mit einer neuen Freundin.

Sie stoßen an.

Sala fühlt sich gut, obwohl er seine Pillen nicht eingenommen hat. Die Pillen helfen zwar gegen Stimmungsschwankungen, aber sie machen ihn träge.

«Und du?», möchte Nathalie wissen. «Wo sind *deine* Verehrerinnen? Du bist erfolgreich, gutaussehend. Also, wo sind sie?»

Sie sagt das ganz ernst. Doch er hat sich noch nie gefragt, ob er Verehrerinnen hat; ist ihm nie in den Sinn gekommen. Irgendwie ist er immer davon ausgegangen, dass die Frauen andere Typen bevorzugen, weniger ruhige Typen – jedenfalls die Frauen, die Sala kennt.

«Ich kenne nicht viele Frauen», sagt er. «Ich glaube aber, dass es in der Stadt viel Einsamkeit gibt. Viel Liebe, die nicht ans Ziel kommt, verstehst du? Die Leute rennen durch den Tag, ohne zu wissen, warum sie keine Zeit haben.»

Nathalie wirkt irritiert. Wie die meisten Leute mag sie wahrscheinlich keine plötzlichen Anfälle von Melancholie; zumindest nicht beim ersten Date.

«Ja», bestätigt sie, «in der Großstadt gibt es viel Einsamkeit.»

Der Kellner serviert den Nachtisch – Pralinenparfait mit Zitronengelée – und sie wechseln das Thema. Sie sprechen über einen Film, den Nathalie kürzlich im Kino gesehen hat, eine Hollywood-Komödie mit den üblichen charmanten Lügen.

«Ich mag solche Filme», meint Sala. «Sind alle gleich, man kann sich auf die Formel verlassen. Sie geben dir ein gutes Gefühl. Warum nicht? Niemand erträgt nur die Realität.»

«Niemand», bestätigt sie.

Wieder stoßen sie an.

«Und was ist mit dir?», fragt sie. «Bist du einsam?»

«Schon mein ganzes Leben.»

Sie muss lachen.

Auch Sala muss lachen.

Nach dem Restaurant spazieren sie durch die Stadt. Nathalie möchte nicht zu spät ins Bett, muss am nächsten Tag früh raus. Ein Verlagstreffen in München, an dem neue Buchprojekte besprochen werden.

«Liest du gern?»

Sala schüttelt den Kopf. «Früher las ich Romane, heute nur noch Sachbücher oder die Zeitung.»

«Ich *liebe* Literatur.» Nathalie kichert. «Ich bin betrunken, glaube ich.»

«Sicher», sagt er. «Das ist gut.»

«Bist du auch betrunken?»

«Klar.»

Sie erreichen das Gebäude, in dem sich Nathalies Wohnung befindet.

«Ich weiß nicht, ob ich dich raufbitten soll», sagt sie.

Im Hauseingang stehend, schweigen sie sich an. Da sieht er es in ihren Augen. Sie hat Angst vor einem weiteren Reinfall. Sala kann das gut verstehen.

«Alles gut», sagt er.

«Meinst du? Sollen wir uns am Wochenende treffen? Dann habe ich mehr Zeit.»

Er nimmt ihre Hände. Sie zittern. Er umarmt sie und küsst sie auf den Mund, hält ihr Zittern fest.

«Wochenende wäre schön», sagt er.

Erneut betont sie, dass sie morgen früh raus müsse, und er versichert ihr, dass er sich auf das Wochenende freut.

«Tignanello», sagt sie. «Guter Wein.»

Nachdem sie sich getrennt haben, auf dem Weg zur Tram in Richtung Shilfeld-Quartier, wo er wohnt, überlegt Sala, dass es bestimmt leicht ist, sich in Nathalie zu verlieben. Dass es leicht ist, mit Nathalie die Welt zu vergessen.

Es geht gegen Mitternacht, als er das Shilfeld erreicht und sich der Klingelton seines Smartphones meldet. Ein anonymer Anrufer.

«Hallo?»

«Sala?»

«Julia? Wo bist du?»

«Im Ausland.» Die Stimme klingt verzerrt. «Bist du allein? Bist du zu Hause?»

«In zwei Minuten.»

«Okay.»

In der Wohnung schenkt sich Sala ein Glas Portwein ein und macht es sich auf dem Sofa in der Wohnstube bequem. Nach etwa fünf Minuten kommt der Anruf. Erneut möchte Julia wissen, ob er allein ist.

«Ja.»

«Ist es wahr, dass du meinen Vater getroffen hast?», fragt sie.

Sala erzählt ihr vom Treffen mit Gregor Schwarz. Er schildert ihr alles, was im Büro des Bauunternehmers gesprochen wurde, und stellt klar, dass er nicht die Absicht hat, ihrem Vater in irgendeiner Weise zu helfen.

«Ich weiß, was er für ein Arschloch war», sagt er. «Ich wüsste nicht, warum ich ihm helfen sollte.»

«Damit ich ins Gefängnis komme», erwidert Julias Stimme. «Um mich davor zu bewahren, noch mehr Unsinn zu machen.»

Sala nimmt einen Schluck von seinem Portwein.

«Du meinst, dein Vater meint es gut, Julia? Er lässt dich von einem Privatdetektiv suchen, um dich verhaften zu lassen, weil er es *gut* meint?»

«Im Gefängnis könnte ich wieder zur Vernunft kommen.»

«Dein Vater weiß nicht, dass du niemals aufgeben wirst. Lieber wirst du erschossen.»

Stille am anderen Ende.

Das war vielleicht zu heftig. Zwei Flaschen vorher im Restaurant, und jetzt der Porto – Sala muss aufpassen, dass er keinen Unsinn redet, dass er Julia nicht vor den Kopf stößt. «Ich übertreibe, sorry.»

«Hast du getrunken?», fragt ihre Stimme. «Mit einer Frau?»

«Ja. Aber sie ist nicht da. Sie musste sich ausruhen, wegen der Arbeit.»

«Wie heißt sie?»

«Nathalie.»

«Wirst du sie wiedersehen?»

«Ja.»

«Gut», erwidert Julias Stimme.

Wieder eine Pause. Geraschel, Geknister.

«Bist du noch da?»

«Ich bin da.»

Sala betrachtet den bernsteinfarbenen Glanz des Porto in seinem Glas. «Warum rufst du an?»

Wieder ein Rascheln am anderen Ende.

«Was ist los?»

«Ich weiß nicht», erwidert ihre Stimme. «Ich musste dich einfach hören.»

Er lehnt sich im Sofa zurück. Er hätte wirklich Lust, ihr die Meinung zu sagen. Dass sie *Nerven* hat, um diese Zeit anzurufen. Wegen ihrer zwischenrevolutionären Launen, wegen ihrer fünf Minuten Nostalgie, die sie in den Gefechtspausen anscheinend durchmacht, um dann bei ihm ihren Müll abzuladen.

Hör mal, würde er am liebsten sagen, ich weiß, was los ist. Du hast dich daran erinnert, dass du ein *menschliches Wesen* bist. Aber du hast niemanden, dem du das zeigen kannst. Weil du dich mit Fanatikern und Verrückten umgibst.

Aber Sala schweigt. Er betrachtet weiter die Bernsteinfarbe des Portweins.

«Es tut mir leid», sagt ihre Stimme.

«Was tut dir leid?»

«Wenn ich an dich denke, habe ich ein schlechtes Gewissen. Ist das nicht eigenartig?»

Darüber muss er keine Sekunde nachdenken.

«Überhaupt nicht», antwortet er.

«Nein?»

«Komm schon, bald sind deine fünf Minuten Nostalgie vorüber. Dann geht es zurück in die Schlacht.»

Ihre Stimme klingt wieder verzerrt. «Glaubst du das? Dass ich lieber erschossen werde, als aufzugeben?»

Sala nimmt einen Schluck Porto.

«Nicht wirklich», erklärt er. «Aber es ändert nichts. Die werden euch eines Tages erwischen. Lässt du dich dann verhaften?»

Stille am anderen Ende.

«Bist du noch da?»

«Sala, was soll ich tun? Kann ich dich wiedersehen? Würde sich dadurch etwas ändern?»

«Ein Treffen?» Er überlegt. «Mit all den Polizisten, die dich suchen. Am Ende verhaften sie noch *mich*.»

«Meinst du, wir schaffen es nicht mehr?»

«Was?»

«Dass wir uns sehen.»

Plötzlich fühlt Sala die alte Trauer.

«Weißt du», sagt Julias Stimme. «Ich hoffe, dass wir es schaffen.»

Später träumt Sala von Nathalie, vom gemeinsamen Abendessen, von Nathalies weichen Lippen, die er küssen darf. Dann verschwindet Nathalie, und er irrt durch die Stadt. Die Stadt, in der er Julias Vater begegnet, Gregor Schwarz.

Der Bauunternehmer beginnt auf Sala einzureden. Immer noch sucht er seine Tochter. Sala sagt ihm, dass er *kein Recht* hat, sich um Julia zu sorgen, dass er das früher nie gemacht hat und jetzt nicht so tun soll, als habe er plötzlich ein Herz.

«Sie *haben* kein Herz!»

Das scheint Julias Vater zu treffen. So sehr, dass er auf der Straße zusammenbricht. Er beginnt zu weinen, und Sala begreift plötzlich, dass es nicht Selbstmitleid ist, sondern – weil es zu spät ist. Weil Julia tot ist, erschossen von der Polizei.

17

Kilian Winter sitzt in 11.000 Metern Höhe im Privatjet seines Geldgebers, unterwegs nach Rom.

Die Stirn ans Fenster gelehnt, blickt er in die stahlblaue Atmosphäre des Himmels, in dem Dunstwolken schweben, unwirklich über dem Abgrund. Unwirklich über den Gebirgszügen, die sich in der Ferne abzeichnen, über den Landstrichen, die wie in Zeitlupe vorbeigleiten, mit den Wäldern und Flüssen, mit den dunkelgrauen Spinnweben der Städte.

Millionenstädte, denkt Winter. Ameisenhaufen.

Er versucht sich die Leute da unten vorzustellen: Millionen von Frauen und Männern, die wahrscheinlich gerade in ihren Häusern sitzen. Oder in den Büros. Oder in den Blechsärgen, die sie Autos nennen und mit denen sie durchs Land rollen. Hunderte Millionen von Ameisen, ruhelos und seelisch betäubt. Betäubt vom Koma der Routine, betäubt von der auf allen Kanälen gesendeten Propaganda des Systems.

Lange konnte Winter es nicht glauben. Konnte es nicht glauben und hat es doch immer wieder erlebt, immer wieder *gesehen:* Die meisten Menschen lassen sich ohne nennenswerten Widerstand vom System betäuben und beherrschen. Sie *wollen* nicht selbstständig sein. Sie ziehen die Sicherheit des Systems vor, den faulen Frieden der Herde. Sie lassen sich ihr Gehirn waschen und leben *ihr* Leben so, als wäre es gar nicht *ihr* Leben, sondern ein Leben aus dem

Programmkatalog des Systems. Sie denken Gedanken, die gar nicht *ihre* Gedanken sind, sondern vom System zurechtgelegte, für angemessen befundene Gedanken.

Ameisen, denkt Winter, die dahin und dorthin krabbeln, wo immer das System sie haben will, damit am Ende alles seine Ordnung hat im großen Haufen. Im Millionen- und Milliardenhaufen, in dem Dressur und Emsigkeit regieren, in dem alles verwertet wird und darüber hinaus *nichts* passieren darf. Keine Inspiration als Irritation. Keine persönlichen Gedankenrisiken. Kein Seelenhunger.

Zombies, denkt Winter, die Stirn ans Fenster des Flugzeugs gelehnt.

Hat es je eine andere Zeit gegeben? Eine Zeit der Wachen und Lebendigen? Eine Zeit, als man dem System *nicht* erlaubte, Bürger schon im Kindergarten zu programmieren?

Duracell-Batterien, denkt Winter. Das ist es, wozu die Leute sich machen lassen. Batterien für den Verwertungsapparat der Elite.

Ein trauriger Gedanke, Winter kann es spüren, ohne die geringste Wut. Ohne die Energie des Zorns, die ihn früher in Bewegung gehalten hat.

Trotzdem hat er früher nie daran geglaubt, dass man mit Mord und Totschlag auf den Wahnsinn antworten muss. Ihm war klar: Damit Neuerung möglich wird, müssen die Menschen zuerst zu sich kommen, aufwachen aus den Narkotisierungen und Ersatzbefriedigungen des Kapitalismus.

Dafür hat Winter gekämpft. Er war überzeugt: Es geht um den Geist, um die Seele. Geist und Seele müssen erwachen. Die Leute müssen realisieren, dass sie überhaupt Geist *haben!* Sie müssen realisieren: «Es ist gut, wach zu sein! Es ist gut, sich selbst zu besitzen, statt besessen zu werden!» Was immer hilft, dieses Bewusstsein zu schaffen, hat seine Berechtigung. Ab und zu eine Aktion mit Maschinenpistole und Sprengstoff? Warum nicht, wenn es die Seelen aufschreckt? Was soll man denn sonst tun, wenn es keine andere Möglichkeit gibt, die Leute wachzurütteln?

Als Kind hat Winter seine Eltern als Schäfchen erlebt; vollkommen angepasst. Auch wenn der Vater am Küchentisch gegen die Regierung schimpfte, gegen die Reichen da oben. Aber ohne auf die Idee zu kommen, seinen Worten auch nur ein einziges Mal *Taten* folgen zu lassen, sich auch nur ein einziges Mal anzulegen mit der Regierung, mit den Reichen da oben.

Siebzehn Jahre alt ist Winter gewesen, als er von zu Hause abgehauen ist, in eine Hamburger WG mit älteren Kumpels. Später ging er nach Berlin und studierte politische Ökonomie.

Heute ist er froh, das Studium damals geschmissen zu haben. Auch wenn man zufrieden mit ihm war. Die Professoren waren klug, ja, sie durchschauten die Seelenfeindlichkeit des Kapitalismus, aber keiner von ihnen konnte etwas dagegen *tun*. Oder nein, eigentlich war es schlimmer: Die Unis und Wissenschaftsbetriebe waren – und sind doch bis heute – eigentlich nichts anderes als akademisch getarnte Opportunismus-Maschinen. Die Studierten und Gelehrten, die kulturelle Elite? Bevor *die* sich mit dem System anlegen, flüchten sie sich hundert Mal in die Sicherheit ihrer Posten, in die Unangreifbarkeit ihrer Differenzierungen.

Nach den Jahren in Berlin hat Winter Europa verlassen. Er ist durch die USA gereist, später nach Indien. Dort wurde ihm klar, wie *hoch* der Preis für die Umweltverschmutzung und den Konzern-Imperialismus des Westens ist, und dass vor allem die armen Länder den Preis bezahlen. Ihm wurde klar: Das Krebsgeschwür des Kapitalismus würde *alles* verschlingen und die Menschheit zum planetaren Herzinfarkt führen.

2017 kam er nach Deutschland zurück, als Mitglied von «Extinction Rebellion». Eine Gruppe, die in den Medien laut auftrat, aber auch nicht viel mehr.

Winter hat seine eigene Gruppe gegründet. 2018 hat er Julia Schwarz kennengelernt, der Rest ist Geschichte. Ohne Julia wären sie nie so weit gekommen. Julia hat keine Angst. Sie fürchtet weder die Gegenmaßnahmen des Systems noch die Medien noch den Krieg. Sie weiß, dass ohne Kugeln niemand zuhört. Sie weiß: Die Menschen sind zwar träge und feige, aber sie wollen die Umwelt nicht zerstören. Sie sind gestresste Leistungssubjekte, Humankapital im Jahrmarkt der Globalisierung, aber sie wollen das im Grunde nicht. Sie wollen keine Zombies sein. Sie brauchen nur jemanden, der ihnen das zeigt. Der sie herausholt aus der Hypnose der Konsumpropaganda. Der ihnen, zum Beispiel am G-20-Gipfel in Hamburg, ein kleines Feuer legt, das ihnen die Augen öffnet.

Es ist kurz nach Mittag, als der Privatjet auf dem Flughafen Rom-Fiumicino landet, mit Winter als einzigem Passagier.

Ein Mittelsmann in einem schwarzen Anzug holt ihn ab und begleitet ihn in die Premium Lounge des Flughafens, wo dem Gast Snacks und Getränke angeboten werden.

Es dauert etwa fünfzehn Minuten, dann bringt man Winter ins Untergeschoss des Gebäudetrakts, in dem eine Limousine wartet. Der Chauffeur – ebenfalls in einem schwarzen Anzug – fährt Winter zum Parco Leonardo östlich des Flughafens. Von dort fahren sie über die Ponte Galeria und wechseln auf die Autostrada A90.

Sie fahren etwa fünf Minuten in Richtung La Pisana und nehmen die zweite Ausfahrt. Dann geht es Richtung Westen, bis sie ein umzäuntes Gelände erreichen, auf dem sich rote Flachdach-Ziegelbauten und leere Fabrikhallen befinden.

Der Chauffeur bremst vor einem Gebäude mit zerbrochenen Fenstern, die zum Teil mit brauner Pappe abgedeckt sind.

Am Eingang wartet eine Frau, eine Asiatin, die Winter vom letzten Treffen in Amsterdam kennt, etwa ein Jahr ist es her. Auch damals hat ihn diese Frau zu Mister M. gebracht, wie Winter ihn nennt.

Mister M. steht – natürlich – für Mister Money. Winter kennt den wahren Namen des Mannes, hat sich jedoch angewöhnt, ihn nur als Mister M. zu bezeichnen. Es handelt sich um einen amerikanischen Milliardär aus der Technologiebranche, der *Schwarzer Winter* schon seit einer Weile unterstützt, über verdeckte Konten und, nach altmodischer Art, mit Geldkoffern in einem Bahnhofschließfach oder im Kofferraum eines Mietwagens.

Warum Mister M. so großzügig ist, fragt sich Winter immer wieder. Es ist ja möglich, dass Mister M. geheime Absichten verfolgt, schließlich sind Kapitalisten keine Idealisten. Trotzdem hat Winter das Geld genommen, ebenso die logistische Unterstützung. Beides hat *Schwarzer Winter* gebraucht und braucht es weiterhin. Abgesehen davon ist nicht ausgeschlossen, dass Mister M. ein Freund des Klimas ist, ganz ohne Hintergedanken. Warum nicht? Er könnte sogar ein *schlechtes Gewissen* haben, infolge seiner Milliardengeschäfte. Dann wären die getarnten Konten und Geldkoffer ein moralisches Tauschgeschäft, ein Ablasshandel – auch das hat ja Tradition.

Die Asiatin trägt ein gelbes Kleid. Sofern Winter sich recht erinnert, war es beim letzten Treffen ein rotes Kleid.

Sie führt den Besucher in den oberen Stock des ehemaligen Verwaltungsgebäudes, in ein leer stehendes Büro, in dem es nach Staub und Pappschachteln riecht.

Dort wartet Mister M., in Jeans und einem weißen Hemd, genau wie letztes Mal. «Schön, dass Sie kommen», sagt er.

Erstaunlich eigentlich, dass er persönlich auftaucht. Der Mann muss alle Hände voll zu tun haben, damit überall auf der Welt die Geschäfte florieren, damit in Asien neue Ausbeuter-Fabriken oder oder in Afrika neue Kindersoldaten zur Verfügung stehen für das Regime, das den Konzernen, in die Mister M. investiert, erlaubt, weiter das Leben zur Ader zu lassen.

Doch Winter schätzt, dass Mister M. genug Leute hat, die ihm *diese* Geschäfte besorgen. Und natürlich gibt es Dinge, die er ganz einfach an *niemanden* delegieren kann. Dinge wie das hier. Selbst die Asiatin in dem gelben Kleid – gewiss die Sekretärin – schickt der Milliardär nun weg.

Mister M. ist immer allein, wenn er sich mit Winter trifft. Die beiden kommunizieren nie übers Telefon, schon gar nicht via Internet. Keine Briefe, keine Papiere. Nur kurzfristig angekündigte Treffen, immer an einem anderen Ort.

«Sie wollten mich sehen», sagt Winter.

Mister M. hat nicht nur ein sonnengebräuntes Gesicht, sondern auch einwandfreie, weiße Zähne. Fast so weiß wie sein Hemd.

«Gibt es ein Problem?»

«Kein Problem», antwortet Mister M. «Ich will nur sicherstellen, dass alles klappt. Mit Hamburg.»

Der Milliardär holt einen Zettel aus der Hosentasche seiner Jeans und überreicht ihn Winter. Auf dem Zettel steht, maschinengetippt, das Wort «Abendvorstellung», dazu eine Telefonnummer. Das muss der Kontakt in Deutschland sein, für den Sprengstoff.

«Sie rufen an», erklärt Mister M., «Sie nennen das Codewort und werden verbunden. Man wird Ihnen sagen, wann Sie die Ware in Empfang nehmen, vor Ort. Man erwartet Sie und Ihr Team.»

Winter betrachtet die Nummer auf dem Zettel.

«Und die Lieferung ist – vollständig?»

«Alles, wonach Sie gefragt haben», erklärt Mister M. «Wie ich höre, war es nicht einfach. Aber der Lieferant ist – vertrauenswürdig, wenn ich so sagen darf.»

Winter schweigt.

«Sonst alles klar?», fragt Mister M.

Winter versichert ihm, dass es keinen Grund gibt, sich Sorgen zu machen, dass auch die Sache in Bern vor ein paar Wochen wieder unter Kontrolle ist.

Nun macht der Milliardär ein ernstes Gesicht und sagt leise, als würde ihnen im Nebenraum jemand zuhören: «Wir wissen, dass der englische Premier am Gipfeltreffen teilnimmt.»

Interessant. Lange hieß es, der Premier sei verhindert. Dabei war klar, dass die britische Regierung nicht dabei sein wollte, um den Gipfel zu schwächen. Weil die Engländer mit Einzelheiten des Abkommens nicht einverstanden sind.

«Ich verstehe», sagt Winter. «Die Engländer werden das Abkommen also doch unterzeichnen.»

«Das zeigt uns den Wert des Gipfels, nicht wahr? Wenn die Briten *und* die Franzosen unterschreiben, ist das Ganze für die Galerie.»

«Natürlich», erwidert Winter. «Das System sorgt für den Profit der großen Player, und die großen Player sorgen für den Schutz des Systems.»

«Deswegen ist Hamburg wichtig», sagt Mister M. «Wenn Sie nach der Aktion Ihre Motive darlegen, werden es viele Medien aufnehmen. Ein großes Mikrofon. Sehr groß.»

Winter nickt. Er überlegt, ob nun der richtige Moment ist, um Julia zu erwähnen. Ob er Mister M. sagen soll, dass Julia ihn kennenlernen will, dass sie beim nächsten Treffen dabei sein will.

Nein, keine gute Idee. Lieber später.

Es wäre auch keine gute Idee, mit Mister M. über das *Palace Lake Lucerne* zu sprechen. Winter hat gehört – ein Vögelchen aus der Schweizer Hotelbranche hat es ihm gezwitschert –, dass Mister M. nächsten Monat in die Schweiz kommen wird, genauer gesagt, nach Luzern, mit einer Investorengruppe aus dem Energiesektor.

Winter weiß, dass Mister M. das *Palace Lake Lucerne* schon öfter für Zusammenkünfte genutzt hat. Dort sollen auch regelmäßig Partys stattfinden. Es wäre schon sehr interessant, Mister M. darauf anzusprechen, einfach nur um zu sehen, wie er darauf reagiert.

«Ich wünsche gutes Gelingen in Hamburg», sagt der Milliardär. «Überflüssig zu sagen, dass ich Ihnen diesen Zettel nie gegeben habe und dieses Treffen nie stattgefunden hat. Und genauso überflüssig zu sagen, dass wir nach Hamburg eine Weile keinen Kontakt miteinander haben werden, ist es nicht so?»

«Ganz überflüssig», bestätigt Winter.

18

Die Asiatin im gelben Kleid, die Mister M. begleitet, ist keine Sekretärin, wie Winter vermutet hat.

Ihr Name lautet Fei. Geboren und aufgewachsen in Shanghai, stammt sie aus einer wohlhabenden Familie. Von ihrem Vater, dem Vorsitzenden der Bank of Shanghai, hat Fei das Finanzgeschäft gelernt und betreut eine Gruppe chinesischer Großinvestoren. In diesem Zusammenhang ist sie mit Mister M. unterwegs, auf der ganzen Welt, und außerdem ist sie seine Liebhaberin.

Mister M. heißt im wahren Leben Frank Burton und stammt aus Kalifornien. Er hat sein Vermögen mit Big-Tech-Companys gemacht und in Deutschland und Frankreich gelebt, wo er Fei kennenlernte.

Nach dem Treffen mit Winter in Rom wird Burton vom Chauffeur abgeholt. Auf dem Rücksitz der Limousine wartet Fei im gelben, seidenen Wickelkleid, mit dem er sie letzte Woche überrascht hat.

Sie lassen sich zum Flughafen fahren, auf dem der Jet von Feis Vater wartet.

Mit dem Jet fliegen sie nach Paris. Dort logieren sie in der Regel im Ritz, in der Suite F. Scott Fitzgerald mit großer Terrasse, von der aus man die Colonne Vendôme überschauen kann und den Jardin des Tuileries, in dem Fei gerne Spaziergänge macht.

Burton mag die Suite, und er mag es noch mehr, Fei glücklich zu machen. Er lässt immer eine Flasche Bollinger 2008 bereitstellen.

Fei steuert, als sie die Suite betreten, sogleich auf die Flasche im Eiskübel zu und lässt den Korken knallen. Im Wohnraum steht ein bordeauxroter Diwan im Stil Louis XIII., auf dem sie sich niederlässt. Sie schüttelt ihre – ebenfalls gelben – High Heels ab und streckt sich ganz auf dem Diwan aus. Den Kopf auf der Armlehne, nippt sie am Champagnerglas.

«Was denkst du?», fragt sie.

Burton, der vor dem Diwan stehen geblieben ist, genießt den Anblick ihrer Schönheit.

«Ich denke, du möchtest, dass ich dich ausziehe», sagt er.

«Das meine ich nicht. Ich meine Hamburg. Was denkst du, wird es funktionieren?»

Die Frage überrascht ihn. Normalerweise äußert sie keine Zweifel, wenn es um ihre Geschäfte geht.

«Alles nach Plan», erklärt Burton. «Nach Hamburg können wir das Dossier schließen.»

Fei nippt weiter am Champagnerglas.

«Werden sie alle sterben?»

Burton überlegt.

Ehrlich gesagt hat er nicht geplant, dass *alle* in der Gruppe sterben sollen. Der Plan lautet, Winters Leute nächste Woche zu überraschen: Sie sollen in Hamburg in eine Falle laufen. Sie sollen von der Polizei geschnappt werden. Möglichst schnell und reibungslos.

Natürlich sollte Winter dann irgendwann sterben, idealerweise im Gefängnis, durch einen tragischen Zwischenfall, so etwas lässt sich arrangieren. Das ist einfacher, als den Polizeieinsatz zu manipulieren, damit Winter vorher stirbt. Solche Einsätze sind zu unberechenbar.

In erster Linie muss Burton dafür sorgen, dass die deutsche Polizei rechtzeitig informiert ist, ohne herausfinden zu können, woher der Hinweis ursprünglich kam. Dann muss er Winter davon überzeugen, dass ihn in Hamburg tatsächlich seine Lieferung erwartet, sein Sprengstoff für den Anschlag am G-20-Gipfel, der in Wahrheit nie stattfinden wird.

Trotzdem sind die Risiken groß: Wenn Winters Leute von Undercover-Beamten überrascht werden, ist es wahrscheinlich, dass sie Widerstand leisten. Es könnte hässlich werden. Es könnte sehr hässlich werden.

Burton setzt sich zu Fei auf den Diwan.

Sie zieht die Beine an, um sie auf seinen Schoß zu legen. Er nimmt einen Schluck vom Champagner und legt eine Hand auf ihr rechtes Bein.

«Ich hoffe, dass nur Winter stirbt», sagt er.

«Ja?»

«Wir haben die Gruppe unterstützt, weil sie wertvoll war. Junge Leute, die keine Angst haben, das verdient Respekt.»

«Ja», sagt Fei.

Für einen Moment ist es, als würde sie seine Hand zwischen ihre Beine schieben wollen. Doch dann unterbricht sie die Bewegung und richtet sich auf. Sie zeigt ihm ihr leeres Glas.

Burton geht zum Eiskübel mit der Flasche und schenkt ihr nach. Als er wieder bei ihr sitzt, erwähnt Fei ihren Vater, den Vorsitzenden der Bank of Shanghai.

«Ich habe mit ihm gesprochen», sagt sie.

«Weiß er Bescheid?»

«Keine Einzelheiten. Trotzdem wird ihn die Nachricht beruhigen. Es wird alle unsere Freunde beruhigen, wenn sie erfahren, dass wir die Risiken minimiert haben, dass wir die Radikalen sich selber überlassen.»

Burton nickt.

Er kann sich vorstellen, wie Feis Vater ihr ins Gewissen geredet hat. Der Vater muss schon länger ahnen, was seine Tochter treibt, welche Fanatiker sie mitfinanzieren, um die Geschäfte anzukurbeln. Der Vater wird wissen, dass sie es zwar gut meinen, im Interesse ihrer Investoren aus der chinesischen Heimat, dass die Risiken jedoch zu groß sind.

Unterm Strich, das kann niemand leugnen, haben alle profitiert. Es war gut, *Schwarzer Winter* zu finanzieren. Es war gut, die Verrückten mit Logistik und Technologie auszustatten. Es war gut, auch andere Gruppen in Frankreich und England zu pushen. Damit haben sie die antikapitalistische Stimmung in Europa medienwirksamer gemacht.

Bereits die Corona-Pandemie hatte die Wirtschaft dort geschwächt und war geeignet gewesen, Freiheiten einzuschränken und die Europäer gegen den Kapitalismus aufzuwiegeln. Später hat sich das verbinden lassen mit dem Klima-Thema: die Rettung der Volksgesundheit und die Rettung des Planeten, beides durch die Überwindung des Kapitalismus, wunderbar!

Natürlich ist es nie darum gegangen, auf Gewalt und Terror zu setzen. Niemand glaubt an den langfristigen Nutzen radikaler Gruppen. Es ging lediglich darum, den Druck auf das etablierte System aufrechtzuerhalten und darauf zu setzen, dass die EU-Regierungen Umweltgesetze verabschieden. Gesetze, die zu einer weiteren Lähmung der Wirtschaft führen. Es ging darum, Europa zu schwächen, um der Konkurrenz aus China bei der Markteroberung Vorteile zu verschaffen. Vorteile für die Chinesen, in deren Auftrag Burton und Fei arbeiten. Wenn Europa auf Regulierung setzt und einer antifreiheitlichen Stimmung verfällt, haben die Chinesen leichtes Spiel.

Die Klimaerwärmung als Angstpropaganda für die Machtübernahme aus dem Reich der Mitte – zweifellos ein guter

Plan. Doch inzwischen benötigte man zur Realisierung keine Terroristen mehr. Inzwischen lief der Laden auch so.

Der Gedanke macht Burton beinahe ein wenig melancholisch. Irgendwie hängt er an der romantischen Vorstellung, Teil einer ausgeklügelten Intrige zu sein, durch die er seinen Freunden dient. Er mag die Vorstellung, zusammen mit Fei die Macht der chinesischen Familie zu vergrößern, damit das alte, wohlstandsdebile Europa endlich abgelöst wird von der vitalen, zukunftshungrigen Kraft Chinas.

«Ein guter Plan», sagt er.

Fei gibt Burton einen Kuss.

«Es hat funktioniert», sagt sie. «Jetzt müssen wir weiterdenken. Neue Projekte.»

«Ein neues Spiel.»

Fei erhebt sich vom Diwan und geht zum Tisch neben dem Kamin, auf dem ihre Handtasche liegt. Sie öffnet sie und holt den Seidenschal und die Augenbinde heraus.

«Das Investoren-Treffen in Luzern», sagt sie. «Was denkst du, wird es sich lohnen? Wird es mich erfreuen?»

Langsam kommt sie auf ihn zu, mit Schal und Augenbinde.

«Werde ich mich langweilen?»

«Möglich.»

Fei möchte wissen, was er tun wird, wenn sie sich in Luzern langweilen sollte. Wird er sich dann um sie kümmern?

«Sicher», antwortet er.

«Werde ich *Spaß* haben?»

«Sicher.»

«Wirst du alles tun, was ich wünsche?»

Er nickt.

Fei wirkt zufrieden und verschwindet im Schlafzimmer. Bevor Burton ihr folgt, muss er an den Zettel denken, den er Winter bei ihrem Treffen in Rom gegeben hat, den Zettel mit der Telefonnummer und dem Codewort «Abendvorstellung».

Ein passender Code, zweifellos. Bleibt zu hoffen, dass Winter so klug sein wird, den Zettel zu verbrennen, bevor sie in Hamburg eintreffen. Natürlich wird er das. Ein cleverer Bursche ist das, dieser Winter. Schade eigentlich, dass er sterben muss.

19

In Zürich trifft sich Sala erneut mit Nathalie, der 37-jährigen Lektorin, die er bei einer Kunstausstellung kennengelernt hat.

Wieder essen sie in einem Restaurant in der Altstadt. Diesmal lädt Nathalie ihn danach in ihre Wohnung ein: ein kleines, geschmackvoll eingerichtetes Appartement, in der Wohnstube eine gemütliche Sitzecke.

Sala fühlt sich wohl. Nathalie fragt ihn, ob sie die Stereoanlage einschalten soll, ob er Jazz oder Pop mag oder Klassik; Rotwein oder lieber Portwein. Oder Mineralwasser?

Sie wirkt nervös.

Sala hilft ihr mit den Nussschalen und Gläsern, während sie den Rotwein entkorkt, einen Tignanello, den sie aus dem Keller holt.

«Es ist schön hier», sagt Sala.

«Danke.»

«Hast du einen großen Weinkeller?»

«Nein», antwortet sie. «Aber die Auswahl ist gut.»

«Schön», sagt er. «Ich bin froh, dass wir uns begegnet sind, Nathalie.»

Sie trinken, und er spürt ihre Anspannung. Soviel er weiß, war sie etwa sechs Jahre lang verheiratet, mit dem Weinhändler, der jetzt mit einer Neuen in Genf wohnt. Oder waren es sogar mehr als sechs Jahre? Jedenfalls lange genug, um nicht mehr zu wissen, wie sie sich verhalten soll, wie sie sich verführen lassen soll. Ob sie das überhaupt will. Und ob sie es schon heute Abend will, *wenn* sie es will. Und ob es ihr, falls es so weit kommt, überhaupt gelingen wird, sich hinzugeben.

Sala kennt das. Mit den Jahren wird es schwerer, sich hinzugeben, sich einem anderen Menschen gegenüber überhaupt zu öffnen. Gewisse sexuelle Handlungen vollziehen, das ist eine Sache – doch dabei wirklich nackt werden?

Um Nathalie auf andere Gedanken zu bringen, fragt er nach dem Verlagstreffen in München, an dem sie kürzlich teilgenommen hat.

«Ja», sagt sie. «Wir planen eine Buchreihe zum Klimawandel. Mit prominenten Stimmen aus Politik und Wirtschaft.»

Sie erzählt von den Politikern, die bereits unter Vertrag sind, bekannte Namen. Sie erwähnt den G-20-Gipfel, der nächste Woche in Hamburg stattfindet, unter Federführung der Deutschen, aus deren Kabinett ebenfalls jemand bei der Buchreihe mitmacht.

«Es kam gestern im Radio», erklärt Nathalie. «Die Engländer werden in Hamburg nun doch mit dabei sein. Sie wollten den Gipfel zuerst boykottieren. Ich bin erleichtert.»

«Ja», erwidert Sala.

Nathalies Hand zittert nicht mehr.

Sie redet weiter über die Buchreihe, über den Klimawandel, doch Sala ist nur mit einem halben Ohr dabei. Er muss an Julia denken.

Er erinnert sich an ihr letztes Telefongespräch: Sie hat ihm gesagt, dass sie nach Hamburg gehen wird. Hamburg, das hat sie doch gesagt? Hoffentlich besteht kein Zusammenhang mit dem G-20-Gipfel.

«Ich freue mich auf die Bücher», sagt Nathalie. «Ich hoffe, wir erreichen damit viele Leute.»

«Natürlich», antwortet Sala.

Sie spricht weiter, über das Versagen der bisherigen Umweltpolitik. Dabei erwähnt sie plötzlich die Gruppe *Schwarzer Winter*, deren Aktionen sie verfolgt hat und deren Anliegen sie offenbar teilt; auch wenn sie natürlich betont, sie sei gegen Gewalt.

Als Sala nicht darauf reagiert, hält Nathalie inne.

«Du findest die Gruppe nicht gut? Oder langweile ich dich? Manchmal rede ich zu viel.»

Sala versichert, dass er ihr gern zuhört und auch das Thema wichtig findet. Dass er alle Menschen versteht, die sich um die Umwelt und die Zukunft des Planeten sorgen. Dass er jedoch nicht daran glaubt, radikale Gruppen könnten für eine bessere Zukunft sorgen.

«Ich verstehe», entgegnet Nathalie. «Aber es braucht sie trotzdem, damit das Problem überhaupt auf die Agenda der Mächtigen kommt. Denkst du nicht?»

Sala schenkt Wein in ihr Glas.

«Vielleicht hast du recht», sagt er. «Aber ich habe diese verrückte Jugendfreundin. Seit Jahren ist sie auf ihrem Trip. Sie ist beinahe ein wenig wie diese Aktivisten von *Schwarzer Winter*, verstehst du?»

«Ex-Freundin?»

«Jugendliebe.»

Nathalie lächelt.

«Hat sie dir das Herz gebrochen?»

«Natürlich», antwortet er. «Und dein Ex? Auch ein Herzensbrecher?»

Sie trinkt vom Wein und meint, dass sie während ihrer Ehe glücklich gewesen sei, ohne etwas von den Affären ihres Mannes zu ahnen. Klar habe es Streit gegeben, die Liebe sei schließlich kein Schönwetterprogramm, nicht wahr? Eines Tages habe ihr Mann gesagt, er sei nun in eine andere verliebt. Eine Galeristin aus Genf.

«Ich hasse ihn nicht», sagt sie.

Sala beugt sich vor und küsst sie.

20

Vier Tage vor Beginn des G-20-Gipfels haben Einsatzkräfte in Hamburg damit begonnen, Straßenabschnitte und Plätze zu sperren. Im Umkreis von einigen Kilometern werden Gebäude inspiziert: Hotels, Geschäftshäuser, Wohnhäuser, Parkhäuser. Das Sicherheitsdispositiv enthält Präventionsmaßnahmen gegen Störaktionen und Angriffe auf Gebäude, gegen Einzelpersonen und Gruppen.

Im Moment sind rund 1000 Beamte im Einsatz, doch während des Treffens in vier Tagen werden es über 25.000 Polizisten, Angehörige der Armee und der Rettungsdienste sein.

Der Großteil der Aufmerksamkeit richtet sich auf die Innenstadt im Bezirk Hamburg-Mitte, einem der sieben Bezirke der Hansestadt.

Am ersten Tag der Vorbereitungen wird gleichzeitig, nahezu unbemerkt, ein weiterer Einsatz geplant – nicht in der Innenstadt, sondern auf der Südseite vom Heiligengeistfeld, einem Festgelände in St. Pauli.

Dort treffen sich Beamte an der Simon-von-Utrecht-Straße, in der Nähe einer alten Eisengießerei. Das Team besteht aus drei Mitgliedern des Kommissariats der Davidwache – zuständig für die Reeperbahn – und fünf schwer bewaffneten Mitgliedern einer Spezialeinheit, die zum Zentralkommando der Stadt gehören.

Im Gebäude der ehemaligen Gießerei befindet sich die Garage eines Transportunternehmens, die seit einiger Zeit als Ersatzteillager dient.

In der Garage wird, nach Informationen des Zentralkommandos, in wenigen Stunden ein brisantes Treffen stattfinden: Gegen Mittag sollen Klimaterroristen aus der Schweiz eintreffen, nach denen international gefahndet wird und die beabsichtigen, Sprengstoff zu kaufen.

Zwar ist die Simon-von-Utrecht-Straße nicht stark befahren, doch in den Gebäuden ringsum wohnen Menschen. Entsprechend lauten die Anweisungen des Zentralkommandos: Die Terroristen sollen in der Garage und nicht auf offener Straße in Gewahrsam genommen werden.

Drei Polizisten werden in der Garage warten, Undercover-Beamte, die sich als Waffenlieferanten ausgeben. Zeitgleich verstecken sich die anderen fünf Beamten an der Straßenkreuzung schräg gegenüber der Garage in einem Lokal namens «St. Pauli Eck». Von dort aus ist die Gießerei gut zu sehen, und wenn die Terroristen die Garage betreten haben, können ihnen die Beamten draußen, wenn es sein muss, den Fluchtweg abschneiden.

Wenn die Verdächtigen drin sind, werden die Undercover-Beamten verifizieren, ob es sich um die Terroristen handelt. Es ist immer möglich, dass die Falschen im Netz landen – zufällig zur richtigen Zeit am falschen Ort –, während die Gesuchten entweder gar nicht auftauchen oder so spät, dass die Falle nicht mehr zuschnappen kann.

Sobald klar ist, dass es sich um die Terroristen handelt, werden die Beamten im «St. Pauli Eck» das Lokal verlassen und zur Garage gehen, um den Kollegen mit der Verhaftung zu helfen.

Julia wirft einen Blick auf die Uhr. Kurz nach elf. Noch eine Stunde bis zum Treffen mit den Waffenhändlern. Kein Grund, nervös zu werden.

Sie sind bereits in Hamburg, bisher läuft alles nach Plan. Julia sitzt im silbernen Renault-Minibus, in dem sie seit zwei Tagen unterwegs sind. Sie haben den Wagen von Sympathisanten in Salzburg bekommen und damit die deutsche Grenze überquert. Von dort ging es nach München und weiter nach Nürnberg, dann Richtung Hannover und hinauf nach Hamburg; die ganze Strecke ohne Passkontrolle, ohne Polizei, ohne Stau.

Julia blickt nach draußen in den Verkehr der Hamburger Innenstadt: Sie kann Männer in schwarz-roter Uniform sehen, die Zufahrten und Straßen absperren.

Langsam kommen sie – am Steuer Marge, auf dem Beifahrersitz Chris – an der Hamburger Zentralbibliothek vorbei. Dann taucht auf der rechten Seite der Hauptbahnhof auf, mit den runden Glasdächern und der hellbraunen Häuserfront.

Vor Erreichen der Stadt haben sie sich auf einer Raststätte Sandwiches und Mineralwasser besorgt, aber Julia hat noch immer Durst.

«Gibt es noch Wasser?», fragt sie.

Winter, mit ihr hinten im Wagen, reicht ihr seine Flasche. «Verdammt viel los», sagt er. «Beschissene Stadt.»

Er hätte auch sagen können, dass es ein beschissener Plan ist, vier Tage vor dem G-20-Gipfel herzukommen, um Sprengstoff zu besorgen. Die Garage, in der das Treffen stattfinden soll, befindet sich zwar nicht im Zentrum der großen Aufmerksamkeit – trotzdem ist es verrückt, heute herzukommen.

Wobei natürlich *alles* verrückt ist, was sie tun. Außerdem hat Winter es ihnen erklärt: Eine Sprengstofflieferung zu einem früheren Zeitpunkt war nicht möglich, da so etwas zu organisieren dauert. Sprengstoff kriegt man nicht über Amazon. Außerdem müssen sie das Zeug ja bis zum

Anschlag verstecken. Vier Tage sind eine verdammt lange Zeit, das Zeug könnte immer entdeckt werden.

Julia beobachtet die Autos und Lastwagen, die am Straßenschild «Rödingsmarkt» vorbeifahren. Dann erreichen sie das Portugiesenviertel und nähern sich dem Stadtteil St. Pauli.

«Wir bleiben ganz cool», sagt Winter.

Er spricht leise, wie zu sich selbst.

Julia muss an den Zettel denken, den er ihr gestern Abend gezeigt hat. Den Zettel mit dem Codewort «Abendvorstellung». Julia kann nicht sagen, warum, aber irgendwie hat sie dabei kein gutes Gefühl gehabt. Vielleicht, weil einmal mehr alles über Winter läuft: die Finanzierung, der Kontakt in Hamburg. Oder ist es deshalb, weil sie spüren kann, dass Winter angespannt ist, sogar nervös?

Sie überlegt, wann sie ihn das letzte Mal nervös erlebt hat. Sie kann sich nicht erinnern. Ist das möglich? Jeder Mensch wird doch irgendwann nervös.

«Das wird groß», hört sie Popeye sagen.

Er sitzt auf dem Platz hinter Julia und Winter. Immer wieder hat er Geräusche von sich gegeben – Husten, Seufzen –, eingeklemmt zwischen Blacky und Rouge.

«Rie-sen-groß», flüstert er.

«Groß», bestätigt Rouge.

Popeye klatscht in die Hände, zwei Mal, als tue ihm das gut. Das T2 – bestimmt hat er wieder zu viel eingenommen.

Marge, vorne am Steuer, tritt auf die Bremse. Der Verkehr nimmt zu, sie bleiben für einige Minuten im Stau stecken.

«Ganz cool bleiben», wiederholt Winter.

Es ist nicht mehr weit zur Simon-von-Utrecht-Straße. Noch 45 Minuten bis zum Treffen, kein Problem.

Sie rollen weiter, zwischen Limousinen, Kleinbussen, Motorrädern. Sie wechseln die Spur und bemerken, am Ende einer Baustellen-Absperrung, orange gekleidete Männer mit Helm, die den Verkehr nach links umleiten.

Marge folgt der Umfahrung und steuert, angeleitet von Chris und seinem Stadtplan, in eine Querstraße. Von dort gelangen sie auf die Simon-von-Utrecht-Straße und erreichen einen von Linden gesäumten Platz.

Winter entdeckt blaue Parkplätze, vor der Treppe zu einem Drogeriemarkt.

Marge parkt den Minibus und stellt den Motor ab. «Glück gehabt», sagt sie.

Winter steckt seine Pistole ein, eine Steyr-Hahn. Die hat er seit dem Ding letzten Frühling nicht mehr benutzt. «Wird nicht lange dauern», sagt er.

Popeye räuspert sich. «Nicht lange dauern?»

«Ihr bleibt hier», erklärt Winter. «Ihr wartet im Wagen. Julia und ich überprüfen die Gegend. Wir schauen uns die Gießerei an und die Garage. Mal sehen, ob die Luft rein ist.»

Chris, vorne auf dem Beifahrersitz, dreht sich zu ihnen um. «Du meinst, etwas stimmt nicht?»

«Kann man nie wissen. Im Zweifelsfall blasen wir die Sache ab», sagt Winter.

«Einfach so?»

«Besser als Knast.»

Er *ist* nervös, denkt Julia. Sie nimmt noch einen Schluck aus der Wasserflasche, dann steigt sie mit ihm aus dem Wagen.

Die anderen bleiben sitzen.

«Wir sind frisch verliebt», erklärt Winter. Er reicht Julia die Hand und lächelt. Sie spazieren über den Platz, Hand in Hand wie ein junges Paar. Sie flanieren die Simon-von-Utrecht-Straße hinab und erreichen nach etwa drei Minuten eine Kreuzung, an der sich ein Lokal namens «St. Pauli Eck» befindet, davor Mopeds und Fahrräder, wild durcheinander.

Auf der Seite gegenüber, nicht weit entfernt, ist die Eisengießerei. Im selben Gebäude befindet sich die Garage. Das Tor ist geschlossen, darüber steht in blauer Farbe: «Ersatzteillager/Eingang».

Winter beobachtet das Tor, dann wendet er sich an Julia. Er legt die Arme um sie und gibt ihr einen Kuss. Sie warten, bis Passanten an ihnen vorbeigegangen sind.

«Mein Schätzchen», sagt er und wirft einen Blick auf das Garagentor.

Alles ruhig. Aber auf dem Rückweg fallen Julia Jugendliche auf, die johlen, in der Hand Bierflaschen. Sie überqueren die Straße und verschwinden in einer Gasse, vor der das Schild «Heiligengeistfeld – Dom» steht. Julia hat davon gehört, ein bekanntes Hamburger Festgelände.

Zurück im Minibus, sprechen sie mit den anderen.

«Sieht gut aus», sagt Winter. «Wir machen es so: Marge sitzt während der Aktion am Steuer. Chris und Popeye bleiben ebenfalls im Wagen, falls draußen vor der Garage etwas los ist, während wir drinnen sind. Julia, Blacky und Rouge kommen mit mir in die Garage.»

Während Winter das erklärt, nickt Popeye vor sich hin, als würde er gar nicht begreifen, dass er im Auto bleiben muss, oder als wäre es ihm egal.

Sie werden den Minibus in der Nähe der Gießerei parken. Winter, Julia, Blacky und Rouge werden aussteigen und – bewaffnet – die Garage betreten. Sie werden mit den Lieferanten sprechen und, falls es keine Probleme gibt, die Sache durchziehen. In diesem Fall wird Blacky eine SMS an Chris draußen im Wagen senden – damit klar ist, dass der Deal steht.

«Wenn Chris *keine* SMS bekommt, wisst ihr spätestens nach fünf Minuten, dass etwas faul ist», erklärt Winter.

Chris nickt.

«Du bleibst die ganze Zeit am Steuer und beobachtest das Garagentor», sagt Winter zu Marge. «Wenn du siehst, dass einer von uns rauskommt, ohne dass ihr vorher eine SMS bekommen habt, dann bedeutet das: Alarm. Dann gibst du Gas. Du holst uns aus der Garage. Aber wenn auf der Straße plötzlich Bullen auftauchen oder so was – dann gibst du Gas, um ohne uns abzuhauen. Ihr geht keine Risiken ein. Sondern ihr bringt euch in Sicherheit, verstanden?»

Marge zögert. «Wir bringen uns in Sicherheit? Wohin denn?»

«Es gibt da einen Kontakt», antwortet Chris. «Hier in Hamburg. Ich kenne jemanden. Guter Mann, im Notfall die beste Adresse.»

«Moment mal?», sagt Popeye. «Ich bleibe im Auto? Wieso bleibe ich im Auto? Wieso komme ich nicht mit in die Garage?»

«Du bleibst bei Marge und Chris», erklärt Winter.

«Aber wenn es eine Falle ist, muss ich da sein. Ich mache sie platt. Ich *mache sie platt!*»

«Ja», sagt Winter. «Wenn es eine Falle ist, will ich dich nicht in der Garage, sondern draußen, als Rückendeckung. Du bist unsere Versicherung, verstehst du?»

Popeye nickt, auch wenn Julia bezweifelt, dass ihm das alles passt.

Winter blickt auf die Uhr. «Sieben Minuten bis zum Treffen, es wird Zeit.»

Marge startet den Motor. Sie lenkt den Minibus die Simon-von-Utrecht-Straße entlang und geht wieder vom Gas, als sie die Kreuzung erreichen, an der sich das Lokal mit den Mopeds und Rädern vor dem Haus befindet, das «St. Pauli Eck».

Marge lässt den Wagen unter den Schatten eines Baumes gegenüber der Kreuzung rollen, das rechte Vorder- und Hinterrad auf dem Gehsteig.

Winter wendet sich an Popeye.

«Du weißt, was zu tun ist?»

«Klar», versichert Popeye. «Wenn ihr in der Garage seid, warten wir, bis Chris eine SMS bekommt. Wenn keine SMS kommt, fahren wir ohne euch weg – außer wir sehen euch rausrennen und keine Bullen sind zu sehen.»

«Und wie lange wartet ihr auf die SMS?»

«Fünf Minuten.»

Das scheint Winter sich noch einmal zu überlegen.

«Machen wir zehn Minuten.»

«Wir warten zehn Minuten», bestätigt Chris. «Wenn keine SMS kommt, hauen wir ab.»

Sie steigen aus dem Wagen – Blacky, Rouge, Julia, Winter – und gehen in Richtung Garage.

21

In der Garage riecht es nach Öl, nach Gummi und schmutzigen Lappen. Hinten im Raum erkennt Julia Lastwagenreifen, aufeinandergestapelt, neben einem Werkzeugturm. Auf der rechten Seite Maschinenteile, wie aus dem Motor eines Lastwagens, mit schwarzen Dieselflecken.

Bereits in den ersten Sekunden, wenn es nicht nur die Anspannung ist, hat Julia das Gefühl, dass etwas faul ist, dass sie besser verschwinden sollten.

Aber wahrscheinlich *ist* es nur die Anspannung, die Angst, in eine Falle zu tappen. Muss nichts bedeuten. Auch wenn ihr der Waffenhändler, der sie begrüßt – er nennt sich «Bobby» –, unangenehm ist.

Die übertriebene Freundlichkeit und das Theater, als er ihnen erklärt, wie toll er *Schwarzer Winter* findet, dass alle seine Freunde sie toll finden, dass er sich «echt freut», sie zu treffen.

Winter reicht Bobby die Hand und redet mit ihm, während Bobbys Begleiter – zwei Männer mit Kurzhaarschnitt – reglos daneben stehen, als hätten sie nicht das Geringste beizutragen.

«Du bist also Winter?», will Bobby wissen.

Er fragt Julia ebenfalls nach ihrem Namen, genau wie Blacky und Rouge. Und er will wissen, wo die anderen von *Schwarzer Winter* sind.

«Eure Gruppe ist doch größer?», sagt er.

«Ich verstehe», antwortet Winter. «Du hast gefährliches Zeug, da willst du wissen, wem du es überreichst. Du willst unsere Gesichter sehen, du willst wissen, ob du uns vertrauen kannst.»

«Man kann nicht vorsichtig genug sein.»

Nun lächeln oder grinsen Bobbys Begleiter.

«Und?», fragt Winter. «Wo ist das Zeug?»

«Zuerst möchte ich wissen, wo die anderen sind», zögert Bobby.

«Mach dir keine Sorgen», erwidert Winter. «Meine Leute sind okay.»

Hinter ihnen, neben den Lastwagenreifen oder dem Werkzeugturm, ertönt ein Knarren.

Julia kann sehen, wie Winter mit der rechten Hand – langsam – hinter seinen Rücken greift. Er tastet nach der Steyr-Hahn-Pistole, die in seinem Gürtel steckt.

Draußen wartet Chris im Minibus auf die SMS.

Inzwischen sind sechs Minuten vergangen.

Oder sind es sieben Minuten?

«Sieben Minuten», meint Marge. «Muss aber nichts heißen.»

«Nein», erwidert Chris. «Winter möchte, dass wir zehn Minuten warten.»

An der Straße weiter oben, bei der Kreuzung, warten die Mitglieder des Spezialkommandos im «St. Pauli Eck» ebenfalls auf eine SMS-Nachricht.

Seit die mutmaßlichen Terroristen die Garage betreten haben, sind sieben Minuten vergangen – oder nein, inzwischen sind es acht Minuten.

Das gefällt dem Einsatzleiter nicht. Acht Minuten ohne Sichtkontakt, ohne Ton. Acht Minuten blind und taub.

In der Garage bleibt Winters rechte Hand hinter dem Rücken verschwunden.

«Bist du wirklich ein Freund unseres Freundes da oben?», fragt er.

Bobby scheint zu überlegen.

«Der Freund da oben?»

«Die oberen Zehntausend», erwidert Winter.

Fast gleichzeitig holt er die Steyr-Hahn-Pistole hinter seinem Rücken hervor und richtet sie auf Bobbys Gesicht.

«Du hast keine Ahnung, wovon ich spreche, nicht wahr? Keine Ahnung von unserem Freund mit den Millionen. Weil *der* dich nicht hergeschickt hat. Ist es nicht so?»

«Komm schon», sagt Bobby, «wir sind alle friedlich hier.»

«Noch *ein* falsches Wort, und du bist Geschichte», erwidert Winter. «Unser Millionen-Freund ist nicht der Grund, warum du hier bist. Aber wenn nicht er, wer dann?»

Bobby gibt keine Antwort.

Dafür versucht einer seiner Kurzhaar-Kollegen einzugreifen, mit einem Schritt nach vorne, die Hände hebend, wie um sich zu ergeben.

«Immer mit der Ruhe», sagt er.

«Niemand rührt sich», antwortet Winter. «Die Hände, wo ich sie sehen kann.»

Julia kann nicht glauben, wie *ruhig* seine Stimme klingt, wie sicher er immer noch wirkt. «Blacky und Rouge», sagt er. «Durchsucht diese Pappnasen. Ich will wissen, was in ihren Hosen steckt, ob sie einen Schwanz haben und wie lang. Wer seine Taschen nicht leert, kriegt eine Kugel ins Bein, verstanden, Freunde?» Und zu Bobby: «Oder in die Eier. Was meinst du, lieber in die Eier?»

Elf Minuten, und immer noch keine SMS.

«Scheiße», sagt Chris.

Er steigt aus dem Wagen.

Popeye protestiert. «Niemand hat gesagt, dass wir *aussteigen!*»

Trotzdem öffnet auch Marge die Fahrertür und geht um den Wagen herum zu Chris, der auf dem Gehsteig wartet, unter dem Schatten des Baumes.

Sie reden miteinander. Durch die Windschutzscheibe hört Popeye nichts, also krabbelt er nach vorne auf den Fahrersitz und lässt das Seitenfenster runter.

Marges Stimme. Klingt wütend. Offenbar versucht sie, Chris zur Vernunft zu bringen. Sie hält ihn für einen Moment sogar an der Hand fest, als er weitergehen möchte.

«Nein, Mann», flüstert Popeye. «Wenn es schiefläuft, hat Winter gesagt, sollen wir abhauen. Chris soll seinen Kumpel in Hamburg kontaktieren. Das hat er gesagt, das hat er gesagt.» Popeyes Finger trommeln übers Lenkrad. Trommeln und trommeln.

Draußen, drüben an der Straßenkreuzung, ist jetzt ein Mann aufgetaucht. Vor dem Lokal namens «St. Pauli Eck». Ein Polizist. Ja, ein *Bulle*, in voller Montur.

Nach Ablauf von Minute 11 – keine SMS aus der Garage, kein Lebenszeichen – hat der Einsatzleiter den Befehl gegeben.

Die Beamten verlassen das «St. Pauli Eck», als letzter und fünfter der Einsatzleiter. Sekunden vergehen, während sie sich vor dem Eingang sammeln, die Maschinenpistolen umgehängt. Und dann überqueren sie die Straße.

Popeye hat den Zündschlüssel gedreht. Marge und Chris, immer noch auf dem Gehsteig, drehen die Köpfe in seine Richtung.

Idioten! Sie *kapieren nicht*. Sie wissen nicht, was passiert, haben es nicht gesehen, wahrscheinlich wegen dem verdammten Baum, der ihnen die Sicht versperrt! Die Sicht auf die fünf Bullenschweine, die in Richtung Garage marschieren.

Popeye lenkt den Wagen auf die Straße und gibt – vorsichtig – Gas. Nur nicht zu viel Lärm machen.

Chris und Marge, an denen er vorbeirollt, rennen zu ihm. Denken wohl, dass er abhauen will. Idioten!

Popeye bremst ab und öffnet das Beifahrerfenster. «Bullen!», zischt er. «Haut ab!»

Dann fährt er weiter. Die sollen nur warten, Scheißbullen!

Popeye spürt Schweiß auf der Stirn. Unter den Achseln. Nur nicht zu schnell fahren. Auf keinen Fall dürfen den Polizisten die Motorgeräusche auffallen.

Moment: Was ist mit der Waffe? Wo ist die *Waffe?* Erschrocken blickt Popeye über die Schulter nach hinten, auf die Reihe mit den Rücksitzen. Dort! Die Kalaschnikow liegt am Boden.

In der Garage redet Bobby auf Winter ein und versucht ihm weiszumachen, dass es keinen Grund für Feindseligkeiten gibt.

«Niemand will Blut sehen.»

Es ist, als wäre dieses Wort – Blut – eine Art Code, denn auf der Stelle zücken Bobbys Kollegen, wie aus dem Nichts, ihre Waffen.

Winter betätigt die Steyr-Hahn und feuert. Die Kugel trifft Bobbys Hals.

«Ahh!»

Der Schuss, zurückgeworfen von den Garagenwänden, klingt dumpf, während Bobby die Hände um seinen Hals legt und versucht, das Blut zurückzuhalten, das zwischen den Fingern hervorquillt.

«Ah!»

Er sinkt zu Boden.

Seine Kollegen erwidern das Feuer: Rouge wird am Bein getroffen, hinten schlagen Kugeln in die Wand – *pa-pa-pam!* – und für Blacky ein Bauchschuss.

Julia hat sich auf den Boden fallen lassen und rollt auf die Seite. Über ihr zischen die Geschosse durch die Luft, einmal ganz dicht über ihrem Kopf. Und doch fühlt sich alles plötzlich weit weg an, als würde jemand anders das erleben. Julia robbt über den Boden und erreicht einen Lastwagenreifen, versucht sich dahinter zu verkriechen.

Ist das Winters Stimme? Weiter hinten, beim Werkzeugkasten?

Ja, er kämpft mit einem von Bobbys Männern. Und wieder Schüsse, gegen die Decke – *pam!* – und ein Querschläger, drüben an der Wand.

Draußen fährt Popeye von hinten auf die Beamten zu, bis einer sich umdreht und stehen bleibt, mitten auf dem Gehsteig.

«Bullenschweine!»

Popeye gibt Gas. Der Beamte versucht noch, seine Maschinenpistole hochzureißen, bevor der Wagen ihn erfasst und gegen die Hauswand schleudert wie eine Puppe.

Immer noch liegt Bobby am Boden, aus dem Hals blutend.

Rouge liegt ebenfalls am Boden, die Hände am angeschossenen Bein. Und zwei Schritte entfernt stöhnt Blacky und hält Bobbys zweiten Mann fest, zieht ihn zu sich auf den Boden, bevor sich ein Schuss löst.

«Julia!» Winter packt sie am Arm und zieht sie hoch. Sie rennen zum Holztor der Garage.

22

Nachdem Popeye einen Beamten gegen die Wand gefahren hat, setzt er mit dem Minibus zurück, um erneut anzugreifen.

Der Einsatzleiter kommt ihm zuvor: «Feuer!», ruft er.

Die Beamten richten die Maschinenpistolen auf die Windschutzscheibe des Wagens, um loszufeuern – und werden überrascht von Winter und Julia, die in diesem Moment aus der Garage kommen.

Winter feuert los und trifft einen Beamten im Nacken. Sekunden vergehen, die Popeye braucht, um wieder Gas zu geben und einen zweiten Beamten zu erwischen, diesmal den Einsatzleiter.

Nun sind drei Bullen außer Gefecht: zwei durch den Minibus, einer durch Winters Nackenschuss.

«Hoka-heey!», ertönt Popeyes Schlachtruf hinter dem Steuer. Sein Mund ist weit aufgerissen, während die verbleibenden zwei Beamten feuern und die Kugeln gegen die Windschutzscheibe knallen.

Ratatata.

Diamantfarbene Spinnweben auf dem Glas. Löcher, murmelgroß. Einschläge auf dem Beifahrersitz. Ein Peitschenhieb auf Popeyes Arm, brandheiß.

Kugeln in der Motorhaube, Kugeln in die Räder.

Bumm!

Platzender Vorderreifen, schaukelndes Fahrzeug.

«Scheiß Bullen!»

Popeye zusammenzuckend. Splitterregen auf dem Armaturenbrett, Splitter in den Haaren.

Er kämpft sich nach hinten, schlängelt sich zwischen den Sitzen durch, greift nach einem Sicherheitsgurt, zieht sich zum Rücksitz, wo die Kalaschnikow liegt.

Unglaublich heißer Schmerz. Linker Oberarm. Blut.

Keuchender, fluchender Popeye, in den Augen Tränen.

Er entsichert die Kalaschnikow, Zähne zusammengebissen, um die Hitze des Schmerzes runterzuschlucken. Er sieht im Rückspiegel sein Gesicht. Indianergesicht. Kriegsbemalung.

Zwanzig Meter entfernt haben Chris und Marge sehen können, wie Winter und Julia über die Kreuzung gelaufen kamen.

Wo blieben denn die anderen? Blacky, Rouge, Popeye?

Winter fuchtelte mit der Pistole: *«Abhauen!»*

Seitdem rennen sie. Sie rennen immer weiter, die Straße hinab bis zur nächsten Kreuzung.

In der Ferne Sirenen, und auf der anderen Straßenseite ein Schild: «Heiligengeistfeld – Dom».

Zwei Minuten schon liegt der Einsatzleiter am Boden.

Hart getroffen vom Minibus, kann er seine Beine kaum noch bewegen. Als würden Nägel in seiner Hüfte glühen, und als würde jemand die Luft aus seinen Lungen pressen.

Trotzdem hat er es geschafft, das Funkgerät zu bedienen und bei der Zentrale Alarm zu schlagen.

Popeye ist aus dem Minibus gestürmt und hinter dem Wagen in Deckung gegangen. Ans Heck gelehnt gibt er, in Richtung der Bullen, Schüsse ab und schreit jedes Mal auf, wegen der Schmerzen im Arm.

Als die Bullen zurückschießen, treffen sie die Türen des Minibusses, ein Seitenfenster, das zerspringende Heckglas.

Popeye kann *fühlen*, wie die Schweine näher rücken, mit den Kampfstiefeln, mit den verdammten Helmen und Bullengesichtern. Robotergesichter.

«Fuck!»

Popeye springt hinter dem Minibus hervor und rennt über die Kreuzung, im Rücken das Rattern der Gewehre. Neben ihm – Zentimeter entfernt! – spritzen Funken von der Straße hoch; auf dem Asphalt, über einem Gullydeckel.

Popeye dreht sich um und geht rückwärts weiter, die Waffe hochgerissen und feuernd.

Pa-pa-pam!

Ein Bulle geht zu Boden.

Warmes Blut über Popeyes Arm, während er weitergeht.

Und dann taucht plötzlich, wie aus dem Nichts, ein eisblauer VW Golf auf.

Der Wagen bremst ab, direkt vor Popeye, am Steuer eine Frau.

Popeye richtet die Kalaschnikow auf sie. «Aussteigen!»

Die Fahrerin reagiert nicht, bleibt wie versteinert am Steuer sitzen.

Hinter ihnen nähert sich der unverletzte Bulle.

Popeye reißt die Fahrertür auf, die nicht verriegelt ist, weil die Fahrerin nicht daran gedacht hat, sie zu verriegeln, weil die Frau bestimmt *noch nie in ihrem Leben* so etwas erlebt hat.

«Aussteigen, oder du bist *tot.*»

Endlich reagiert die Frau. Sie löst den Sicherheitsgurt mit schmaler, zitternder Hand und steigt aus.

Nun hat der Polizist die Distanz aufgeholt und steht bei ihnen. Ja, aber er schießt nicht, natürlich, weil Popeye sich an die Frau klammert.

Immer noch brennt das Feuer in seinem Arm. Die Hose fühlt sich klebrig an, blutgetränkt.

Popeye legt den Kopf nahe an den Kopf der Frau, damit der Bulle *ganz bestimmt* keinen Unsinn macht.

«Geben Sie auf», sagt der Bulle.

Popeye grinst.

«Die Frau kann nichts dafür.»

Da hat er recht. Da hat er verdammt noch mal *recht.* Also zielt Popeye mit der Kalaschnikow auf den Bullen und betätigt den Abzug. Er trifft den Beamten am rechten Knie. Der Bulle schreit auf, geht zu Boden.

Popeye nähert sich vorsichtig, die Frau als Schutzschild. Mit dem rechten Fuß kickt er die Maschinenpistole des Beamten weg. Dieser krümmt sich.

«Bitte», flüstert die Frau.

Popeye richtet die Kalaschnikow nach oben, in den Himmel. Er drückt ab: Klick. Magazin aufgebraucht.

«Mach dir nicht in die Hosen», sagt er zur Frau. «Verschwinde.»

Sie zögert. Dunkle, geweitete Augen.

«Los!»

Die Frau beginnt zu rennen.

Popeye hebt die Maschinenpistole des Bullen vom Boden auf. Dann geht er zurück zum eisblauen VW Golf der Frau.

«– eeiinn –!»

Krächzend hebt der Bulle, der wohl noch etwas zu sagen hat, seinen Arm. Die blutige Hand deutet in seine Richtung.

«Immer schön den Arm hoch», erwidert Popeye und steigt in den Golf. «Nazischwein.»

Er dreht den Zündschlüssel, wendet den Wagen und fährt über die Simon-von-Utrecht-Straße, das Seitenfenster heruntergelassen.

Er hört Sirenen. Dann geistert Blaulicht über die Häuserzeilen, in der Nähe des Straßenschildes «Heiligengeistfeld – Dom», wo zwei Polizeiwagen um die Ecke geschossen kommen. Sie fahren nicht auf Popeye zu, scheinen den VW Golf nicht zu beachten, sondern biegen rechts in eine Nebenstraße.

Winter, denkt Popeye. Julia.

Er gibt Gas.

Julia weiß, dass sie zu langsam ist, spürt es wie Kaugummi unter den Schuhen, wie Gewichte an den Armen.

Schneller!

Hinter ihr nähern sich die Sirenen, während Winter – etwa 10 Meter vor ihr – auf eine Gruppe von Passanten trifft, vor der Schaufensterfront eines Edeka-Supermarkts.

Chris und Marge sind nirgends zu sehen.

«Auf die Seite!»

Winter rempelt sich den Weg vor dem Supermarkt frei, ein Passant prallt gegen das Schaufenster.

Julia spürt Polizeiwagen im Rücken, wie eine Welle aus Stress und kreisenden Lichtern. Schnell, nach rechts. Und weiter – ans Ende der Gasse, wo sich das Heiligengeistfeld befindet, der Hamburger Dom.

23

Winter taucht unter im Rummelplatzlärm, der aus allen Richtungen kommt; von den Luft- und Schiffschaukeln, von den Karussells, vor denen Kinder warten, in der Hand Schnüre, an denen Ballons schweben.

Winter kämpft sich durchs Gedränge vor den Autoscootern, vor der Achterbahn und den Essbuden. Er drängt zu einer Schießbude und erblickt ein weiß-grün gestreiftes Zelt; in der Luft der Geruch nach Mandeln.

Über den Köpfen der Besucher bewegt sich ein Riesententakel mit roten Monsteraugen, auf dem Dach einer Geisterbahn.

Wo bleibt Julia? Hat er sie verloren? Soll er nach ihr sehen? Ja, er könnte zurückgehen. Er könnte sich die Bullen vorknöpfen, falls sie Julia erwischt haben.

Seine Pistole, die Steyr-Hahn? Wie viele Kugeln noch?

Egal, er muss es riskieren.

Winter geht zurück und hält Ausschau. Er weicht einem Mann mit Luftballons aus – bunter, über den Köpfen schwebender Strauß – und erstarrt.

Drei Polizisten: Sie kommen direkt auf ihn zu. Winter zielt mit der Steyr-Hahn und betätigt den Abzug. Klick. Keine Munition. Wütend holt Winter aus und wirft mit der Waffe nach den Bullen. Einen von ihnen trifft er im Gesicht.

«Ahh!»

Winter flüchtet in Richtung Schießbude. Unterwegs stößt er gegen zwei Frauen mit Baseballmütze und «Earth

Day»-Shirt. Dann, vor der Schießbude, nimmt er Anlauf. Hechtsprung.

«He!»

Der Mann hinter der Theke – Glatze, Brille – rudert mit den Armen, als Winter über die Theke geflogen kommt. Es ist, als wolle er den Eindringling abwehren. Er ruft etwas, das im Gedröhne der Musik untergeht, im Schiffschaukel-Lärm gegenüber.

Winter prallt gegen die Budenwand, reißt Zielscheiben zu Boden, Stofftiere, Kunststoff-Rosen.

«Stopp!»

Einer der Polizisten steht jetzt vor der Theke, die Dienstwaffe gezückt. Er fordert Winter auf, sich zu ergeben. Winter schnappt sich eine Blechbüchse aus dem Gestell an der Wand. Er wirft das Ding in Richtung Bulle und greift nach dem Gestell nebenan, mit den Getränken.

Fanta- und Colaflaschen, die er in die gleiche Richtung schleudert. Bis der Glatzkopf, der Budenbesitzer, von hinten die Arme um ihn schlingt.

Winter benutzt die Ellbogen, Volldampf in den Solarplexus. Der Glatzkopf krümmt sich.

Inzwischen neigt sich der Polizist, getroffen von einer Flasche, über die Theke, die Nase blutig, die Dienstwaffe noch immer in der Hand. Im Hintergrund nähern sich die anderen Bullen. Winter springt zur Theke, rutscht zurück auf die andere Seite, direkt in die Arme des Bullen. Im Hintergrund das Gekreische von der Schiffschaukel.

Winter fällt mit dem Polizisten zu Boden und versucht, die Dienstwaffe an sich zu reißen. Er hat das Gefühl, dass jemand anders nach ihm tritt. Trotzdem schafft er es, die Dienstwaffe festzuhalten.

Pamm!

Ein Schuss, über ihm.

Pamm!

Winter kommt auf die Beine und realisiert, dass die Beamten in die andere Richtung blicken. Zu einem Imbissstand, in den ein Wagen gefahren ist. Ein eisblauer VW Golf. Und vor dem Wagen – Popeye. Mit Maschinenpistole.

«Waffe weg!», ruft einer der Beamten.

«Leck mich!», antwortet Popeye.

Umstehende Jahrmarkt-Besucher kreischen, weichen zurück, ein paar Jugendliche retten sich hinter eine Litfaßsäule.

Popeye zielt auf die Bullen und hält sie in Schach, während Winter dem Polizisten, mit dem er gekämpft hat, einen Tritt verpasst. Mit der Dienstwaffe, die er ihm entrissen hat, schießt er ihm in den Fuß, damit er nicht auf dumme Ideen kommt und ihm folgt.

Winter wendet sich an die anderen Cops und will Popeye helfen, will *allen* Bullen in die Beine schießen, oder besser in die Eier. Doch einer der Beamten feuert zuerst. Die Kugel trifft Winter an der linken Schulter.

«Nazi!»

Popeyes Schrei geht fast unter im Schiffschaukellärm, zwischen Knallfröschen und platzenden Ballons.

Der Jahrmarkt wankt, und er, Winter, wankt auch, in der Hand die Dienstwaffe.

Weitergehen, durch die Menge. Im Hintergrund die Knallfrösche, das Gekreische. Verdammte Schulter! Als wäre der Knochen explodiert, das Fleisch an hundert Stellen aufgerissen.

«Ah!»

Winter versucht schneller zu gehen, nach links. Dann nach rechts, in den Geruch nach Bratwurst, in den Geruch nach –

Da ist ein Autoscooter, auf dem Dach silberne Sterne, vor den Wagen Kinder und Eltern. Für einen Moment glaubt er

Julia zu sehen, aber sie ist es nicht. Die brennende Schulter – er stöhnt. Popeye hat die Schweine hoffentlich fertiggemacht. *Fertiggemacht.*

Weiter. Er darf nicht langsamer werden, nein, nicht langsamer werden. Die Leute gucken schon.

Hinter dem Kettenkarussell sieht er eine Häuserzeile, hellgrün gestrichen. Endet dort das Heiligengeistfeld?

Winter steuert darauf zu, vorsichtig, die Waffe einsatzbereit.

Bei den Häusern: eine Baumallee. Sie säumt eine Straße, die weg vom Rummelplatz führt, nicht weit entfernt von einem Kettenkarussell, vor dem Jugendliche stehen und warten. Freunde, Kollegen und – Julia.

Ja, sie ist es. Winter möchte sie rufen und bemerkt die zwei Polizisten, die ihr auf den Fersen sind.

Der Atem heiß in der Lunge und ringsumher die Gesichter. Die Stimmen der Leute. Die Kinderwagen. Die kreischenden Girls im vorbeisausenden Wind der Achterbahn-Wagen.

Ohne Orientierung irrt Julia seit einiger Zeit schon durch den Jahrmarkt, im Nacken stets das Gefühl, die Polizisten seien *direkt* hinter ihr, zwei Schritte, einen Schritt entfernt. Und gleich packt die Hand zu, packt sie an der Schulter, an den Haaren.

Aber es geschieht bisher nicht.

Julia arbeitet sich durch den Rummel vor dem «Musikexpress», vorbei an einem Biergarten mit Volksmusik.

Rum-tata, rum-tata.

Ein Kinderkarussell, eine Frittenbude. Und dann – tatsächlich – ein Polizist.

Julia rennt zum Kinderkarussell, der Polizist hinterher. Sie stößt Eltern beiseite, um die Plattform zu erreichen. Sie springt und landet zwischen zwei Wagen: Mickymaus und Pink Panther. An den Mini-Steuerrädern sitzen kleine

Mädchen. Julia zwängt sich durch, zwischen zwei roten Ferraris, dann bleibt sie vor einem kleinen Feuerwehrbus mit Glockenspiel stehen.

Klinge-ling.

Die Welt dreht sich. Der Polizist ist ebenfalls aufgesprungen. Er schafft es, Julia am Handgelenk zu packen.

Julia möchte den Arm wegziehen, von dem Griff loskommen. Sie gerät ins Wanken und prallt gegen einen blinkenden Polizei-Helikopter-Wagen.

Tüü-taa.

Julia lehnt mit dem Rücken am Helikopter. Was nun? Sie hält sich am Rotor des Helikopters fest, hebt ihre Beine und stemmt sich mit beiden Füßen gegen den Polizisten, um ihn wegzustoßen. Er stolpert rückwärts, über die Minihaube eines Ferraris. Die Drehung des Karussells gibt ihm den Rest, sodass er von der Plattform fällt.

Julia lässt sich weiterdrehen und springt, auf der anderen Zuschauerseite, ebenfalls ab.

Sie rennt zu einer Bahn namens «Crazy Time», sieht aus wie ein riesiger Stabmixer mit rotierenden Schaukeln.

Bum-bum.

Die Hammerschläge in der Brust. Das Schnappen nach Luft im Durcheinander, im Rauchgeruch eines Grills. Und das große Kettenkarussell. Über den Zuschauern die Jugendlichen, die durch die Luft sausen, Arme ausgestreckt. Und dann – Winter!

Das Hemd blutgetränkt, die rechte Hand ausgestreckt. Er hat eine Waffe, aber nicht die Steyr-Hahn, es ist eine andere Pistole.

Winter feuert. Erst jetzt bemerkt Julia, dass der Polizist, der sie verfolgt hat, wieder direkt hinter ihr steht. Winters Kugel trifft ihn nicht. Aber der Polizist nimmt die Hände hoch, als wolle er sich ergeben.

Ein paar Schreie. Die Jahrmarktbesucher verstehen nicht, was hier los ist.

Winter nähert sich Julia.

Der Beamte hinter ihr regt sich nicht, trotzdem schießt ihm Winter ins Bein und kommt zu Julia. Das Gesicht blass, die Augen dunkel. Er versucht zu grinsen. Oder nein, es muss der Schmerz sein, der sein Gesicht verzerrt.

Der Polizeibeamte am Boden schreit vor Schmerz, und Julia folgt Winter zu der Baumallee am Ende des Heiligengeistfeldes. Zu der Straße, auf der ihnen Besucher entgegenkommen, Eltern, Kinder, Großeltern und – Chris.

«Hoka-heey!»

Popeyes Kriegsruf. Damit ist er aus dem eisblauen VW Golf gesprungen, um Winter zu helfen. Dem Golf, mit dem er vor den Bullen des Sonderkommandos geflohen ist. Dem Golf, mit dem er zum Rummelplatz und *durch* den Rummelplatz gefahren ist, bevor er in einen Imbissstand krachte.

Zum Glück war er da, um Winter zu helfen! Doch sein Kumpel ist geflohen, und Popeye steht noch immer mit der Maschinenpistole, die er dem Sonderkommando-Beamten abgenommen hat, vor dem eisblauen Wagen und wehrt sich gegen die Bullen.

«Nazidreck!»

Er betätigt den Abzug, gegen den Schmerz im linken Arm. Er trifft einen Bullen am Hals und feuert weiter, trifft die Blechwand vor dem Eingang zum Autoscooter, trifft einen Passanten in der Menge – Brustschuss, Schreie – und dahinter eine Zuckerwatte-Maschine, die in eine Kindergruppe stürzt.

Die Bullen rennen auf Popeye zu. Sie *wagen* es! Popeye rennt ihnen entgegen. Sie springen zur Seite, als er weiterfeuert.

«Ha!»

Er bemerkt die Riesententakel weiter drüben. Blinkende Augen. Das Dach einer Geisterbahn. Neben den Augen rote Gesichter. Indianer?

Verdammter *Schmerz!*

Popeye wischt sich den Schweiß aus den Augen. Ein Schuss, hinter ihm. Die Kugel, knapp an seinem Kopf vorbei.

Popeye flüchtet zur Geisterbahn. Er möchte auf die andere Seite des Platzes, aber dort sieht er noch mehr Bullen. Besser zum Eingang der Geisterbahn. Er schlägt den Ticketkontrolleur, der ihn stoppen will, mit dem Gewehrkolben. Zwischen zwei losrollenden Geisterbahnwagen flieht er ins Dunkel der Anlage.

Popeye unter den Geistern, die Füße auf den Schienen. Er taumelt, fängt sich. Aus dem Lautsprecher Sirenen, von der Decke herunter grelle Lichter.

Dann Finsternis, auf dem Gesicht ein Spinnwebengefühl. Kellerhaftes Lachen, vorne, aus einem sich öffnenden Sarg.

«Ha-ha!», lacht Popeye.

Und kann sie *riechen*, die Bullenschweine, die ihm folgen, um ihn fertigzumachen. Er dreht sich um, in die Schatten starrend, in denen sich nichts regt. Oder doch?

Popeye und die Maschinenpistole.

Ratatata.

Sein Mündungsfeuer, leuchtend in der Dunkelheit. Und Popeye geht weiter, stößt gegen eine Wand – aufblinkender Horrorclown – mit dem Gefühl, dass die Kräfte schwinden. Ja, der Atem wird flacher. Und die Schweine sind in der Mehrzahl. Blutsauger.

Ratatata.

Er feuert blindlings, trifft Zombiepuppen und Vampire, lässt Plastikhände durch die Luft segeln, Stofffetzen.

Außer Atem greift er nach den gekrümmten, drahtigen Beinen einer Riesenspinne, um sich festzuhalten.

«Waffe runter!»

Popeye stöhnt. Der Schweiß in den Augen, im Mund der metallische Geschmack von Blut.

«Waffe *runter!*»

Popeyes letzte Kraft. Hand am Abzug.

Ratatata.

In die Richtung, aus der sie sich nähern – oder nähert er sich? Er kann nicht sagen, ob er noch geht, oder wohin. Zu den Schatten, in denen die Krieger warten? Schwarze, rote, weiße Streifen auf Stirn, Nase, Wangen. Indianergesichter. Am Lagerfeuer, verbunden mit der Geisterwelt. Verbunden mit den Ahnen. Verbunden mit Popeye.

Er neigt den Kopf, um sie zu grüßen. Die Krieger im Rauch des Lagers, das sie aufgeschlagen haben. Sie hören Pistolenschüsse, abgefeuert in der alten Welt, zwischen den Schienen der abgelaufenen Zeit. Die Krieger, die Popeye empfangen, mit abgezehrten, von der letzten Schlacht durchbohrten Armen, mit stolzen Gesichtern, die Augen leer, die Zähne vertrocknet, mondstaubfarben.

24

In der Schweiz sitzt Sala in seinem Büro, als er aus dem Radio von Hamburg erfährt: Newsportale im In- und Ausland melden, es habe zwischen *Schwarzer Winter* und der Hamburger Polizei einen «Zusammenstoß» gegeben. Dabei seien vier Polizisten getötet, vier weitere Beamte und drei Jahrmarktbesucher schwer verletzt worden, und drei Mitglieder der Terrorgruppe seien erschossen worden. Später heißt es, ein viertes Mitglied der Gruppe sei im Krankenhaus «seinen Verletzungen erlegen». Namen werden keine genannt.

Sala versucht Julia zu kontaktieren, doch die veralteten Nummern nützen nichts. Auch Chris ist nicht erreichbar.

Trotz ärztlicher Verordnung nimmt Sala seit einiger Zeit keine Antidepressiva zu sich, weil sie ihn träge machen. Doch nun wünscht er sich die Medikamente zurück, und am zweiten Abend nach der Hamburg-Meldung benutzt er ein Schlafmittel, das ihm die Ärztin für Notfälle verschrieben hat.

Während er im Bett auf die Wirkung des Mittels wartet, muss er an Julia denken. Er sieht sie tot auf der Straße liegen. Dann sieht er sie im Sarg liegen, genau wie Julias Mutter bei der Beerdigung damals. Der gleiche Sarg in der Kapelle, in der die Trauerfeier stattgefunden hat, und statt des Kopfes der Mutter ruht Julias Kopf auf dem Kissen, das Gesicht wächsern, puppenhaft.

Am dritten Tag gibt das Schweizer Fernsehen die vier Namen der toten Klimaterroristen bekannt. Julias und

Chris' Namen sind nicht dabei. Es heißt, sie seien weiter auf der Flucht.

Im Fernsehen werden ihre Fahndungsfotos gezeigt. Fotos, die Julia mit kurzen Haaren zeigen, der Blick starr, düster.

Am Donnerstagabend trifft sich Sala mit Nathalie.

Sie gehen ins Kino, wie schon letzte Woche. Sala schafft es nicht, sich auf den Film zu konzentrieren, eine preisgekrönte Doku über lateinamerikanische Kinder in Armut. Deprimierend. Anders als der Film letzte Woche, eine romantische Komödie mit schönen Menschen in schönen New Yorker Apartments.

Während der Vorstellung muss Nathalie aufgefallen sein, dass mit Sala etwas nicht stimmt.

«Was ist los?», fragt sie nach dem Kino.

«Nichts», antwortet er. «Alles gut.»

In Nathalies Wohnung machen sie es sich in der Wohnstube gemütlich und trinken einen roten Château Bauduc, den Nathalie kürzlich entdeckt hat.

Sie spricht anerkennend über den Film, dessen Darstellung der Armut sie beeindruckt hat.

«Was plagt dich», fragt sie dann, «Probleme im Büro?» Sie lächelt. «Ist es, weil ich am Wochenende nach Genf fahre?»

Sala versteht zuerst nicht. Dann erinnert er sich: Nathalie hat einen Anruf von ihrem Ex-Mann bekommen, der seit der Scheidung in Genf lebt.

«Er hat mich gebeten zu kommen», sagt sie. Es klingt wie eine Entschuldigung. «Er kann nicht nach Zürich kommen. Er hat sich das Bein gebrochen.»

«Ja», antwortet Sala. Und dann, mehr zu sich selbst als zu ihr: «Dein Ex ist auf der Treppe ausgerutscht. Er hat dich angerufen, weil er dich sehen will.»

«Er lebt wieder allein. Er möchte reden. Er sagt, dass er sich entschuldigen will für früher.»

«Er hat dich betrogen und will, dass du ihm verzeihst», sagt Sala.

Nathalie blickt zur Weinflasche drüben auf dem Tisch. «So ungefähr.»

Für einige Sekunden ist es still.

«Findest du es albern, dass ich nach Genf fahre? Findest du es *falsch?*»

Sala überlegt. Ja, im Grunde möchte er nicht, dass sie nach Genf fährt. Er möchte nicht, dass sie sich von ihrem Ex um den Finger wickeln lässt, denn genau das dürfte ja wohl das Ziel sein.

Sala hat das bei anderen Paaren beobachtet: Sie trennen sich, weil einer es nicht zu genau nimmt mit Ehrlichkeit oder Treue, dann kommen die Reue, die Einsamkeit, und man versucht es mit Wiedervereinigung, Neubelebung.

«*Möchtest* du gehen?», fragt Sala.

Nathalie zögert. Sie scheint es selber nicht zu wissen. Vielleicht ist das sogar der Grund, warum sie das Thema überhaupt aufgebracht hat.

«Wenn du das Gefühl hast, dass es zwischen euch offene Rechnungen gibt, Ungeklärtes, dann ist es gut, wenn du gehst», erklärt Sala.

«Ja», bestätigt sie.

«Dann fährst du nach Genf?»

Sala hat sich im Sofa zurückgelehnt und richtet den Blick nach oben, auf die Decke mit den Holzbalken.

Nathalie schenkt Wein nach und wechselt das Thema. Sie möchte wissen, ob Sala vom Zwischenfall in Hamburg gehört hat.

«Ja», sagt er.

«Du weißt, ich unterstütze die Anliegen dieser Gruppe.» Nathalies Stimme klingt angetrunken. «Aber *das?* Was die jetzt machen, nein – also, das geht nicht. Polizisten töten?»

«Vier Aktivisten wurden auch getötet, von der Polizei, soviel ich weiß», erwidert Sala.

«Immer sterben Menschen! Am Ende sterben immer Menschen! Am Ende ist es immer –»

Sala betrachtet weiterhin die Holzdecke.

«Die Anführer», sagt Nathalies Stimme. «Die leben noch. Diese Julia Winter und dieser – Schwarz.»

«Julia Schwarz», korrigiert Sala.

Er fühlt sich schwer, müde, und fragt sich, ob diese Müdigkeit genügen wird, um besser zu schlafen.

Nathalie schmiegt sich an ihn; der warme, nach Parfüm duftende Hals, die langen, dunklen Haare. Die Hände, die über seine Oberarme streichen. Sie küssen sich, und Sala, die Augen geschlossen, sieht immer noch die Holzdecke.

Am nächsten Tag arbeiten sie einige Stunden zu Hause am Computer, dann begleitet er Nathalie zum Bahnhof.

Sie nimmt den 16-Uhr-Zug nach Genf und verspricht, am Sonntag zurück zu sein. Er wartet, bis sie im Gedränge auf dem Bahnsteig verschwunden ist, was sonst nicht seine Art ist. Er hat sogar das Bedürfnis, ihr nachzueilen, um sie noch einmal zu umarmen, weil er das Gefühl hat, dass es ihre letzte Begegnung ist.

25

Julia, Winter und Chris: Nach dem Zusammenstoß mit dem Sonderkommando und der Jagd über den Rummelplatz auf dem Heiligengeistfeld haben sie es geschafft, sich vor der Polizei zu verstecken.

Das verdanken sie Chris: Mit dem letzten übriggebliebenen Krypto-Handy hat Chris einen befreundeten Umweltaktivisten in der Stadt kontaktiert, der sofort erreichbar war.

Der Kontakt benötigte etwas mehr als eine Stunde, um einen Unterschlupf zu organisieren. Dabei spielte ein pensionierter Literaturprofessor, mit dem der deutsche Kollege in Verbindung steht, eine entscheidende Rolle: Der Professor ist Witwer und bewohnt ein Haus im Portugiesenviertel, in dem viele Einwanderer leben, Studenten, Intellektuelle. Ohne zu zögern, hat er die international Gesuchten bei sich aufgenommen, als seien sie Studenten auf der Durchreise. Er sympathisiert mit ihrem Anliegen und ist in der Szene sehr gut vernetzt, hat schon anderen Aktivisten geholfen.

Als der Gastgeber die Wunde an Winters Schulter bemerkt, kontaktiert er einen befreundeten Arzt. Dieser taucht am selben Abend auf und entfernt die Kugel, die im linken Schlüsselbeinknochen steckt. Er kümmert sich um Desinfektionsmittel und Schmerzmittel und vernäht die Wunde. Er untersucht auch Julia und Chris, die körperlich unverletzt sind, und gibt ihnen Beruhigungsmittel.

Es vergehen zwei Tage, in denen sie das Haus nicht verlassen und nicht auch nur für eine Minute den Garten hinter dem Haus betreten dürfen, um Luft zu schnappen.

Zu diesem Zeitpunkt wissen sie noch nicht, dass Popeye, Marge, Rouge und Blacky tot sind. Nun erfahren sie es aus den Medien.

Julia ist fassungslos.

Winter zweifelt an der Nachricht, obwohl es eigentlich keinen Grund dafür gibt. Wenn ihre Freunde tot sind, dann bedeutet das, dass Julia, Chris und Winter die letzten Überlebenden von *Schwarzer Winter* sind. Da draußen mag es Sympathisanten geben, Aktivisten, die ebenfalls kämpfen und sie als Vorbild betrachten, doch das ändert nichts daran, dass sie jetzt allein sind.

Der Literaturprofessor versteht.

«Ihr werdet euch erholen und die Gruppe neu aufbauen.»

Der Professor ist großzügig: Er kocht für sie, serviert guten Wein. Offensichtlich hat er gern junge Leute um sich. Wahrscheinlich, überlegt Winter, hat er selber keine Kinder oder nur angepasst lebende, die nichts von ihm wissen wollen.

Wie auch immer, der Professor hat keine Ahnung, wie *schwach* die anderen Umweltgruppen da draußen sind, die angeblichen Rebellen, die sich sofort in die Hosen scheißen, wenn es ernst wird, wenn das System zurückschlägt. Der Professor ahnt nicht, was jetzt geschehen wird, wo alle Welt vom Versagen ihrer Gruppe erfahren hat: Einige Aktivisten werden Reden schwingen. Sie werden davon sprechen, die Schlacht weiterzuführen, jetzt erst recht, niemals aufgeben und so weiter. In Wirklichkeit werden sie vorsichtig werden. Sie werden mit der Angst einschlafen und mit der Angst aufwachen, und das wird sie weichkochen.

Popeye, Marge, Rouge, Blacky. *Das* waren Krieger! Alles haben sie riskiert und den vollen Preis bezahlt.

Am vierten Abend, als Julia und Chris schlafen und Winter allein mit dem Professor ist, fragt er ihn nach den Chancen, unbemerkt aus der Stadt zu kommen.

«Wir arbeiten daran», erklärt der Alte. «Eure Fahndungsfotos sind überall. Wenn ihr zusammen weggeht, kommt ihr nicht weit. *Wenn* es klappen soll, müsst ihr getrennt reisen. Neue Papiere, veränderte Haarfarbe.»

«Ich will, dass Julia zuerst rauskommt.»

«Die Papiere sind in Vorbereitung», erwidert der Professor. «Julia könnte am kommenden Wochenende fahren. Mit Freunden von mir. Eine Familie aus Magdeburg.»

«Julia, nach Magdeburg?»

«Sie fährt mit ihnen aufs Land, getarnt als Mitglied der Familie, als Cousine. Später machen sie einen Ausflug in die Schweiz. So kommt sie über die Grenze.»

«Verstehe», sagt Winter.

Der Professor fragt ihn nach seiner Schulter.

«Wenn die Wirkung der Pillen nachlässt, schmerzt es wie zehn Zahnärzte, die am falschen Ort bohren», erklärt Winter.

Der Akademiker holt eine Wodkaflasche aus dem Kühlschrank, schenkt ein und reicht ihm ein Glas.

«Ihr seid meine Helden», sagt er. «Nastrovje!»

Sie stoßen an.

Am Wochenende kommt es so, wie der Professor gesagt hat: Mit neuen Papieren, die Haare blond gefärbt, wird Julia von der Familie aus Magdeburg abgeholt, die sie aufs Land mitnehmen und in die Schweiz bringen sollen.

«Wir sehen uns dort», sagt Winter.

Julia umarmt ihn.

«Wenn du in der Schweiz bist», sagt Chris, «wirst du auf der Hut sein. Kein Kontakt in die Szene, okay? Zu niemandem, bis Gras über die Sache gewachsen ist.»

«Versprochen», erwidert Julia.

Sie umarmt auch Chris, dann bedankt sie sich beim Professor für alles. Sie küsst ihn auf die Wange.

In der Wohnstube im ersten Stock blicken Winter und Chris aus dem Fenster, runter auf die Straße, bis Julia – Kurzhaarschnitt, Jogginganzug – in den Seat Kombi der Magdeburger Familie gestiegen ist. Bis der Wagen sich in Bewegung setzt, die Grenze zum Portugiesenviertel erreicht.

An diesem Abend ist die Stimmung etwas gedrückt, aber der Professor kocht wieder und versucht sie aufzuheitern. Er serviert einen italienischen Wein, der Winter gut schmeckt, und sie sitzen bis kurz vor Mitternacht zusammen. Dann möchte der Professor ins Bett gehen und verabschiedet sich.

«Der Wodka steht im Kühlschrank, falls ihr Lust habt», sagt er.

«Danke», antwortet Chris. «Für alles.»

«Ihr wisst, wo der Schlüssel für den Weinkeller hängt? Ihr könnt alles trinken, außer den Margaux. Den lasst ihr in Ruhe.»

«Danke», wiederholt Chris.

Als der Professor gegangen ist und sie allein in der Küche sind, geht Winter zum Kühlschrank.

«Langsam gewöhne ich mich an das Zeug.»

Er bringt die Wodkaflasche zum Tisch. Sie trinken. Winter lehnt sich in seinem Stuhl zurück und mustert den Freund.

«Du weißt, warum wir hier sind, Chris? Du weißt, was geschehen ist?»

«Was geschehen ist? Wir verstecken uns.»

«Wir verstecken uns warum?»

«Wegen der Polizei», antwortet Chris. «Warum sonst.»

«Wegen der Polizei*falle*», korrigiert Winter.

«Wir wurden reingelegt, ist mir klar», erwidert Chris. «Wir sollten denen ins Netz gehen.»

«Aber es waren nicht die Lieferanten», sagt Winter. «Die haben uns diese Falle nicht gestellt, das können die gar nicht. Die haben uns nicht an die Bullen verraten. Wer Waffen verkaufen will, verarscht keine Kunden. Das spricht sich rum.»

«Ja», überlegt Chris. «Wäre schlecht fürs Geschäft.»

Winter, noch immer zurückgelehnt, das Wodkaglas in der Hand, denkt an Mister M., den Milliardär, den er in Rom getroffen hat – Mister M., der ihnen angeblich die Waffenlieferung mitsamt der Übergabe in Hamburg organisieren wollte. Mister M., der eiskalt gelogen hat.

Winter sieht ihn vor sich, mit dem weißen Hemd. Mister M. mit dem sonnengebräunten Gesicht und den gebleichten Zähnen.

«Mister M. ist der Verräter.»

Chris wirkt nicht überrascht.

«Muss wohl so sein», meint er. «Niemand sonst kannte die Details. Niemand sonst kann so etwas planen.»

«Mister M.», wiederholt Winter. «Ratte.»

«Aber warum?», fragt Chris. «Der Mann hat uns viel Geld gegeben. Er hat uns Technik beschafft, Informationen, Kontakte.»

«*Verrat.*» Angewidert rümpft Winter die Nase. «Trau nie einem Kapitalisten. Mein Fehler! Gehen alle auf mein Konto: Popeye, Marge – alle.»

Chris nimmt die Wodkaflasche und schenkt seinem Freund nach.

«Hör auf.»

«Aufhören?»

«Dieser Schuldkomplex-Scheiß», sagt Chris. «Du bist nicht verantwortlich für den Verrat, klar? Der *Verräter* ist verantwortlich für den Verrat, niemand sonst.»

Verrat – Winter kann das Wort kaum *denken.* Höchstwahrscheinlich das ekelhafteste, widerlichste Wort, das er kennt. Schlimmer als «Politiker» oder «Rechtsstaat».

Wieder sieht Winter das Gesicht von Mister M. vor sich, das Lächeln mit den weißen Zähnen.

Eigentlich spielt es keine Rolle, *warum* er es getan hat, was ihn zum Verrat bewogen hat. Das Dreckschwein wollte, dass die Polizei sie schnappt, dass sie im Knast landen oder im Grab. Der verdammte Zettel, den er Winter in Rom gegeben hat! Der Zettel mit der Telefonnummer und dem Codewort «Abendvorstellung». Winter hätte merken sollen, dass etwas nicht stimmt.

Und er hätte wissen müssen: Früher oder später kauft das System alle, die ihm gefährlich werden. Früher oder später rechnet das System mit allen ab. Kugel im Kopf oder Scheck in der Tasche. Die globale Geld- und Ausbeutungsmaschine *muss* laufen, darf niemals gestoppt werden, durch niemandem, für niemanden.

«Das System», flüstert Winter.

Chris nickt. Natürlich nickt er. Schon lange ist ihnen klar, wie der Hase läuft. Wie die Massen getäuscht werden, die sich so leicht täuschen lassen, weil sie glückliche Sklaven sind. Das System *liebt* glückliche Sklaven, denn sie sind die größten Feinde der Freiheit.

«Du weißt, was wir jetzt tun», sagt Winter.

Er denkt an die Schweiz, an die schöne Stadt Luzern.

«Du willst zurückschlagen?»

«Natürlich», antwortet Winter. «Was soll sonst aus unseren Fans werden, wenn sie sehen, dass man uns ungestraft abservieren kann? Dass man uns so leicht loswird? Dann können wir gleich den Sieg des Systems ausrufen.»

Darüber scheint Chris nachzudenken.

«Luzern?», sagt er. «Du meinst dieses Hotel am See? Du meinst, wir sollen dort – etwas machen?»

Winter lächelt.

Ja, sie wissen, dass Mister M. im September in Luzern logieren wird, im *Palace Lake Lucerne*. Sie wissen, dass er sich mit einer Investorengruppe aus dem Energiesektor trifft, und angeblich feiern die reichen Säcke gern Partys am See.

«Wir werden dafür sorgen, dass *diese* Party abgeht», sagt Winter.

Jetzt sieht Chris müde aus.

«Ich verstehe», sagt er.

Er betrachtet sein halbleeres Wodkaglas.

«Was ist los?»

«Schlechter Plan, mein Freund», erklärt Chris. «Du kannst nicht wissen, ob Mister M. tatsächlich in Luzern sein wird, ob er seine Pläne nicht inzwischen geändert hat. Und auch wenn, womit sollen wir etwas auf die Beine stellen, womit sollen wir zuschlagen?»

«Warum sollte Mister M. seine Pläne ändern? Er weiß ja nicht, dass wir wissen, dass er die Ratte ist. Warum soll er seine Partys absagen, wenn es nicht sein muss?»

Das Argument beeindruckt Chris nicht.

«Woher weißt du, dass Mister M. nichts weiß, hm? Woher weißt du, dass er glaubt, in Luzern sicher zu sein?»

Winter beugt sich vor, verärgert. «Also gut! Was schlägst *du* vor? Was sollen wir tun? Sollen wir hier in dieser Wohnung warten, bis uns der Schwanz abfällt? Willst du, dass wir uns hier weiter verkriechen?!»

Chris gibt keine Antwort.

«Wenn Mister M. nicht nach Luzern kommt, ist es Pech», sagt Winter. «Aber *wenn* er kommt, gehört er uns.»

Chris reagiert nicht.

«Wenn du nicht dabei sein willst, deine Entscheidung. Aber du kannst mir helfen, den Kontakt zur Berner Gruppe herzustellen.»

Die Berner Gruppe: Daran hat Chris nicht mehr gedacht, Winter ist sich sicher. Es geht um die Aktivisten, die ihnen damals helfen sollten, die Sache im Bundeshaus durchzuziehen, während einer Sitzung des Parlaments. Die Sache, die sie *vor* Hamburg geplant hatten und wieder vergessen mussten, nachdem der Idiot aus England versucht hatte, im Alleingang ins Bundeshaus zu stürmen.

«Das war im März», erklärt Chris. «Die haben längst andere Pläne. Wir wissen nicht, ob sie überhaupt noch *aktiv* sind. Und ob sie das Zeug haben.»

«Das Zeug», damit meint Chris die Brandbombe.

Winter stellt sich das Ding vor. Angeblich haben es die Berner mithilfe eines Pyro-Freaks aus Zürich angefertigt. Das Ding soll nicht besonders groß sein, aber gefährlich genug, um ein ganzes Haus in Brand zu stecken.

«Die haben gesagt, dass sie es uns geben», erklärt Winter. «Also gehört es uns.»

Jetzt entweicht Chris ein Lacher. «Vier von uns sind *tot,* schon vergessen, Winter? Freunde, die im verdammten Sarg liegen. Dich hat es auch beinahe erwischt. Julia ist am Ende, versteckt sich in Magdeburg. Zurzeit wissen wir nicht einmal, ob sie es in die Schweiz schafft. Ob *wir* jemals hier rauskommen. Und du – du willst dir eine Brandbombe besorgen? Du willst in Luzern ein Luxushotel abfackeln?»

Winter schenkt ihnen Wodka nach.

«Wir müssen es tun», sagt er. «Es sei denn natürlich, die Bullen haben dir die Eier abgeschossen, dann verstehe ich, dass du lieber hierbleibst und auf Mama wartest.»

26

An diesem Wochenende herrscht fast überall in der Schweiz warmes Augustwetter, das die Menschen ans Wasser lockt.

Sala geht an den See in Zürich, den er eine Weile gemieden hat. Genau genommen ist er seit dem letzten Sommer nicht mehr ins Wasser gegangen. Seit dem Vorfall, von dem er kürzlich wieder geträumt hat.

In diesen Träumen sitzt Sala meist mit Arbeitskollegen zusammen, auf der Terrasse eines Restaurants am Seeufer. Sie feiern Erfolge, dann steht Sala vom Tisch auf und geht zum Wasser. Mit Anzug und Krawatte springt er rein und schwimmt los. Er schwimmt, bis seine Kräfte nachlassen, bis er im Wasser versinkt. In der Tiefe sieht er ein Licht, schöner als die Sonne, für die Augen vollkommen schmerzlos.

Verrückte Geschichte. Doch an diesem Samstag denkt Sala nicht daran.

Er geht ins schöne Strandbad und beobachtet das Ufer, an dem die Kinder plantschen. Er beobachtet das gekräuselte, dunkelgrün schäumende Wasser.

Dann schreitet er, auf der rechten Seite der Anlage, über den Holzsteg nach vorne und macht einen Kopfsprung. Er schwimmt los und fühlt sich wie befreit. Befreit vom Land, befreit vom Gravitationsfeld der Stadt. Er taucht in der seidigen Kühle des Wassers. Herrlich! Wie konnte er *darauf* nur so lange verzichten?

Zurück am Ufer, legt er sich rücklings aufs Badetuch.

Entspannt liegt er da und betrachtet die Baumkronen über sich, die herz- und pfeilförmigen Blätter, die sich vor dem Blau des Himmels abzeichnen. Er lauscht dem Kindergeschrei in der Ferne, dem Geplätscher.

Am Abend telefoniert er mit Nathalie.

«Ist es in Zürich auch so heiß?», fragt sie am Telefon.

«Ja», erwidert er. «Ich war heute am See.»

Stille am anderen Ende.

«Wie geht es dir?»

«Gut», antwortet Nathalie.

Wieder Stille.

«Bist du noch da?»

«Ja», antwortet sie. «Hör zu. Ich komme erst am Mittwoch. Am Donnerstag muss ich nach München. Für den Verlag.»

«Du bleibst bis Mittwoch?»

«Ja.»

Er ist nicht überrascht. Ihm war von Anfang an klar, dass es so kommen würde.

«Ich weiß, was du jetzt denkst», sagt ihre Stimme.

«Ja?»

«Es ist nicht so. Ich vermisse dich. Aber es ist –»

«Kompliziert?»

Nathalies Stimme wird leiser: «Können wir am Mittwoch reden?»

«Sicher», erwidert Sala.

Nach dem Anruf trinkt er Weißwein und schaut fern. Er zappt sich durch Sportsendungen und wartet auf die Spätausgabe der Tagesschau.

Gestern hat er das Internet durchforstet auf der Suche nach Neuigkeiten über *Schwarzer Winter*. Nichts. Auch die aktuelle Tagesschau bringt keine Meldung.

Am Sonntag geht Sala zurück zum See und macht wieder seinen Kopfsprung. Er krault bis zur äußeren Boje und lässt sich ein wenig in die Tiefe sinken. Er genießt jede Minute.

Als er ans Ufer zurückkehrt, erkennt er bei den Bäumen, unter denen sein Badetuch liegt, eine Frau. Kurze Jeans, weißes T-Shirt.

Er nimmt an, dass sie auf jemand anderen wartet oder dass sie die Kinder am Ufer beobachtet, eine Mutter. Doch als er neben ihr steht und sich mit dem Badetuch abtrocknet, spricht sie ihn an.

«Julia schickt mich.»

Die Frau möchte, dass Sala mitkommt. Er zieht sich um und folgt ihr. Etwa fünf Fußminuten vom Strandbad entfernt, auf einem Parkplatz unter Platanen, steht ein alter Fiat. Auf dem Beifahrersitz wartet Julia. Sie hat kurze, blondierte Haare.

Wie *blass* sie aussieht!

Sala steigt ins Auto, auf den Rücksitz, hinter die schweigende Julia. Die Frau in den kurzen Jeans setzt sich ans Steuer und fährt los. Dann dreht sich Julia nach Sala um. Die Augen, denkt er und kann kaum hinsehen, so traurig sind sie.

Die Frau am Steuer heißt Sandra. Mit dem Fiat bringt sie die beiden ins Außenquartier, in die Nähe von Salas Wohnung. Sie erklärt, dass Julia vor ein paar Tagen aus Deutschland zurückgekehrt sei. Sie hat sich in Sandras WG im Niederdorf versteckt. Das ist auf Dauer zu riskant, denn die WG wird von Studenten und anderen Leuten besucht, und irgendwann wird etwas durchsickern.

«Ich verstehe», sagt Sala.

«Wir kennen sonst niemanden. Kann Julia bei dir bleiben?»

«Ich verstehe», wiederholt Sala.

«Du bist einverstanden?»

«Einverstanden?»

«Dass sie vorläufig bei dir bleibt.»

Sala nickt.

«Gut», erklärt Sandra. «Sie hat nur wenig Gepäck, ein paar Kleider, im Kofferraum. Ich muss jetzt gehen.»

Sobald sie in Salas Wohnung angekommen sind, fragt Julia, ob sie die Dusche benutzen darf.

«Natürlich», antwortet er.

Während sie duscht, geht er zur halb geöffneten Reisetasche, die sie auf dem Boden des Wohnzimmers abgelegt hat. Darin sind Shirts zu erkennen, eine Hose, eine rot gepunktete Bluse.

Nach der Dusche möchte Julia wissen, ob er allein wohnt.

«Du hast am Telefon eine Freundin erwähnt», sagt sie.

Sala erzählt von Nathalie, wie sie sich kennengelernt haben und dass Nathalie in Genf ist.

«Wir sind allein», sagt er. «Du bist sicher.»

Er zeigt ihr die Küche, das zweite Badezimmer, den Arbeitsraum, das Schlafzimmer.

«Du schläfst hier», erklärt er. «Ich schlafe im Wohnzimmer, auf dem Sofa.»

Sie ist nicht einverstanden.

«Ich schlafe auf dem Sofa», sagt sie.

«Unsinn», widerspricht er. «Ich bin froh, dass du nicht – verletzt bist. Du *bist* doch nicht verletzt?»

«Nein.»

«Möchtest du dich ausruhen? Ich beziehe das Bett neu.»

«Nein», antwortet sie.

Trotzdem bezieht er Matratze, Decke und Kopfkissen mit frischen Bezügen. Das dauert etwa zehn Minuten, während denen Julia im Wohnzimmer wartet.

Sala bietet ihr den Sessel neben dem Fenster an, aber sie möchte auf dem Sofa sitzen. Sala holt Bier aus dem Kühlschrank, aber sie möchte nichts trinken.

Er setzt sich mit einem Bier in den Sessel. Das Fenster in der Wohnstube steht offen, die Läden halb heruntergelassen.

«Wir sind im dritten Stock», sagt er. «Niemand kann uns beobachten.»

Sie wirft ihm einen Blick zu, der hilflos wirkt.

«Bitte entschuldige, das war eine dumme Idee! Ich sage Sandra, dass ich zurück in die WG komme.»

«Zurück in die WG?»

«Sind meine Kleider im Schlafzimmer?»

«Warum willst du nicht bleiben?»

«Besser ein anderes Versteck.»

«Warum?»

«Ich will nicht hier sein», erklärt sie. «Eine *dumme* Idee! Ich will das nicht. Ich will dich nicht – hineinziehen.»

Er erhebt sich vom Sessel und geht zu Julia. Zuerst sieht es so aus, als habe sie *Angst* vor ihm, als ertrage sie keine Annäherung, nicht die geringste Nähe.

«Du kannst hierbleiben, solange du dich sicher fühlst», erklärt er. «Du kannst mich gar nicht in dein Zeug reinziehen. Ich bin schon lange drin.»

«Ha-ha.»

«Es *ist* so.» Sala versucht zu lächeln. «Ich besorge dir alles, was du brauchst. Ich habe genug Geld. Hier bist du sicher. Und Nathalie – sie wird nicht kommen. Sie bleibt bei ihrem Ex in Genf.»

«Ihr seid nicht mehr zusammen?»

«Nein.»

Eigenartig, wie real und endgültig es sich anfühlt, nachdem er es ausgesprochen hat.

«Möchtest du Eistee?»

Sie blickt zum Fenster, zu den halb heruntergelassenen Läden. Dabei sitzt sie aufrecht auf dem Sofa, die Hände im Schoß, als getraue sie sich nicht, sich zurückzulehnen.

«Im Kühlschrank steht auch Weißwein.»

«Weißwein», wiederholt sie leise.

Sala bringt ihr ein Glas.

Dann setzt er sich wieder in seinen Sessel und trinkt Bier.

Sie kostet. «Sehr gut», sagt sie.

Endlich lehnt sie sich zurück.

«Trotzdem ist es eine dumme Idee», sagt sie.

Inzwischen ist draußen der Abend hereingebrochen. Stimmengewirr und Besteckgeklapper schweben aus dem Innenhof zu ihnen hoch. Durchs Fenster dringt der Geruch nach gegrilltem Fleisch.

«Hast du Hunger?»

Julia nickt.

Sala kocht Pasta mit frischen Tomaten und den Fleischbällchen, die er beim Italiener gegenüber kauft. Er hat das Gericht auch schon für Nathalie zubereitet.

Julia verschlingt zwei Portionen. Sie bleiben beim Weißwein, und schließlich – draußen wird es dunkler – wirft sie ihm einen Blick zu, der ihn an früher erinnert.

«Ich wollte das nicht, verstehst du? Ich wollte nicht, dass du *schon wieder* da sein musst.»

«Schon okay», sagt er. «Du musst dich ausruhen, dann wird alles besser.»

«Das *wollte* ich nicht.»

«Lass es gut sein.»

Er fühlt sich schwer vom Essen, vom Alkohol, und ist – für einen Moment – vollkommen zufrieden.

«Ich bin nun einmal dein Hund», sagt er. «Ich weiß nur nicht, wo ich die Leine hingetan habe.»

27

Am nächsten Tag – Montag – kommt Regen auf. Sala erinnert sich, dass Julia keinen Kaffee mag, also kocht er Tee.

Er hat Brot und Marmelade im Haus, doch Julia mag nichts essen.

Während der Nacht auf dem Wohnstubensofa – ein Ausziehbett für Gäste – hat Sala Geräusche vernommen. Es hat sich so angehört, als wäre Julia mehrmals aus dem Schlafzimmer gekommen, als wäre sie ins Badezimmer gegangen oder in der Küche verschwunden.

«Schlecht geschlafen?»

Julia schüttelt den Kopf.

Nach dem Frühstück telefoniert er mit dem Büro, um sich für ein Meeting abzumelden, das sich auch per Videocall erledigen lässt. Seit der Corona-Pandemie arbeitet er öfter zu Hause, aber es ist bestimmt keine schlechte Idee, nach außen hin eine gewisse Normalität vorzutäuschen und sich diese Woche noch im Büro sehen zu lassen.

«Ich gehe nachher einkaufen», sagt er. «In der Nähe gibt es ein Einkaufszentrum, mit Kleidergeschäften.»

Am Küchentisch sitzend, trinkt Julia ihren Tee.

«Ich danke dir», sagt sie.

«Benutze meinen Computer. Auf der Homepage der Shops aus dem Einkaufszentrum kannst du sehen, was es gibt, welche Kleider und Schuhe. Du machst eine Liste, und ich hole es dir.» Er überlegt. «Besser nichts online bestellen, das können sie nachverfolgen.»

Am Computer klickt sich Julia durch die Shops, während Sala weitere Anrufe fürs Büro erledigt.

Gegen halb elf klingelt es an der Haustür. Der Postbote kommt normalerweise gegen Mittag. Könnte es Nathalie sein, die überraschend aus Genf zurückgekehrt ist?

Nein, es sind zwei Männer. Dunkle Haare, dunkle Kleidung. Sie zeigen ihre Ausweise: Kantonspolizei.

Zum Glück ist Julia im Schlafzimmer. Wenn die Beamten die Wohnung betreten, besteht die Chance, dass ihnen im Korridor oder im Wohnzimmer nichts Besonderes auffällt.

Doch die Beamten wollen nicht reinkommen. Sie überreichen Sala ein Fahndungsfoto von Julia und erklären, dass Julias Vater, «der Bauunternehmer Gregor Schwarz», die Polizei über die Ermittlungen eines Privatdetektivs unterrichtet habe. Dass er ihnen von einem Treffen mit ihm, Sala, erzählt habe.

«Ich kenne Herrn Schwarz», bestätigt Sala. «Seine Tochter und ich sind im selben Quartier aufgewachsen. Herr Schwarz wollte meine Hilfe bei der Suche nach Julia. Das war vor ein paar Wochen.»

Die Beamten machen sich Notizen. Sala erzählt ihnen wahrheitsgemäß, was beim Treffen mit dem Bauunternehmer besprochen wurde. – Und lügt, als es um die Frage geht, wann er Julia das letzte Mal gesehen oder gesprochen hat, ob ihm ihr gegenwärtiger Aufenthaltsort bekannt sei oder der Aufenthaltsort eines anderen Mitglieds von *Schwarzer Winter*.

Die Beamten geben ihm ihre Visitenkarten. Eigenartig, dass sie nicht reinkommen. Vielleicht *glauben* sie ihm, weil sie keinen Grund haben, Verdacht zu schöpfen

– immerhin ist er Geschäftspartner einer renommierten Zürcher Wirtschaftsagentur.

Sala erzählt Julia vom Besuch der Beamten.

«Bestimmt Routine», erklärt er. «Dein Vater hat ihnen von unserem Treffen erzählt.»

«Euer Treffen?»

«Erinnerst du dich nicht? Dein Vater hat einen Privatdetektiv auf dich angesetzt.»

«Richtig», erwidert sie.

«Die vermuten dich irgendwo da draußen», sagt er. «Wahrscheinlich in Deutschland. Jedenfalls denken sie nicht, dass du hier bist. Sonst wären sie in die Wohnung gekommen.»

«Sie wollten nicht reinkommen?»

«Nein.»

Hoffentlich beruhigt sie das ein wenig.

«Ich gehe ins Einkaufszentrum», sagt er. «Ich besorge dir frische Kleider, wenn du eine Liste gemacht hast.»

Ja, Julia hat eine Liste gemacht.

Nach dem Einkauf – alles gefunden – sitzt sie im Sessel neben dem Wohnzimmerfenster, der normalerweise Salas Lieblingsplatz ist. Noch immer sind die Läden zur Hälfte heruntergelassen.

«Ich habe die Hosen und T-Shirts.»

Er möchte Julia die Kleider übergeben. Als sie nicht reagiert, bringt er sie ins Schlafzimmer.

Dann packt er in der Küche die Lebensmittel aus, bevor er im Arbeitszimmer verschwindet, um geschäftliche Mails abzuarbeiten.

Nach etwa einer halben Stunde kommt Julia zu ihm. «Es tut mir leid», sagt sie. «Es tut mir wirklich leid.»

«Alles gut», antwortet er.

«Nein, Sala. Du bist *immer* da, verstehst du? Und ich bin –, unmöglich bin ich! Ich bin –» Sie hält inne.

Sala umarmt sie.

Er hält sie fest und sagt ihr, dass alles in Ordnung kommt, dass sie keine Angst haben soll.

Doch natürlich muss sie glauben, dass er lügt, und natürlich *wäre* es unter normalen Umständen auch gelogen, wenn Sala nicht so wäre, wie er eben ist. Natürlich würde – angesichts all der Polizei und der internationalen Fahndung – niemand sonst behaupten, dass die Lage sicher oder auch nur einfach sei. Und natürlich muss sie glauben, dass sie Sala wieder mal nur ausnützt.

«In der Nacht ist es am schlimmsten», sagt sie. «Ich wache immer wieder auf. Ich kann mich nicht erinnern, wann ich das letzte Mal durchgeschlafen habe.»

Sie erzählt ihm von einem Traum, in dem sie durch einen Jahrmarkt rennt, verfolgt von Polizisten. Die Beamten schießen und treffen Julias Freunde. Sie flüchtet durch den Traum, bis *alle* Freunde getroffen worden sind, bis alle tot sind und nur noch Julia am Leben ist. Sie flüchtet auf ein klingelndes Kinderkarussell. Einer der Polizisten springt ebenfalls auf, um sie zu fangen.

«Das Karussell wird schneller», beschreibt Julia den Traum. «Ich kann nicht weg. Alles fühlt sich zäh an, schwer. Ich kann sehen, wie er dort wartet, vor dem Karussell.»

«Wer?»

«Mein Vater. Er steht da. Er schaut zu, wie ich mit dem Polizisten kämpfe. Mein Vater lächelt, weil er weiß, dass ich verliere. Dass ich ihm gehöre, sobald das Karussell anhält.»

«Ich habe Angst, dass der Traum die Wahrheit sagt», erklärt Julia später in der Küche vor einem Glas Wasser mit Holunderblütensirup. «Ich habe Angst, dass Chris und Winter tot sind.»

«Die Medien schweigen», entgegnet Sala. «Chris und Winter leben. Hätte man sie getötet, würden die Medien es berichten.»

Julia nickt. «Bevor ich gekommen bin, hatte ich Angst wegen *dir,* Sala.»

«Wieso?»

«Woher sollte ich wissen, was passiert?»

«Vergiss es. Ich lasse mich nicht erschießen.»

«Nein, nicht davor hatte ich Angst», sagt sie. «Ich hatte Angst, dass du – Nein sagst.»

«Was?»

«Dass dir das Risiko zu groß ist. Ich dachte, du schickst mich weg.»

Für einige Sekunden ist Sala still. Das hat ihn getroffen wie eine stille, harte Ohrfeige.

«Wie kannst du so etwas denken?»

«Das ist doch normal, wenn du nicht –, wenn die Leute nicht mitmachen», sagt sie. «Wenn sie so etwas nicht *riskieren* wollen. Das ist doch normal.»

«Niemals», flüstert Sala. «Niemals würde ich Nein sagen.»

Julia schweigt.

«Verstehst du nicht?»

Sala überlegt.

«Erinnerst du dich an die beiden Frauen mit den Malteser-Hunden? Im Quartier damals?»

Die Frauen mit den drei Hunden in dem hässlichen Wohnblock, Julia erinnert sich. Die Frauen waren Zwillinge.

«Damals haben wir uns gefragt, wie man so leben kann», sagt Sala. «Wir haben uns lustig gemacht über die Leute, die wir nicht verstanden haben. Wir wussten nicht, wie man so leben kann.»

«Dejan, Milan, Dana.» Julia lächelt. «Unsere Gang. Wo sie jetzt wohl sind? Hast du noch Kontakt?»

Sala berichtet ihr von seinem letzten Treffen mit Dana, vor etwa zwei Jahren. Sie lebt immer noch in der Ostschweiz, aber Dejan und Milan? Sala weiß nicht, wo sie sind, was sie treiben, ob sie geheiratet haben.

Er erinnert sich an die Schönheit von Dana, an die Zigaretten und das Bier auf dem Güterbahnhof, an das silberne Fahrrad von Chris.

«Das Stoffel-Haus», sagt Julia.

Ja, das war aufregend!

«Das war unser Refugium», sagt Julia.

«Es war *unser* Haus. Wir hatten keine Angst, wir haben geglaubt, dass niemand uns kriegen kann, dass wir unzertrennlich sind.» Er überlegt. «Und Rorschach, erinnerst du dich? Die Motorrad-Gang mit diesem Jungen, wie hieß er noch?»

«Oliver», erwidert sie.

«Oliver und sein Yamaha-Motorrad.»

«Unglaublich, wie blöd ich damals war», sagt sie.

28

Am Dienstag geht Sala ins Büro, um den Schein zu wahren. Nicht, dass er denkt, jemand in der Wirtschaftsagentur könne ernsthaft auf die Idee kommen, Sala verstecke bei sich zu Hause eine Terroristin; doch sicher ist sicher.

Während er in seinem Büro sitzt, ruft Nathalie an. Sie meint, sie komme morgen, Mittwoch, nicht nach Zürich, sondern fliege direkt von Genf nach München, zum Treffen mit den Kollegen vom Verlag.

«Ich verstehe», erwidert Sala.

Nathalie spricht von einer «Bedenkzeit» und schlägt eine «Aussprache am Wochenende» vor, doch Sala sagt ihr, dass er am Wochenende keine Zeit habe. Er sagt ihr, dass er sich später bei ihr melden werde, wenn sie dies wünsche. Nathalie hört sich, bei aller Betroffenheit, erleichtert an.

Auf dem Weg nach Hause geht Sala in den Supermarkt und kauft Brot, Früchte, Gemüse und den indischen Tee, den Julia mag.

Auf dem Parkplatz vor dem Einkaufszentrum bemerkt er Polizeiautos. Bei den Wagen stehen vier Beamte, die miteinander ins Gespräch vertieft sind – oder nein, es sind fünf Beamte.

Als Sala mit der Einkaufstüte an ihnen vorbeikommt, in Richtung Shilfeld, wo er wohnt, setzen sich die Beamten in ihre Wagen.

Sala hört die Motoren anspringen. Er hat das Gefühl, die Wagen würden ihm folgen, würden langsam hinter ihm her über den Parkplatz rollen. Natürlich wendet er sich nicht um – nur nicht auffallen.

Er überquert die Kreuzung. Es ist nicht mehr weit zur Wohnung. Für den Fall, dass die Polizeiwagen an ihm dranbleiben, wird er *nicht* nach Hause gehen, sondern dem Straßenverlauf folgen. Bis zur nächsten Kreuzung: Dort gibt es diese Bar mit dem belgischen Bier, dort kann er sich an einen Tisch setzen und etwas bestellen.

Das Motorengeräusch entfernt sich. Als Sala doch einen Blick zurück wagt, sind die Polizeiwagen verschwunden.

In der Wohnung – Sala lässt den Vorfall unerwähnt – überrascht ihn Julia mit Basmati-Reis, den sie zum Abendessen vorbereitet hat. Sie will dazu Currygemüse kochen.

Das ist gut, Sala liebt Curry.

Als sie vor ihren Tellern sitzen, will Julia wissen, wie es ihm schmeckt.

«Gut», lügt er.

Julia lacht, weil sie weiß, wenn er lügt. Es ist das erste Mal seit Jahren, dass er sie lachen hört, seit vielen Jahren – kann das sein?

Nach dem Essen trinken sie Rotwein und schauen sich «Doktor Schiwago» an, den das Erste Deutsche Fernsehen im Programm hat. Julia mag den Hollywood-Klassiker nicht, findet ihn sentimental und oberflächlich, besonders in Bezug auf die Oktoberrevolution.

«Schiwago ist ein Schwächling», meint sie. «Er kann nicht kämpfen und versteht nicht, was in Russland geschieht. Deswegen verpasst er alles, auch seine Liebe.»

Sala nickt. «Er ist ein Poet. Kein Revolutionär.»

«Wie meinst du das?»

«Er geht feinfühlig durchs Leben», sagt Sala. «Er ist nicht gemacht für diese barbarischen, blutigen Dinge.»

Julia schenkt sich Rotwein nach. Sala entkorkt eine zweite Flasche, und sie möchte wissen, warum er Schiwago mag, obwohl der Film so kitschig ist.

«Ich weiß nicht, ob ich Schiwago mag», überlegt Sala. «Aber ich bin sicher, dass ich Revolutionen nicht mag.»

«Aha.»

«Armut und viele Tote, darauf läuft es am Ende hinaus. Revolutionen bringen nichts Gutes.»

«Alles sinnlos?»

«Liebe, Kinder, Poesie, *das* wäre es! Schiwago spürt das. Die Visionen der Weltverbesserer verbessern nichts, bringen nur Mord und Totschlag.»

«Gut zu wissen, was du von mir denkst», antwortet Julia. Sie leert ihr Glas in einem Zug.

«Du weißt, wie ich es meine», verteidigt sich Sala. «Du weißt, dass ich nicht von dir rede. Du bist keine Terroristin. Du bist nur einsam.»

«Ich bin keine Terroristin?»

Sala nickt.

«Ich bin *einsam?*»

Sala nickt.

«Und seit wann, bitte schön?»

«Seit wir uns kennen.»

«Aha.»

Sala, entspannt vom Wein, lässt sich ins Sofa sinken, auf dem sie seit dem Film sitzen. Draußen – durch das offene Fenster – sieht er die Dunkelheit. Aus der Ferne dringen Glockenschläge zu ihnen, zwölf.

Mitternacht.

Nun lehnt sich auch Julia zurück, das Weinglas in der Hand.

Sie murmelt: «Ich nehme an, du bist auch einsam?»
«Sicher», gibt er zur Antwort.
«Wir sind beide einsam?»
«Sicher.»
«Seit wann?»
Sala überlegt.
«Sag schon, seit wann?»
«Seit ich dich liebe.»
Nun muss sie kichern. «Komm schon. Wir waren Kinder damals. Wir wussten gar nichts. Kleine Klugscheißer, das waren wir.»
«Sprich für dich selbst.»
«Also gut, *ich* war ein Klugscheißer. Du warst nur klug.»
Er nickt.
Julia blickt nach oben zur Wohnzimmerdecke.
«Heiraten, Kinder. Wollte ich nie. Schwanger werden, Windeln wechseln, kochen – pha!»
«Besser als Maschinenpistolen», erwidert er.
Sie nimmt einen Schluck aus ihrem Glas. Dann wieder ein Kichern. «Dieser Wein ist *gut!*»
«Tignanello», erklärt er. «Total teuer. Trinken sonst nur reiche Spießer.»
«Trotzdem gut.»
Er betrachtet sie von der Seite, die kurzen Haare, die Blässe ihres Halses, ihres Gesichts. Die Blässe der Finger, mit denen sie das Glas hält.
Für einen Moment kommt es ihm vor, als würden sie aus der Gegenwart herausfallen, hinein in eine Stimmung, die sich seit damals nicht verändert hat. Eine Stimmung, die er so gut kennt wie die Verlassenheit, an der die Jahre draußen wirkungslos vorbeigezogen sind, mit dem Lärm der Stadt und den Beschäftigungen. Er kann, deutlich wie noch nie, das Zuhause ahnen, das sie hätten haben können, das leer

geblieben ist. Das Zuhause, das unter der Oberfläche der Zeit wartet, auf Julia, weil nur sie die Türen öffnen kann.

«Tignanello», sagt ihre Stimme.

Er hat die Augen geschlossen. Ihm kommen Tränen.

«Sala?»

Er hat sich abgewendet, möchte nicht, dass sie ihn so sieht.

«Scheiße», flüstert er.

Er denkt an die Pillen, die er nicht mehr nimmt, die seit Wochen in der Schublade liegen. Die Pillen, die er jetzt brauchen könnte.

«Komm schon», sagt ihre Stimme. «Wir waren Kinder. Sag mir nicht, dass du das noch alles –, dass du immer noch –»

Sie verstummt.

«Es sind die Pillen», sagt er.

Sie versteht nicht, natürlich nicht, und Sala berichtet ihr vom Nervenzusammenbruch, vom Schwimmen und Abtauchen im See. Er berichtet von der Therapie, die er gemacht hat, von den Psychopharmaka.

«Meine Güte. Warum sagst du mir das erst jetzt?!»

Es klingt, als könne sie nicht glauben, dass er die Wahrheit sagt, dass jemand wie Sala solche Abgründe erlebt.

«Du bist in den See gesprungen und wolltest –?»

«Ich bin verrückt, jetzt weißt du es.»

«Sala», antwortet sie. «Sala.»

Er denkt an den See, an die Stille unter Wasser. Julia kuschelt sich an ihn. Sie legt den Kopf auf seine Schulter.

«Ich habe auch genug», flüstert sie.

«Wir sind müde.»

«Sehr müde.»

«Enttäuscht.»

«Sehr enttäuscht.»

«Und es ist zu spät.»

Er streicht mit der Hand durch ihr Haar, spürt das Gewicht ihres Kopfes auf der Schulter, die Wärme. Riecht den Duft ihrer Haut, der sich nicht verändert hat, den er jederzeit wiedererkennen würde.

«Alles gut», flüstert er, ohne auch nur einen Moment daran zu glauben. «Es wird besser.»

«Ja», flüstert sie.

Er nimmt ihre Hand und betrachtet das Gesicht mit den müden, dunklen Augen. In der Ferne erneut Kirchenglocken, diesmal ein einziger Schlag. Sie küssen sich.

Später rennt er im Traum durch den Regen, wie damals, als ein Unwetter hereingebrochen war und Julia ihn gebeten hatte, sie nach Hause zu begleiten. Über spritzende Gehsteige sind sie geeilt, vorbei an rieselnden Vordächern, an überschwemmten, blubbernden Gullydeckeln. Sala hat Julia zum Wohnblock gebracht, in dem sie mit der Mutter gewohnt hat. Im Treppenhaus haben sie sich verabschiedet. Er wollte sie küssen und hat sich nicht getraut, wollte ihr sagen, dass er sie liebt, und hat sich nicht getraut. Dafür getraut er sich jetzt, im Traum. Sala sagt ihr, dass er sie für immer lieben wird.

Doch Julia schweigt, als würde sie nicht verstehen, als pralle es an ihr ab, als könne sie nicht einmal *ahnen,* was er sagt.

«Julia!», ruft er.

Und begreift, wie *traurig* die Distanz zwischen ihnen ist, wie groß, wie unmöglich. Er begreift und spürt zugleich, wie wunderbar alles ist, wie lebendig und warm, und dass sie, um verbunden zu sein, nur loslassen müssen, alles, was den Augenblick stört, loslassen.

Sala geht weiter. Der Traum führt ihn durch einen neuen Tag im Quartier. Er grüßt Menschen, die ihm begegnen, und erreicht den Quartierladen. Er geht hinein, um Brot zu kaufen. Er kauft Früchte, Gemüse und den indischen Tee, den Julia mag.

Auf dem Parkplatz vor dem Laden bemerkt er Polizeiautos. Bei den Wagen stehen Beamte, miteinander ins Gespräch vertieft. Als Sala mit der Einkaufstüte an ihnen vorbeikommt, setzen sich die Beamten in ihre Wagen. Sala hört die Motoren anspringen und spürt, wie die Wagen hinter ihm über die Straße rollen.

Sala beginnt zu rennen. Er rennt, bis er die Stadt hinter sich gelassen hat, bis er die Polizeiwagen nicht mehr sehen kann, bis er die Festwiese über der Stadt erreicht hat. Die Festwiese, auf der das Kinderfest stattfindet. Das Fest, auf dem er Julia sucht, um zu erfahren, was sie zum Liebesbrief sagt, den er ihr geschickt hat, mit Heiratsantrag.

29

Seit sechs Tagen versteckt sich Julia in Salas Wohnung und wartet auf ein Lebenszeichen von Chris und Winter.

Sie durchforstet das Internet nach News, sucht sich durch Instagram- und Facebook-Profile gemeinsamer Bekannter. Sie hält Ausschau nach einem Codewort, das sie mit Chris vereinbart hat: «Sommernachtstraum».

Am sechsten Tag ist es so weit: Das Codewort taucht auf dem Facebook-Profil eines Bauernhofes im Thurgau auf, der einem Bekannten gehört.

Das Wort «Sommernachtstraum» steht in der Kommentarspalte unter Bildern und Posts, die das Leben auf dem Bauernhof zeigen, mit Tieren, Stallungen, Landwirtschaftsmaschinen.

Julia zeigt Sala den Eintrag.

«Es ist der vereinbarte Code», erklärt sie. «Es ist Chris!»

Sala ist misstrauisch.

«Wahrscheinlich überwacht die Polizei das Internet», gibt er zu bedenken. «Es könnte eine Falle sein. Es könnte der Versuch sein, dich aus deinem Versteck zu locken.»

«Niemand sonst kennt den Code. Ich habe mit Chris vereinbart, dass er sich erst meldet, wenn er in Sicherheit ist, wenn ein Treffen möglich ist.»

«Denk nach. Chris könnte geschnappt worden sein. Möglich, dass er lange verhört wurde und zusammengebrochen ist. Dass er alles ausgeplaudert hat.»

Julia lächelt.

«Jetzt machst *du* dir zu viele Sorgen», sagt sie.

Das Lächeln gefällt Sala nicht, aber natürlich kann er sie nicht davon abhalten, sich über das Profil des Bauernhofes zu melden und via Messenger mit Chris in Kontakt zu treten – beziehungsweise mit der Person, die sich für Chris ausgibt. Sala kann auch nicht verhindern, dass Julia mit Chris – oder mit der Person, die sich als Chris ausgibt – ein Treffen vereinbart.

«Und wenn es nicht Chris ist, sondern die Polizei? Dann wanderst du ins Gefängnis, ist dir das klar?»

«Das wird nicht passieren», gibt sie zur Antwort. «Chris hat während unseres Chats die Zahl 36 genannt. Das haben wir ebenfalls vereinbart, als zusätzliche Sicherheitsmaßnahme.»

«36?»

«Das bedeutet, wir treffen uns in Märstetten, auf dem Bauernhof dort.»

«Ihr habt Treffpunkte durchnummeriert?»

Julia nickt. «Wir wussten, dass wir im Internet keine Orte nennen können. Nur Chris und ich kennen die Nummern. Nur wir wissen, was sie bedeuten.»

«Winter?»

«Nein, nur Chris und ich.»

Trotzdem traut Sala der Sache nicht. Das Treffen mit Chris soll in zwei Tagen stattfinden, und Julia will *allein* hingehen.

«Kommt nicht infrage», sagt er.

«Doch, natürlich.»

«Ich lasse dich nicht allein gehen, nie im Leben. Ich fahre dich mit meinem Wagen. Du versteckst dich auf dem Rücksitz. Bis wir wissen, dass es keine Falle ist.»

«Nein», erwidert sie. «Ich ziehe dich da nicht noch tiefer rein.»

«Ich fahre dich, keine Diskussion.»
Es ist nicht leicht, aber am Ende willigt sie ein.

Die Fahrt nach Märstetten im Kanton Thurgau dauert eine knappe Stunde. Wie vereinbart legt sich Julia auf den Rücksitz und hält sich versteckt.

Sala hat nicht den Eindruck, dass man ihnen folgt oder dass sie beobachtet werden. Ihm fällt überhaupt nichts Ungewöhnliches auf. Trotzdem ist er aufgeregt.

Als sie Märstätten erreichen und einen Feldweg ansteuern, der gemäß Julia zum Bauernhof führt, zieht einige Minuten lang Ackerland an ihnen vorbei, hellbraun durchzupft, am Horizont das Dunkelgrün eines Waldes.

Der Landwirtschaftsbetrieb befindet sich außerhalb des Dorfes. Zuerst steigt Sala allein aus dem Wagen. Er kann nirgends Kühe sehen, auch wenn irgendwo Glockengebimmel zu hören ist. Alles wirkt friedlich.

Langsam schreitet Sala über den Kiesweg zum Hof. Er hört die Steinchen unter seinen Schuhen knirschen. Er nimmt den Geruch von Heu wahr, den Geruch von Tieren und Stall.

Zwischen der Seitenwand einer Scheune und dem weiß gekalkten Bauernhaus gegenüber bleibt Sala stehen. Er denkt, dass niemand da ist, dass sie vielleicht den falschen Ort erwischt haben. Doch dann wird die Eingangstür des Bauernhauses geöffnet: Es ist Chris. Dunkelrotes Hemd und Regenhose, wie ein Bauer, der hier wohnt.

Die Besitzer des Landwirtschaftsbetriebs sind nicht da, eine Familie namens Schlatter. Sie sind in die Stadt gefahren, um Einkäufe zu erledigen.

«Gute Leute», erklärt Chris. «Sie haben gesagt, dass ich bleiben kann, solange ich will. Dass alle Freunde willkommen sind.»

In dem Haus gibt es viel Platz, und die Familie Schlatter hat Geschmack, denn es ist schön renoviert, alles aus Holz.

«Wir haben Zeit», meint Chris.

Er lächelt, aber es wirkt angestrengt.

«Du hast dich gar nicht verändert», sagt er zu Sala.

«Klar habe ich mich verändert», erwidert Sala. «Depressionen und Pillen. Alles geht den Bach runter.»

Chris lacht. Es klingt etwas zu laut, etwas zu schrill.

Aber die Luft schein rein zu sein, also stößt Julia zu ihnen. Gemeinsam gehen sie in die Küche des Hauses – großer, runder Tisch mit hellen Holzstühlen – und tauschen sich aus. Das heißt, Julia und Chris tauschen sich aus, bringen sich auf den neusten Stand, während Sala zuhört.

Er hat das Gefühl, dass die beiden etwas gehemmt sprechen, weil er anwesend ist und sie nicht wollen, dass er alles mitbekommt.

Schließlich fährt Sala allein nach Zürich zurück, weil Julia mit Chris auf dem Bauernhof bleiben möchte, für ein oder zwei Tage, um die Familie Schlatter kennenzulernen. Das ist natürlich nicht der wahre Grund. Die beiden wollen in Ruhe ihre nächsten Schritte besprechen.

Zurück in Zürich, in der Stille der Wohnung, öffnet Sala das Fenster in der Wohnstube und beginnt, auf und ab zu gehen. Er geht zum Sofa und rüber zum Korridor, dann zur Küche und dann ins Schlafzimmer und wieder zurück in die Wohnstube.

Hör auf, denkt er.

Er geht ins Badezimmer und nimmt eine kalte Dusche. Dann stellt er sich vor das Doppelbett, in dem Julia die letzten Tage geschlafen hat. Es ist sinnlos, sich hinzulegen. Er würde sich nur hin- und herwälzen. Ohne Pillen hat er keine Chance.

Sala holt die Schlafmittel aus dem Schrank, nimmt zwei Pillen ein und stellt sich wieder vor das Fenster in der Wohnstube, um auf die Wirkung zu warten. Er wartet, bis draußen die Dunkelheit hereinbricht und die Geräusche und Stimmen aus dem Innenhof nachlassen, sich in der Nacht verlieren.

30

In dieser Nacht, 53 Kilometer von Salas Wohnung entfernt, sitzt Winter auf dem Rücksitz eines Audi A4. Die Limousine steht auf einem blauen Parkplatz in der Stadt Luzern, wenige Meter neben der Seepromenade, die um diese Zeit verlassen wirkt.

Der Wagen gehört Maurice, einem Kumpel aus Winters Studienzeit. Einem Kumpel, der seit einigen Jahren in der Hotelbranche ist und Winter in dieser Zeit nicht nur mit gelegentlichen Unterschlupfmöglichkeiten versorgen konnte, sondern auch mit Informationen. Zum Beispiel mit Informationen über Gäste des *Palace Lake Lucerne*, zu dessen Management Maurice gehört.

Maurice ist es, dem Winter die Information verdankt, dass Mister M. jedes Jahr aus Kalifornien in die Schweiz fliegt, um im *Palace* abzusteigen. Mister M. mit den verlogenen gebleichten Hollywood-Zähnen. Mister M. mit der verlogenen Kapitalisten-Mentalität, der für die Katastrophe von Hamburg verantwortlich ist, für den Tod von Popeye, Rouge, Marge und Blacky.

Auch dieses Jahr – morgen Abend – wird Mister M. im *Palace Lake Lucerne* erwartet. Diese Information hat sich Maurice gestern noch einmal vom Concierge bestätigen lassen, wie Winter weiß. In 24 Stunden ist es also so weit.

Oder nein, denkt Winter auf dem Rücksitz des Audi. Eigentlich sind es nur noch knapp 20 Stunden. 20 Stunden, bis Mister M. eintrifft, am frühen Abend, wenn alles nach Plan läuft.

Natürlich wird Mister M. nicht ohne Leibwächter reisen, weil seine dreckigen Geschäfte bestimmt mächtige Feinde auf den Plan gerufen haben. Und wenn keine Leibwächter auftauchen, weil sich der Kapitalist in der Schweiz *sicher* fühlt, umso besser. Mister M. wird herkommen und sterben.

«Sterben.»

Winter flüstert das Wort in der Stille des Wagens, wie um es damit realer zu machen, um spüren zu können, was das bedeutet, wenn es morgen wirklich *geschehen* wird.

Doch Winter spürt nichts davon. Er muss sogar gähnen, so ausgiebig, dass er auf der Stelle einschlafen könnte. Einschlafen auf dem Rücksitz mit dem Geruch des weichen Leders. Doch natürlich darf er nicht schlafen. Nicht, bevor Maurice gekommen ist. Nicht, bevor sie sich die Tiefgarage des Grandhotels angesehen haben.

Kurz nach ein Uhr ist es so weit.

Auf der Straßenseite gegenüber, unter den Birkenbäumen der Promenade, taucht ein Schatten auf. Der Schatten tritt ins gelbliche Licht einer Laterne und macht den Anzug sichtbar, den Maurice trägt, mit Hemd und Krawatte.

Winters Kumpel überquert die Straße, ohne besondere Eile, als würde er nur flanieren. Wie zufällig bleibt er vor dem Audi A4 stehen. Er schaut sich um, ganz kurz, bevor er die Fahrertür öffnet. Maurice setzt sich hinters Steuer, ohne etwas zu sagen. Zwei Sekunden. Drei Sekunden.

«Alles in Ordnung?», fragt Winter auf dem Rücksitz.

«Ja.» Sein Kumpel wirft ihm einen Blick über den Rückspiegel zu. «Was ist mit dem *Ding?*»

Damit dürfte die Maschinenpistole gemeint sein. Maurice geht davon aus, dass Winter in Zürich eine Waffe aufgetrieben und sie im Kofferraum des Audi versteckt hat.

Eine Pistole, die er morgen angeblich brauchen will, um in der Tiefgarage Mister M. zu erschießen.

Winters Kumpel glaubt an dieses Szenario, weil er den wirklichen Plan nicht kennt. Er weiß nichts von der Brandbombe, die Winter in Wahrheit aus Bern hergefahren und im Kofferraum versteckt hat. Die Bombe, die ihm die Berner Aktivisten übergeben haben.

«Die Pistole ist im Kofferraum», lügt Winter. «In der Sporttasche, wie abgemacht. Niemand wird davon erfahren.»

Maurice antwortet nicht, doch Winter kann spüren, dass er mit sich ringt, um sich nicht die Hosen vollzumachen. Natürlich. Er hatte Zeit, es sich nochmals zu überlegen, und kam zu dem Schluss, dass die Sache auch für ihn gefährlich ist. Dass die Polizei nach Mister M.s Tod gegen ihn ermitteln könnte, dass ihn irgendjemand verpfeifen könnte. Das ist natürlich Unsinn. Niemand kann Maurice verpfeifen, weil niemand weiß, dass Winter und Maurice sich kennen: niemand im Hotel, niemand in der Klimaszene, niemand bei den Behörden.

Außerdem trägt Maurice, auch wenn es ihm nicht bewusst ist, *tatsächlich* keine Mitverantwortung für das, was morgen Abend geschehen wird. Wie könnte er auch Mitverantwortung tragen, ohne etwas von der Brandbombe zu wissen?

Das Ding, das Winter im Kofferraum versteckt hat – zwischen Taschen, Neoprenanzügen, Gummiflossen – sieht aus wie eine dunkelgrüne Taucherflasche und ist etwa genauso schwer. Der Freak, der es gebastelt und das Kunststück fertiggebracht hat, es ein halbes Jahr lang in seinem Keller zu verstecken, hat Winter den Zündmechanismus erklärt, hat ihm geholfen, den Auslöser mit dem Handy zu koppeln.

«Es wird keine Probleme geben», erklärt Winter. «Niemand weiß, dass wir uns kennen.»

«Ja», erwidert Maurice.

Er klingt nicht besonders überzeugt, doch er übergibt Winter eine Keycard für die Tiefgarage des *Palace*. Nachts gibt es keine Einfahrt ohne exklusive Gäste-Karte.

«Denk dran, morgen Abend gilt sie als gestohlen.»

Winter nickt.

«In zwei Stunden lösche ich die Aufzeichnungen der Überwachungskamera im ersten Untergeschoss. Du hast etwa neunzig Minuten. Oder besser sechzig.» Maurice flüstert jetzt beinahe. «Besser sechzig.»

«Kein Problem», versichert Winter.

Nachdem Maurice gegangen ist, überlegt Winter, ob es tatsächlich keine Probleme geben wird. Es *könnte* welche geben, so etwas lässt sich nicht ausschließen, und diesmal vielleicht sogar wegen Maurice. Sein Kumpel könnte die Nerven verlieren und Alarm schlagen. Andererseits war Maurice bisher verlässlich, und ist es nicht mehr als normal, vor so einem Ding nervös zu sein? Sind schließlich alles nur Menschen, und wo bliebe ohne Angst, wo bliebe ohne Risiko am Ende der Spaß?

Winter setzt sich ans Steuer. Er startet den Motor und lenkt den Audi A4 über die Straße, in Richtung Hotel auf der rechten Seite der Promenade.

Unterwegs kommt ihm ein einziges Auto entgegen, ein Opel, am Steuer eine Frau. Dann erreicht Winter das kleine, von Pappeln umrahmte Tor vor der Einfahrt zur Garage des *Palace Lake Lucerne*. Er streckt seinen Arm aus dem Fahrerfenster und hält die Keycard auf die kreditkartengroße, dunkelgraue Fläche.

Er hört das Summen, als das Schloss entriegelt wird. Das Tor gleitet zur Seite.

Im Grunde ein Witz, denkt Winter. Die Pforte ist kaum einen Meter hoch und wirkt auch nicht besonders stabil.

Winter fährt ins erste Untergeschoss, wo sich die Parkplätze für Kaderangestellte befinden. Er lenkt den Wagen auf das Feld Nummer 8, Maurices Nummer, und stellt den Motor ab.

Er wartet einige Minuten, bevor er aussteigt und sich umsieht. Es ist genau wie auf dem Plan, den Maurice ihm gezeigt hat: Auf der anderen Seite des Parkdecks, rechts neben einem Lift, der in die Hotellobby führt, befinden sich die VIP-Kundenparkplätze für den Shuttleservice des Hauses und die Limousinen der Gäste, die eine Ankunft über den Haupteingang des Hotels meiden – sei es aus Gründen der Sicherheit oder der Diskretion.

Mister M. wird morgen Abend hier ankommen. Gemäß Concierge war es bisher jedes Jahr so. Mister M. wird aus dem Wagen steigen und zum Lift gehen. Zumindest wird er es versuchen, aber er wird es nicht schaffen.

Zwei Stunden später kümmert sich Maurice wie abgesprochen um die Aufzeichnungen der Überwachungskamera.

Auf dem in Brauntönen gehaltenen HD-Bild kann er Winters Silhouette und dann Winters Gesicht im ersten Untergeschoss der Tiefgarage sehen. Er kann sehen, wie Winter vor den VIP-Parkplätzen steht, bevor er zurück zum Audi geht, bevor er sich auf den Rücksitz des Wagens legt und nicht mehr zu sehen ist.

Maurice greift auf den Hotelserver zu und löscht alle diese Szenen.

Das ist gut, niemand wird Verdacht schöpfen. Aber Maurice weiß, dass er nicht daran glaubt, dass er kein bisschen daran glaubt. Im Gegenteil, er stellt sich in den kommenden Stunden immer wieder vor, wie es wäre, wenn seine Angst endlich verschwinden würde, wenn er sie loswerden könnte. Er stellt sich vor, wie es wäre, die Sache zu beenden, die

Sache auffliegen zu lassen. Wie es wäre, wenn er Winter da unten in der Garage an die Polizei verraten würde, bevor es weitere Tote gibt. Tote in Luzern, Tote in seinem Hotel.

Winter *verraten?* Ein undenkbarer Gedanke. Und doch kommt er immer wieder, lässt sich nicht abschütteln. Der Gedanke ist wie ein Hund, der einem den ganzen Tag hinterhertrottet, während man sich Mühe gibt, ihn loszuwerden, indem man überraschend in eine Gasse abtaucht oder hinter der Tür eines Durchgangs verschwindet. Aber der Hund ist verzweifelt, und er möchte beachtet werden. Beachtet und gestreichelt und – gefüttert.

31

Julia ist müde.

Die Zeit mit Chris auf dem Bauernhof in Märstetten war anstrengend. Es war anstrengend, von Chris zu erfahren, was Winter in Luzern vorhat. Es war anstrengend, die Familie Schlatter kennenzulernen, bei denen sie sich verstecken durften.

Alles war anstrengend, und Julia ist klar, dass es noch eine Weile so weitergehen wird. Schon vor Hamburg hat sie begriffen, dass sich ihr Zustand erst bessern wird, wenn der Krieg vorbei ist. Ihr Krieg. Winters Krieg. Oder nein, inzwischen ist es nur noch Winters Krieg. Denn auch Chris hat genug und würde am liebsten verschwinden, irgendwohin, wo niemand ihre Namen und Gesichter kennt.

Doch sie können nicht verschwinden, solange Winter da draußen ist, solange sie nicht wenigstens versucht haben, ihn von seinem Wahnsinn abzubringen. Das schulden sie ihm. Ohne Winter hätten sie Hamburg nicht überlebt.

Julia ist so müde wie noch nie in ihrem Leben. Die Tage und Wochen fühlen sich an wie die Fahrt auf einer Straße, auf der täglich immer mehr Verfolger mitfahren, Feinde, Verräter – und keine Freunde. Eine Fahrt ohne die Möglichkeit auszusteigen, auch nur für einen einzigen Augenblick anzuhalten. Keine Pause. Niemals.

Morgen wollen Chris und Julia nach Luzern fahren, um Winter zur Vernunft zu bringen. Sie müssen es versuchen, auch auf das Risiko hin, dabei von der Polizei entdeckt und geschnappt zu werden.

Vorher muss Julia allerdings nach Zürich gehen, um Sala zu treffen. *Nach* Luzern wird es dazu keine Gelegenheit mehr geben, weil sich die Gruppe nach Italien absetzen will. In die Schweiz werden sie – wenn überhaupt – nicht so schnell zurückkehren können. Julia muss einen letzten Besuch bei Sala machen, um sich zu bedanken für alles, was er getan hat, was er auch für Chris immer wieder riskiert hat.

Julia ist überrascht, einen gut gelaunten Sala anzutreffen. Er wirkt wie jemand, der gerade aus dem Urlaub zurückgekehrt ist. Läuft es wieder gut mit seiner Freundin? Oder mit der Arbeit? Bei Sala kann man nie wissen. Er ist ein komplizierter Mensch, war er schon immer.

Julia erzählt ihm von Winters Plan, von Luzern und der Brandbombe. Sie ist überzeugt, ihm diese Offenheit zu schulden.

«Morgen gehst du nach Luzern», fasst Sala die Lage zusammen. «Mit Chris?»

«Ja», bestätigt sie.

Sala nickt.

«Du verstehst, dass wir dann – verschwinden müssen.»

«Klar», erwidert Sala. «Ihr wollt euch nach Italien absetzen.»

«Wenn dich die Polizei später fragen sollte, hast du nichts gewusst, verstehst du? Du hast *gar nichts* gewusst. So kann man dir keinen Strick drehen. Wenn sie mich schnappen, werde ich dich mit keinem Wort erwähnen.»

«Klar», wiederholt Sala.

«Wenn es dir recht ist, übernachte ich heute noch einmal hier», sagt Julia.

Darauf antwortet Sala nicht.

Er geht er in die Küche, um das Abendessen zuzubereiten. Er putzt Gemüse, kocht Nudeln mit Rahmsauce. Julia merkt erst, wie groß ihr Hunger ist, als sie am Küchentisch sitzen, vor den duftenden Tellern.

«Es schmeckt wunderbar», sagt sie.

Sala schenkt Wein in ihr Glas und schaut zu, wie sie isst, wie sie eine erste, dann eine zweite Portion verschlingt. Und wie sie sich – für einen Moment entspannt – zurücklehnt, das Weinglas in der Hand.

«Ich verstehe, dass ihr versuchen müsst, Winter zu stoppen», erklärt Sala. «Aber diesmal kann ich nicht zuschauen. Diesmal muss ich dabei sein.»

Julia hält inne.

«Dabei sein?»

«Ich komme mit nach Luzern, wir nehmen mein Auto.»

«Kommt nicht in Frage.»

«Nein?»

Julia richtet sich auf. Sie stellt das Glas auf den Tisch. «Es ist zu gefährlich. Auf keinen Fall darfst du dabei sein. *Wir* müssen das ausbaden, nicht du.»

Sala erwidert ruhig: «Ich bin längst Teil davon.»

«Vergiss es.»

Sala sendet ein Lächeln über den Tisch; nichts Scheues, Zurückhaltendes wie sonst, sondern deutlich, fast siegesbewusst.

Das gefällt ihr nicht.

«Möchtest du noch etwas Wein?»

«Lenk nicht ab», entgegnet sie. «Es *muss* dir klar sein, dass das nicht geht. Es muss dir klar sein.»

Er mustert sie – mit aufmerksamen, beinahe kalten Augen.

«Alles habe ich für dich getan, Julia. Du schuldest es mir.»

«Ich schulde es dir?»

«Wenn du ehrlich zu mir gewesen bist, wenn es stimmt, dass du gekommen bist, um dich zu bedanken, dann musst du es zulassen.»

«Weil wir Freunde sind, muss ich dich in Gefahr bringen?»

Jetzt wirken Salas Augen für einen Moment traurig. «Nein. So ist es nicht. Ich muss mitkommen, weil ich dich liebe.»

O je! Schon wieder das. Sie hat keine Ahnung, warum er immer wieder damit kommt, und was sie damit anfangen soll nach all den Jahren, die zwischen ihnen liegen und andere Menschen aus ihnen gemacht haben.

«Ich hatte einen Traum», fährt Sala fort. «Ich bin in die Tiefe getaucht, im See. Aber es war in Wahrheit kein See. Es war der Weg zu dir.»

«Der Weg zu mir?»

«Ich weiß, es klingt dumm. Aber ich habe es gespürt, klar wie noch nie.»

Sie hat einen Gedanken, wie einen rettenden Einfall.

«Ist es wegen deiner Pillen? Verstehst du *deswegen* nicht? Bist du deswegen so, weil du die Pillen nicht mehr nimmst?»

Wieder Salas Lächeln.

«Julia, lass uns den letzten Abend genießen, okay? Lass uns nicht streiten. Ich verlange sonst nie etwas, ich erwarte nichts. Aber morgen fahre ich dich nach Luzern. Meine Entscheidung steht.»

Ja, es muss mit den Pillen zu tun haben. Julia kann sich nicht erinnern, wann Sala so mit ihr gesprochen hat, jedenfalls nicht in diesem Ton und mit dieser Entschlossenheit. Aber natürlich hat er keine Ahnung, worauf er sich einlässt. Es ist nur eine fixe Idee in seinem Kopf.

«Warum hörst du nicht zu», versucht sie es noch einmal. «Du bist von meinen Freunden der *Einzige,* der nicht, ich meine –»

Er wartet, während sie mit den Worten ringt.

«Bis jetzt hast du nichts Falsches gemacht, niemanden verletzt. Aber wenn du mitkommst, dann ist das vorbei, dann kannst du nicht mehr – sauber bleiben.»

Sala kommt um den Küchentisch herum und bleibt vor Julia stehen. Er streckt die Arme aus und wartet, bis sie seine Hände nimmt. Sie zögert. Aber er zieht sie an sich und hält sie für einige Sekunden fest. Dann führt er sie in die Stube, zum Sofa, und wartet, bis sie sich setzt.

Er geht zurück in die Küche und bringt eine zweite Flasche Wein, mit den Gläsern.

«Danke», sagt Julia.

Sie hat keine Ahnung, warum sie das sagt, warum sie sitzen bleibt und wartet, bis er ihr das Glas überreicht, bis er neben ihr Platz nimmt, um anzustoßen.

«Auf uns!»

Keine Ahnung, warum sie das mitmacht, warum sie mit ihm trinkt. Vielleicht ist da für einen kurzen Moment der Wunsch, doch noch aufzustehen und Widerstand zu leisten. Und vielleicht der Gedanke, Sala könne versuchen, sie zu küssen. Widerstand leisten und die Wohnung verlassen? Doch Julia ist so erschöpft, sie könnte auf der Stelle einschlafen – und der letzte Gedanke ist, dass es für sie jetzt nichts mehr auf der Welt gibt, das sie retten kann.

Am nächsten Morgen hat Sala Frühstück vorbereitet. Er weicht keinen Millimeter vom Entschluss ab, sie nach Luzern zu fahren.

Julia erklärt ihm, dass Chris bereits einen Wagen organisiert habe, dass sie Salas Wagen nicht benötigen – doch natürlich spricht nichts dagegen, dass sie mit zwei Autos fahren.

«Chris fährt vor, wir hinterher», meint Sala. «Ist sogar besser. Falls etwas schiefläuft.»

Einen halben Kilometer vor Steinhausen im Kanton Zug wartet Chris an der vereinbarten Stelle.

Er wirkt gereizt. Vielleicht stört es ihn, dass Sala dabei ist. Ganz bestimmt stört es ihn, doch er sagt nichts, und sie fahren weiter: Chris voraus, in einem dunkelgrünen Subaru – wohl von der Bauernfamilie Schlatter –, Sala und Julia hinterher.

Vor Luzern geraten sie in einen Stau, der sich bis zur Ausfahrt hinzieht. Auf einer Umgehungsstraße gelangen sie in die Stadt, wo sich der Verkehr verflüssigt.

Nach dem Bahnhofsquartier überqueren sie die Brücke und erreichen die Seepromenade. Schweigend fahren sie die Allee entlang, vorbei an den Frauen und Kinderwagen vor dem Ufer, an den Männern in Anzügen und einer Gruppe mit verschleierten Touristinnen.

Etwas später erblickt Julia die Grandhotels, die sich neben dem silbergrauen Wasserglitzern des Sees aneinanderreihen. Dann taucht der Schriftzug auf: *Palace Lake Lucerne*.

Es ist kurz nach Mittag, als sie das Grundstück erreichen und in Richtung «Parking» fahren, auf der rechten Seite der Hotelanlage. Unter den Pappeln vor der Garageneinfahrt – tagsüber steht das Schiebetor offen – stellt Sala den Motor ab.

Julia wartet, bis – im Wagen vor ihnen – Chris ausgestiegen ist. Dann wendet sie sich an Sala.

«Ich gehe mit Chris rein, wie besprochen», sagt sie. «Du wartest. Winter darf dich nicht sehen. Du weißt, dass er sonst ausflippt.»

Sala gibt keine Antwort.

«Verstehst du?»

Keine Reaktion.

Julia beugt sich vor, blickt ihn an.

«Alles klar?»

Jetzt blickt Sala zurück.

«Ich warte, ja.»

Julia steigt aus dem Wagen. Mit Chris überquert sie den Platz und geht zum Treppenhaus der Tiefgarage, das sich rechts neben der Schranke für die Autos befindet.

32

Maurice, der Kumpel aus Winters Studienzeiten, weiß nichts von Julias, Chris' oder Salas Anwesenheit.

Im Westflügel des *Palace Lake Lucerne* sitzt er in seinem Büro, wo er die Bilder nicht verfolgen kann, die in diesem Moment im Technikraum über der Lobby auf den Monitoren zu sehen sind. Die Bilder aus dem Treppenhaus der Garage, die eine Frau und einen Mann zeigen, unterwegs ins erste Untergeschoss.

Seit über einer Stunde harrt Maurice in seinem Büro aus. Manchmal wippt er auf dem Bürostuhl auf und ab, wie um mit der Unruhe seiner Gedanken mitzuhalten. Der Gedanken an Winter, den Freund da unten in der Nähe der VIP-Parkplätze.

Maurice stellt sich vor, wie es passieren wird, heute Abend, in wenigen Stunden. Er stellt sich vor, wie Winter den hohen Gast, den das Grandhotel erwartet, töten wird. Wie er mit seiner Pistole das Feuer eröffnet und dabei vermutlich alle trifft, die sich zum Zeitpunkt des Anschlags ebenfalls auf dem VIP-Kundenparkplatz befinden. Die Ehefrau und andere Begleiter aus dem Team; den Leibwächter, den Fahrer der Hotellimousine.

Maurice stellt sich die Toten vor; stellt sich vor, wie sie auf dem VIP-Platz des Hotels liegen, blutend. Ein Fressen für die Boulevardzeitungen. Und dann natürlich die Polizei, die Ermittlungen. Und die Fragen.

Ja, auch die Fragen an ihn, Maurice. Die Fragen zum Versagen des Sicherheitsdispositivs im *Palace*. Die Fragen zu den Opfern und zum Täter, zu Winter, dem international gesuchten Terroristen. Die Fragen zu Winters Vergangenheit und möglichen Verbindungen zum Hotel. Die Fragen zu Maurice und seiner Studienzeit. Denn die Polizei wird herausfinden, dass sie zusammen studiert haben, natürlich wird sie es herausfinden.

Maurice seufzt. Was hat er getan? Wie konnte er es so weit kommen lassen? Es ist doch klar, dass man alles aufklären wird. Dass man den Anschlag am Ende *ihm* in die Schuhe schieben wird. Weil er es nicht verhindert hat, das «Blutbad im Nobelhotel», wie die Zeitungen sagen werden.

Unsinn, sagt er sich, Unsinn! Das ist nur die Angst, die ihm zusetzt, die Angst, die ihn hysterisch macht.

Und doch muss er sich fragen, ob es richtig gewesen ist, Winter zu helfen, ihm über die Jahre immer wieder die Hand zu bieten. Ob es auch nur *klug* gewesen ist, mit ihm in Kontakt zu bleiben – und wofür eigentlich? Für diese Freundschaft, die gar keine ist? Für eine Loyalität aus Jugendtagen, an die niemand mehr denkt, wenn der Rauch sich gelegt hat und die Toten daliegen?

Haben sie es fürs Klima getan? Am Anfang, ja. Doch das hat sich in Luft aufgelöst, schon vor Monaten, schon vor Jahren. Ist es nicht so? Oder ist es wieder die Angst, die ihm das einflüstert? Die Panik, weil er sein Karriereleben in der Luxushotelbranche verlieren könnte?

Maurice weiß nicht mehr, wo ihm der Kopf steht, wie er sich befreien soll von dem Gedankenknäuel aus Zweifeln und Selbstanklagen.

Scheiße, denkt er.

Endlich ein unmissverständliches Wort. Endlich Klarheit. Wenn auch schmerzhaft. Denn es *ist* schmerzhaft, seine

Schuld zu erkennen. Die Schuld am bevorstehenden Tod in diesem Hotel, dem er sein Leben verdankt. Schmerzhaft daran zu denken, dass bald jeder Mensch, den Maurice kennt, seine Schuld sehen wird. Dass die ganze Welt sie sehen wird, bei hellstem Tageslicht, bestätigt vom Schlaglicht der Medien, gespeichert für immer im Internet.

Nein, denkt Maurice, bitte nein.

Er greift zum Smartphone, um die Polizei zu rufen.

Julia und Chris sind im ersten Untergeschoss angekommen.

Auf der gegenüberliegenden Seite des Parkdecks bemerken sie chromstahlfarbene Lifttüren; rechts daneben ein blaues «VIP»-Schild für die Kundenparkplätze, von denen Chris gesprochen hat.

Etwa in der Mitte des Decks befinden sich Plätze, die ebenfalls blau markiert sind. Darauf stehen drei Limousinen, darunter ein Audi A4.

Winter muss sich in einem der Wagen versteckt halten. Im Audi, denkt Julia, ohne sagen zu können, wie sie darauf kommt. Aber das Gefühl ist deutlich, noch bevor die hintere rechte Tür des Audi aufgeht und Winter aussteigt.

Julia und Chris versuchen, so ruhig wie möglich zu bleiben, sich Zeit zu nehmen. Sie wollen den Freund, der sie nicht erwartet hat und misstrauisch sein dürfte, nicht überrumpeln. Und sie wissen nicht, dass sie bis zum Eintreffen der Polizei noch 9 Minuten haben.

Winter sieht blass aus, abgezehrt.

«Hallo», sagt Julia.

Bum-bum.

Wieder das Herz, aber zum Glück klingt ihre Stimme ruhig, jedenfalls hat sie das Gefühl, dass es so ist.

Winter antwortet nicht.

Chris macht einen Schritt auf ihn zu.

«Wir müssen reden», sagt er.

Nun blickt Winter ihn an, als würde er plötzlich aufwachen.

«Was ist *das?»*, fragt er.

Seine Augen wandern zu Julia. Er mustert sie, als stimme mit ihr etwas nicht, mit der Kleidung oder mit einem Gegenstand, den sie bei sich trägt. Doch Julia trägt nichts bei sich, sie beide tragen nichts bei sich.

«Was ist *was?»*, fragt Chris.

Auch seine Stimme klingt ruhig. Vielleicht etwas besorgt. Kurz scheint Winter zu lächeln, wie früher, wenn die Lage gefährlich war und er signalisieren wollte, dass es keinen Grund gab, Schwäche zu zeigen, dass es keinen Grund gab, der Angst Raum zu geben. Wenn er signalisieren wollte, dass er niemals Schwäche zulassen würde. Dass er im Gegenteil jederzeit dafür sorgen würde, dass die *Bullen* Angst haben. Dass die Bullen zurückweichen, die Politiker, das System.

Aber heute ist von jenem Winter nicht viel zu erkennen. Im Neonlicht des Parkdecks wirken seine Augen verloren, die Stirn wächsern.

«Warum seid ihr *hier?»*, will er wissen. «Wer schickt euch?»

«Niemand schickt uns», antwortet Chris.

«Niemand», bestätigt Julia. «Wir wollen, dass du mit uns kommst. Wir wollen, dass heute keiner – dass niemand verletzt wird.»

«Mitkommen?»

«Lass uns verschwinden», erklärt Chris. «Wir können es schaffen, verstehst du? Wir tauchen ab und erholen uns. Wir bauen die Gruppe neu auf, in Ruhe.»

«Ruhe», wiederholt Winter. «Brauche ich nicht. Bin nicht müde. Seid ihr müde?»

Julia schüttelt den Kopf. «Du bist todmüde. Das sieht ein Blinder.»

«Tod-müde?»

Winter spricht leise, und doch hat Julia das Gefühl, ein Echo zu hören – *oood-üdeee?* – zwischen den Betonpfeilern, auf der anderen Seite des Decks.

Zum ersten Mal, seit sie ihn kennt, seit sie Winter bei jener Party auf der Dachterrasse in Berlin getroffen hat, spürt sie, dass sie verloren haben, dass sich alles verflüchtigt hat, genau wie das Echo am anderen Ende des Decks.

Muss das nicht auch Winter längst klar sein? Muss er nicht längst spüren, dass es vorbei ist?

Ein Geräusch, hinter ihnen. Ein elektronischer Summton: die Lifttüren, die sich öffnen. Eine Frau tritt aus der Kabine, in einem dunkelroten Kleid.

Mit ihren High Heels klackert sie über den Asphalt, ohne Winter, Julia oder Chris zu beachten. Auf der rechten Seite des Decks verschwindet sie zwischen den Betonpfeilern.

Winter – vielleicht hat er sie gar nicht wahrgenommen – steht reglos da. Er sieht aus wie ein abgemagerter, blasser Zwilling des Mannes, den sie einst gekannt haben.

«Bitte», sagt Julia.

Dann fällt ihr auf, dass er seine rechte Hand aus der Jackentasche genommen hat. Die Hand, mit der er ein Smartphone festhält.

Draußen, neben den Pappeln vor der Garageneinfahrt, sitzt Sala am Steuer seines Wagens.

Er beobachtet den Schrankenautomaten für die Garagenbesucher, der bisher nur einmal benutzt wurde. Die Schranke ist hochgeglitten, als ein Mini aus dem Parkhaus gekommen ist, am Steuer eine Frau in einem roten Kleid, wenn Sala richtig gesehen hat.

Er kann nicht sagen, wie lange er schon wartet, seit Julia und Chris in der Garage verschwunden sind. 10 Minuten? 15 Minuten?

Die innere Stromspannung, Sala spürt sie stärker, und er springt, um sich davon zu befreien, einmal beinahe aus dem Wagen. Er möchte nach Julia sehen. Doch er tut es nicht. Er darf nicht den Kopf verlieren. Er darf Winter nicht aufschrecken, sonst könnte alles aus dem Ruder laufen.

Sala ärgert sich. Wieder mal typisch, wie er zaudert. So, wie er schon immer ein Weltmeister im Zaudern gewesen ist, wenn es um Julia ging.

Absolut *typisch,* denkt er und bemerkt – im Rückspiegel – das Blaulicht. Das Blaulicht des ersten Polizeiwagens, der in die Einfahrt rollt.

In der Tiefgarage redet Chris mit Winter und erklärt ihm, warum es besser für sie ist, sich ins Ausland abzusetzen und der Schweiz für ein paar Jahre fernzubleiben.

Während Chris spricht, beobachtet Julia Winters rechte Hand, mit der er das Smartphone festhält. Ein schwarzes Gerät, das sie noch nie gesehen hat.

«*Verstehst* du?», möchte Chris wissen. «Wir sind deine Freunde. Nur deshalb sind wir da, weil wir uns Sorgen machen. Verstehst du?»

Winter nickt, doch die Augen starren an Chris vorbei ins Leere. Und die Finger an seiner rechten Hand streichen über den Schirm. Ein blaues Hintergrundbild leuchtet auf; wie der Ausschnitt eines wolkenfreien Himmels.

«Möchtest du jemanden anrufen?», fragt Julia.

Winter reagiert nicht.

Julia wiederholt die Frage.

Winter scheint zu überlegen, dann blickt er Julia an.

«Das hier?» Er hält das Gerät hoch. «Zünder. Läuft über eine App.»

«Zünder?»

«Ja. Das ganze *Scheißleben* läuft heute über eine App.»

«Für die Brandbombe?», fragt Chris. «Gib mir das Ding.»

Julia möchte nach dem Gerät greifen, doch Winter weicht zurück.

«Schöne Freunde habe ich!», ruft er. «Die Bullen schicken euch! Ihr seid keine Freunde, sondern *Verräter.*»

«Wir sind allein», erwidert Julia. «Es gibt nur noch uns, verstehst du nicht? Die anderen sind tot. Es gibt nur noch uns.»

Er starrt sie an.

«*Ihr* verschwindet! Ich bleibe.» Seine Lippen zittern. «War von Anfang an klar, dass ich es am Ende allein durchziehen muss. Von Anfang an.»

«Winter», versucht es Chris noch einmal.

Doch Winter bedient sein Smartphone.

33

Vor dem Parkhaus sind zwei weitere Polizeiwagen eingetroffen.

Noch immer sitzt Sala am Steuer und beobachtet, wie die Beamten – insgesamt sechs – ihre Helme aufsetzen. Wie sie auf dem Vorplatz stehen und gegenseitig ihre schusssicheren Westen überprüfen.

Einer von ihnen, ein Glatzkopf – der Kommandant? – deutet zur Garage und gibt Anweisungen.

Sala ist überrascht, wie leise alles vonstattengeht. Er steigt aus und geht langsam, als ob nichts Besonderes dabei wäre, auf die Beamten zu.

«Guten Tag», sagt er.

Zuerst kann er die Überraschung im Gesicht des Kommandanten sehen, sofern der Mann mit dem Funkgerät der Kommandant ist. Dann fällt dem Beamten wohl Salas Kleidung auf – weißes Hemd, grauer Anzug – und im Hintergrund Salas Auto, ein relativ neuer Mercedes.

«Sind Sie ein Gast des Hotels?»

«Ja, mein Name ist Hofstetter», lügt Sala. «Ist die Garage heute – gesperrt?»

«Gehen Sie zurück zu Ihrem Wagen, Herr Hofstetter. Fahren Sie auf die Vorderseite des Hotels. Warten Sie dort. Das Hotel ist informiert.»

«Ja», antwortet Sala. «Ich verstehe.»

Für einige Augenblicke hat er das Gefühl, der Beamte schöpfe Verdacht. Der Beamte komme auf die Idee, ihn zu überprüfen, ihn um seinen Ausweis zu bitten. Doch das Funkgerät knackt, und der Beamte wird abgelenkt vom Wechsel der Stimmen und Anweisungen.

Sala setzt sich zurück ans Steuer seines Wagens.

Hat er den Verstand verloren? Warum hat er das getan? Jetzt kennen die Polizeibeamten sein Gesicht, und sie werden sich später, wenn es vorbei ist, an ihn erinnern.

Dummkopf, denkt Sala.

Aber dann denkt er, dass es egal ist, dass er nur vorweggenommen hat, was unvermeidlich ist. Jetzt muss er eine Entscheidung treffen. Julia ist da unten. Keine Chance, dass sie entkommt, nicht hier, nicht diesmal.

Zwei Beamte mit Helm und Weste, am Schultergurt eine Maschinenpistole, eilen über den Platz. Sie nähern sich der Treppenhaustür.

Sala legt den Daumen seiner rechten Hand auf den Startknopf des Mercedes. Der Motor springt an.

Julia zögert.

Soll sie versuchen, Winter das Smartphone aus der Hand zu schlagen? Oder soll sie ihn vielleicht besser – umarmen? Soll sie ihn an sich drücken und hoffen, dass er es endlich kapiert?

«Winter», sagt sie.

Sie blickt in die Wachsfarbe seines Gesichts; die Lippen wie kleine, dunkelblaue Striche; wie Regenwürmer.

Hinter ihnen wieder ein Geräusch, das Zuknallen einer Tür.

«Bullen!», kreischt Winter.

Julia und Chris blicken in die Richtung, aus der das Geräusch gekommen ist. Sie können nichts sehen.

Doch Winter deutet zum Treppenhaus.

«Da!» Und dann zu Chris: «Ihr verdammten Ratten.»

«Nein», erwidert Chris ruhig. «Da ist niemand. Keine Bullen. Hier sind nur wir.»

Doch fast gleichzeitig springt die Treppenhaustür auf, und Winter aktiviert den Zünder der Brandbombe.

34

Zunächst ist Salas Wagen leise über den Platz gerollt, doch nun wird der Motor lauter, und einer der Beamten dreht sich nach ihm um.

Sala wartet, bis der Beamte auf die Seite springt, dann drückt er das Gaspedal durch. Er streift den Kotflügel eines Polizeiwagens.

Wumm!

Sala steuert nach rechts zum Einfahrtstor. Zwei andere Polizisten rennen auf ihn zu.

Sala rast in die heruntergelassene Schranke, spürt beim Zusammenprall den Ruck, sieht auseinanderfliegende Holzteile über die Windschutzscheibe segeln, fährt weiter – abwärts, in das Halbdunkel der Garage.

Er hat keine Ahnung, wo er hinsteuert, wo Julia oder Chris sich aufhalten. Keine Ahnung, wo er suchen soll.

Im ersten Untergeschoss sieht er Lifttüren, nicht weit davon entfernt ein blaues «VIP»-Schild. Und etwa in der Mitte des Decks ein Feuer.

Tatsächlich: ein brennender Wagen, ein Audi. Die Flammen schlagen bis zur Decke, und es liegt jemand am Boden – Winter?

Sala steuert auf die Stelle zu und steigt aus. Nein, es ist nicht Winter. Es ist Chris. Das Gesicht abgedreht, Schramme auf der Stirn. Bewusstlos. Hoffentlich nur bewusstlos.

«Schweine!»

Die Stimme kommt aus Richtung der Treppenhaustür, etwa zehn Meter entfernt. Dort steht Winter. Sala erkennt ihn auf den ersten Blick. Und, ein paar Schritte entfernt, Julia.

«Lass sie fallen», sagt ihre Stimme.

Winter hat eine Pistole in der Hand. Ja, eine graue Pistole, die er auf Julia gerichtet hält.

Drüben, neben der Treppenhaustür, steht ein Polizist, das Gewehr im Anschlag. Es sind sogar zwei Polizisten. Sie zielen auf Winter.

«Fallen lassen! Hände hoch!»

Ohne darauf zu reagieren, bewegt sich Winter auf Julia zu. Es ist, als wolle er die Distanz verringern, damit die Beamten, wenn sie feuern, auch Julia treffen.

«Nein!», ruft Sala.

Die Beamten, für Sekunden abgelenkt, blicken in seine Richtung, während sich Sala nähert, mit erhobenen Händen.

«Stehen bleiben!»

Sala geht weiter.

Boom!

Eine Explosion. Der Tank des Audi, oder der Tank einer anderen Limousine. Sala spürt eine heiße Wand gegen seinen Rücken stoßen und taumelt.

Fast unerträglich, die Hitze, die beißende Dichte des Rauchs, wie eine giftige Wolke. Sala darf Julia nicht aus den Augen verlieren!

Husten. Kratzen im Hals.

Von irgendwoher regnet es Sterne, glutrot. Am Boden, direkt neben Winter, blumenhafte Gebilde mit einer Farbe wie aus bläulichem Gas. Gebilde, die plötzlich aufplatzen und Feuer auf Winters Schuhe spritzen.

«Schweine!»

Winter und Julia. Sie kämpfen. Julia schreit, und Sala geht dazwischen, versucht sie auseinanderzureißen.

Pam!

Ein Schuss aus Winters Pistole? Oder von einem Beamten? Sala sieht nur noch den Rauch. Und dann hat er das Gefühl, Winter mit der Faust zu treffen, und mit dem Fuß. Und der Rauch ist plötzlich weg.

Sala atmet auf, unter freiem Himmel, weit weg von der Garage. Er steht auf einer Wiese. Ja, ein festlich geschmücktes Gelände.

Die Schulklassen versammeln sich. Schülerinnen und Schüler, im Gedränge vor den Zelten, unter den Ballons vor den Verkaufsständen, neben Eltern und Lehrern.

Mit den Kameraden wartet Sala auf den Klassenlehrer. Er wartet, bis sie weitergehen können, auf die Westseite des Geländes. Dort bekommen die Schüler Apfelsaft, Eistee, Mineralwasser – und Bratwürste.

Später, am Nachmittag, haben sie ihren Auftritt, auf der Hauptbühne. Sala ist aufgeregt. Nicht wegen des Auftritts. Sondern wegen Julia. Seit Tagen wartet er auf ihre Antwort. Die Antwort auf den Brief, den er ihr geschickt hat, den Heiratsantrag.

Sala wartet, bis Julia kommt, im roten Kleid mit den roten Schuhen.

«Es ist ein schöner Brief», sagt sie.

Sala hält den Atem an.

«Ja», sagt sie. «Ich will dich heiraten.»

Irgendwo vor der Bühne das Jubelgeschrei der Kinder. Gemeinsam schreiten sie über die Wiese durch den Lärm. Kinder rennen übers Feld, und beim Spielzeugstand lässt man Ballons in den Himmel steigen.

Hand in Hand gehen sie, bis Raketen in die Höhe zischen. Bis über dem Gelände die Farbexplosionen des Feuerwerks leuchten.

«Er ist wirklich schön», sagt Julia.

Sala bemerkt, dass sie seinen Brief in der Hand hält. Er möchte ihn nehmen, doch es schweben Glutsterne herab, auf das Papier, das Feuer fängt.

«Komm», sagt Julia.

Sie gehen zum Ende des Grundstücks, wo sich eine kleine Anhöhe befindet, umsäumt von Bäumen, auf der Anhöhe eine Kapelle.

Alles ist vorbereitet, die Hochzeitsgäste warten. Chris wartet. Dana, Dejan und Milan warten. Auch Julias Mutter und Gregor Schwarz. Salas Eltern, Salas Geschwister.

Julia und Sala schreiten durch den Mittelgang der Kapelle, vorbei an den lächelnden Freunden in der Kirchenbank. Schön gekleidet sind sie alle wie am Kinderfest.

Bevor sie den Altar erreichen, ist draußen ein Knallen zu hören, wie bei einer Detonation. Die Gäste zeigen keine Reaktion. Auch der Priester lässt sich nicht irritieren.

Er beginnt mit der Zeremonie und breitet die Arme aus, spricht die heiligen Worte, die wie Gemurmel durch die Kapelle schweben, und im Gemurmel das unauflösbare, in den Himmel geschriebene Versprechen.

Sala blickt nach oben, um den Himmel zu sehen, aber da ist natürlich nur die Decke der Kapelle. Und da sind Rauchschwaden, die an der Decke schweben.

Schnell, denkt Sala.

Der Priester soll den Ritus zu Ende bringen, damit er Julia Treue schwören kann bis zum Tod, damit sie sich den Ring geben und sagen können, dass der Mensch nicht trennen soll, was Gott verbunden hat.

Julia lächelt.

Feuer flackert im Rauchteppich über den Köpfen der Hochzeitsgäste. Aschefetzen schweben herab, landen zwischen den Kirchenbänken. Landen vorne neben dem Altar, in Salas Kleidern, in den Haaren des Priesters, auf Julias Schultern.

Sala ergreift ihre Hand, legt sie in seine.

Kerzen fallen um. Der Priester legt seine Stola um die ineinandergelegten Hände der Brautleute. Er beugt sich vor, die Haare brennend, und erklärt die Liebenden zu Mann und Frau.

Sala darf seine Frau küssen, die er lieben, achten und ehren wird, in guten wie in bösen Tagen, in Gesundheit wie in Krankheit. Bis zum Tod, der lange fern bleiben möge. Der Kuss, der niemals enden möge, mit geschlossenen Augen.

35

Später kann Julia nicht genau sagen, was in der Garage geschehen ist, nachdem Winter die Bombe gezündet hat. Sie kann nicht sagen, wann die Beamten in der Tiefgarage eingetroffen sind, welche Pistole Winter benutzt hat, um sie zu bedrohen, oder wer zuerst geschossen hat.

Sie erinnert sich, dass einer der Polizisten sie über die Treppe nach draußen gebracht hat, ins Freie. Und dass Sala mit Winter gekämpft hat, dessen Kleider zu brennen begonnen hatten. Haben Julias Kleider ebenfalls gebrannt? Sie könnte es schwören, wenngleich die Ärzte keine Verbrennungen festgestellt haben. Sie könnte schwören, dass der Rauchgestank an ihr haftet, an den Haaren, auf der Haut, Tage später noch, im Luzerner Untersuchungsgefängnis.

Bei der ersten Befragung kann Julia nicht erklären, warum Sala, den sie als «Kindheitsfreund» bezeichnet, in die Tiefgarage gekommen ist, warum er überhaupt vor Ort war, wenn er – wie sie versichert – nichts mit *Schwarzer Winter* zu schaffen hat.

«Wo ist Sala?», fragt Julia. «Wo sind Winter und Chris?»

Sie bekommt keine Antwort. Erst nach dem Transport in den Kanton Zürich, in das Untersuchungsgefängnis Limmattal, wird sie von der Staatsanwaltschaft darüber informiert, dass Winter und Chris im Feuer umgekommen sind, ja, dass auch Sala umgekommen ist.

Die Nachricht von Winters und Chris' Tod, ebenso wie Julias Schicksal, beschäftigen die Medien im In- und Ausland. Auf digitalen Plattformen von Aktivisten und Sympathisanten wird protestiert und spekuliert. Videoclips werden gepostet und Anklageschriften verbreitet, gegen die Polizei, gegen den Justizapparat. Gruppen in Deutschland, Österreich, England und Frankreich rufen zu Mahnwachen und Protestmärschen auf. Man startet eine Online-Petition für die Freilassung von Julia Schwarz aus dem «Kerker des Systems».

Die eine oder andere Gruppe kündigt Gewaltaktionen gegen Einrichtungen der Regierung und der Polizei an. Gesinnungsnahe Journalisten gehen, ähnlich wie die Aktivisten, davon aus, dass Winter und Chris in der Tiefgarage des Luzerner Hotels «exekutiert» worden sind, dass man ihnen keine Chance gegeben hat, sich zu stellen. Dass man auch Julia am liebsten umbringen würde, um ein weiteres Exempel zu statuieren. Man geht davon aus, dass Julia kein ordentliches Gerichtsverfahren bekommen soll, sondern dass man sie eines Tages, nach einem angeblichen Suizid, erhängt in der Zelle finden wird oder nach einem ominösen Unfall in der Dusche der Haftanstalt.

Mehrere Fernsehsendungen lassen die Geschichte von *Schwarzer Winter* Revue passieren und von Experten diskutieren. Dabei wird ihre Geschichte im Wesentlichen als die Geschichte eines verzweifelten Versuches betrachtet, die westliche Konsumgesellschaft wachzurütteln, bevor es zu spät ist, bevor die Klimakatastrophe Milliarden von Menschenleben ausgelöscht hat, einen Großteil der Tierwelt und der Natur. *Schwarzer Winter* steht nicht für einen Terrorangriff auf Demokratie und Frieden, sondern für einen Aufstand gegen die westliche Ausbeutungs- und Imperialgeschichte.

Nicht wenige halten einen solchen Aufstand für derart verständlich, dass es ihnen schwerfällt, das Augenmerk auf die Gewaltfrage zu richten, auf die Toten und Verletzten, die auf das Konto von *Schwarzer Winter* gehen.

Die Gewaltfrage spielt auch bei der Rückschau auf das Leben der Julia Schwarz keine Rolle. Man porträtiert sie als junge Idealistin. Eine begabte TV-Journalistin, so betroffen von der drohenden Umweltkatastrophe, dass sie den Kampf der Karriere vorgezogen hat.

Über einen Zeitraum von zwei Monaten wird Julia im Limmattaler Gefängnis insgesamt acht Mal verhört. Es sind die immer gleichen Fragen, auf die sie mit den immer gleichen Sätzen antwortet, wobei sie auf die Beamten meist teilnahmslos wirkt, manchmal sogar schüchtern.

Schließlich legt die Staatsanwaltschaft, unter dem Druck der Öffentlichkeit, einen ersten Termin für die Gerichtsverhandlung fest: Ende November.

Bis dahin sind es noch sechs Wochen, während der Julia von einem Anwalt besucht wird: einem sechzigjährigen Mann namens Brenner, der ihr erklärt, von «politischen Freunden aus der Umwelt-Szene» finanziert zu werden. Er versichert seiner Klientin, schon andere Aktivisten vor Gericht verteidigt zu haben, um sie vor «unsinnig langen Haftstrafen» zu bewahren.

Julia kann sich gut vorstellen, dass er vor Gericht und vor den Richtern besonnen wirkt, vertrauenswürdig, dass er sehr überzeugend sein kann und seine Sache gut machen wird. Aber was *bedeutet* das am Ende? Spielt es eine Rolle?

Natürlich ist Julia dankbar, dass sie einen Anwalt hat, doch bei ihren Treffen ist es immer, als seien sie durch eine Glasscheibe getrennt. Es ist, als seien überhaupt *alle* im Gefängnis durch eine Glasscheibe von Julia getrennt. Als existiere keinerlei Verbindung, kein gemeinsamer Raum und keine Minute, die wirklich eine *gemeinsame* Minute wäre.

Dennoch versucht Julia mit den anderen Frauen, die zum Teil lange Haftstrafen absitzen, Kontakt aufzunehmen, wenn sie das Essen im Gemeinschaftsraum einnehmen, oder wenn sie im Innenhof spazieren. Julia hört ihre Geschichten über Drogen, Gewalt, Prostitution, und hört sie doch nicht. Sieht ihre Gesichter mit den abgelöschten Augen, und sieht sie doch nicht.

Ähnlich verhält es sich mit den Briefen: Über die Landesgrenzen hinaus hat Julia Fans. Sie schicken ihr Briefe der Bewunderung, voller Durchhalteparolen und Solidaritätsbekundungen. Zugleich natürlich unverfänglich, ohne persönliches Risiko. Denn die Fans wissen, dass die Briefe von den Behörden gelesen werden, außerdem gehören sie letztlich zum Publikum. Zum Publikum der Mehrheit, das sich gern begeistert zeigt vom Mut der Minderheit, die handelt und alles riskiert, die dafür ins Gefängnis wandert oder von der Polizei erschossen wird. Das Publikum, das selbst nie in die Arena steigen wird, denn die Mehrheit der Menschen lebt nun einmal angepasst. Und die Bewunderung für Leute wie Winter oder Julia ist im Grunde der Versuch, das schlechte Gewissen zu übertönen, das Bedauern über die eigene Mutlosigkeit.

Diese Zusammenhänge sind Julia schon länger klar, und sie erträgt diese Fans nicht mehr. Auch wenn das nicht der wahre Grund dafür ist, dass sie auf keinen der Briefe reagiert.

Der wahre Grund ist die Glasscheibe, hinter der sie sich befindet. Die Glasscheibe, die immerhin den Vorteil hat, dass sie nicht mehr aufgewühlt wird und auch der Herdentrieb da draußen in der Welt – Grundlage aller Diktaturen – sie nicht mehr kümmert.

Als man Julia darüber in Kenntnis setzt, dass ihr Vater um einen Besuchstermin bittet, weigert sie sich. Offenbar kontaktiert Gregor Schwarz alle möglichen Leute, um Zugang zu seiner Tochter zu erhalten, doch natürlich kann das ohne ihre Zustimmung nicht bewilligt werden.

Was sollte Julia mit dem Vater besprechen? Warum sollte sie ihm erlauben, sein schlechtes Gewissen zu besänftigen? Denn natürlich geht es ihm nur darum, so, wie es den meisten Menschen nur darum geht, vor sich selbst gut dazustehen. Und bei Gregor Schwarz, dem Vater der berühmten verlorenen Tochter, geht es wohl auch darum, am Ende noch als guter Hirte dazustehen, der das verlorene Schaf zurück in den Stall holt.

Apropos Hirte und Schaf: Der Limmattaler Gefängnisseelsorger versucht ebenfalls, mit Julia in Kontakt zu treten. Er möchte «zuhören», doch Julia hat nichts mitzuteilen. Sie hat noch nie an Gott geglaubt und wüsste nicht, warum sie jetzt damit anfangen sollte.

Auf der anderen Seite fällt ihr auf, dass einige Frauen im Gefängnis zu Jesus oder Mohammed gefunden haben. Manchmal beobachtet sie diese Frauen, wenn sie im Gemeinschaftsraum mit einer Bibel auftauchen oder mit dem Koran. Sie kann das verstehen. In diesem Alltag aus Zement, Stahl und elektronischen Zellentüren mag der Trost eines Märchens hilfreich sein. Julia gönnt es ihnen, aber für sie ist das nichts.

Wenn es überhaupt Momente gibt, in denen sie das Bedürfnis nach einer Freundin verspürt, der sie sich anvertrauen könnte, dann ist das nach einer schlechten Nacht, nach einem schlechten Traum. Zum Beispiel nach dem Traum, in dem sie wieder jung ist. In dem Julia mit dem Vater ins Krankenhaus geht, um Mutter zu besuchen. Mutter, die versucht hat, sich das Leben zu nehmen. Mutter, die es endlich geschafft hat, die seit Monaten tot ist, die aber *immer noch* auf dem Krankenbett auf ihre Besucher wartet: schwarz, aufgequollen. Die fliegenumsummte Fäulnis.

Meist kann Julia allerdings relativ gut schlafen und fühlt sich am nächsten Tag ausgeruht. Sogar dann, als sich das Gericht mit ihrem Fall befasst: Oft hört Julia, wenn sie im Gerichtssaal sitzt, gar nicht richtig zu. Es ist, als würde es am Ende wirklich keine Rolle spielen.

Aber es kann vorkommen, dass die Glasscheibe für eine Weile verschwindet. Es kann vorkommen, dass Julia sich dann verbunden fühlt mit dem Tag, der sie umgibt. Nicht beim Gericht, aber beim Essen im Gefängnis, oder im Innenhof, wenn sie freundlich zu den anderen ist.

An einem Morgen unterhält sie sich mit einer gleichaltrigen Kroatin, die wegen Drogenhandel sitzt. Julia spürt die Energie der Kroatin, die ihr gefällt: die unterdrückte Wut aufs Schicksal und zugleich die Hoffnung, dass das Leben irgendwann besser wird, dass irgendwo doch noch ein Happy End wartet.

Schließlich macht Julia eine ganz neue Erfahrung im Gefängnis. In ihr verfestigt sich immer mehr die Empfindung, dass ihr Leben zuvor – das Leben vor dem Gefängnis – gar nicht so real gewesen ist, wie sie geglaubt hat, nicht so real wie das Leben jetzt. Die Vergangenheit erscheint eher wie ein Traum, aus dem sie nur mühsam herausgefunden hat, oder wie ein geistiges Fieber, von dem sie sich erholt.

Wenn sie im Innenhof ihre Runde dreht, kommt manchmal der Gedanke an Sala, wie ein Windhauch von jenseits der Mauern. Oder der Gedanke kommt in ihre Zelle, wenn sie durch die Gitterstäbe nach draußen schaut, auf die Wolken am Himmel. Der Gedanke kommt, und Julia sieht Salas Gesicht. Sie denkt an die Zeit in seiner Wohnung. Sie denkt an die Kindheit im Ausländerviertel, an den Güterbahnhof, auf dem sie so viele Stunden mit den Freunden verbracht hat. Sie erinnert sich an das Mädchen, das sie gewesen ist, an das einsame Kind. Sie möchte es in die Arme schließen, doch es geht nicht. Sie möchte wenigstens dafür sorgen, dass Sala das Mädchen in die Arme nimmt, dass *er* es tröstet und ihm zeigt, dass es nicht allein ist – aber das Mädchen realisiert nicht, dass es allein ist, weil es nichts anderes kennt.

An einem regnerischen Tag spricht Julia wieder mit der Kroatin, die wegen Drogenhandel sitzt. Die Kroatin, die einen Freund hat, der draußen auf sie wartet, und die Julia mitteilt, dass sie bald heiraten wird. Dass ihnen der Gefängnisseelsorger dabei hilft, ein kleines Hochzeitsfest vorzubereiten.

«Das ist schön», entgegnet Julia.

Sie sagt es, ohne etwas zu empfinden, doch später, allein in der Zelle, hat sie das Gefühl, nicht mehr atmen zu können. Sie schnappt nach Luft und erstarrt. Es ist wie ein heißes Gewitter, das aus ihr herausbricht. Julia weint.

Unmöglich, dass Sala *tot* ist, unmöglich!

Sie stellt sich vor, ihn noch einmal zu treffen, ihn noch einmal zu umarmen, aber natürlich weiß sie, dass es unmöglich ist.

Die Tage werden anstrengender, der Schlaf durchzogen von zusammenhanglosen Traumfetzen und dem wiederkehrenden Gefühl, nicht mehr atmen zu können.

Bald ist Julia so erschöpft, dass ihr die Gefängnisärztin Schlafmittel verschreibt. Dann geschieht es.

Auf dem täglichen Gang durch den Innenhof riecht Julia Blumen. Blumen und Gras, als sei der Wind draußen über eine Wiese gestrichen und – mit dem Duft – über die Mauer des Gefängnisses geweht worden. Julia weiß nicht, ob sich in der Nähe eine Wiese befindet. Bisher hat sie noch nie Blumen gerochen. Der Innenhof ist kahl, keine Blumen und natürlich keine Bäume, an denen man hochklettern könnte.

Julia blickt zum Himmel, in dem wattefarbene Wolken schwimmen. Zurück in der Zelle, blickt sie durch die Gitterstäbe und sucht die Wolken. Sie wartet auf die Dämmerung, auf die Nacht. Und mit der Nacht kehrt der Blumenduft zurück, herübergeweht aus einer anderen Zeit.

Sala, denkt sie.

Weiterhin erhältlich

Giuseppe Gracia
Der letzte Feind
Roman

Unter der Führung eines neuen Papstes, der für viele ein rückständiger Traditionalist ist, plant die katholische Kirche in Rom das «Dritte Vatikanische Konzil»: eine Versammlung von über 3000 Bischöfen und Kardinälen aus aller Welt, geprägt von heftigen Richtungskämpfen. Bereits im Vorfeld kommt es zu mysteriösen Todesfällen und schließlich, während des Konzils, zu einem brutalen Anschlag. – «Der letzte Feind» ist ein philosophischer Thriller zwischen Technikgläubigkeit und Christentum, zwischen Humanismus und globaler Totalverwertung des Menschen. Grandios ausbalanciert und inszeniert.
978-3-03848-196-6 | Klappenbroschur | 256 Seiten

Giuseppe Gracia
Der Tod ist ein Kommunist
Ein Fiebertraum

In Bezug auf die Corona-Pandemie hat der Professor offenbar Wahnvorstellungen entwickelt: Journalist Hofstetter besucht seinen Doktorvater und Freund in der Psychiatrischen Klinik Hobelberg, wo der Emeritus für Philosophie therapiert wird. Der alte Mann muss die Menschheit davor warnen, sich impfen zu lassen. Er geht fest davon aus, dass hinter der Corona-Politik eine Verschwörung steckt. Hofstetter versucht, den internierten Freund zur Vernunft zu bringen. Doch dann wird er auf offener Straße entführt. Die schwer bewaffnete Gruppe «weiß», dass demnächst der Untergang der Menschheit stattfindet …
978-3-03848-217-8 | Klappenbroschur | 152 Seiten